SELAHATTİN DEMİRTAŞ

Leylan

*dipnot yayınları

Leylan/Selahattin Demirtaş

Dipnot Yayınları 321 ■ Edebiyat 19
ISBN: 978-605-2318-47-8
1. Baskı, 2020/Ankara

EDİTÖR: İbrahim Yıldız
DÜZELTİ: Ümit Özger
KAPAK TASARIMI: Bahar Demirtaş

BASKI ÖNCESİ HAZIRLIK: Dipnot Bas. Yay. Paz. San. Ltd. Şti.
BASKI ve CİLT: Ayhan Matbaası (SERTİFİKA NO: 44871)
Mahmutbey Mahallesi, 2622. Sokak, No: 6/31 Bağcılar/İstanbul
Tel: 0212 445 32 38

Dipnot Yayınları (SERTİFİKA NO: 14999)
Selanik Cad. No. 82/24 Kızılay / Ankara
Tel: (0 312) 419 29 32 / Faks: (0 312) 419 25 32
e– posta: bilgi@dipnotkitap.com
www.dipnotkitap.com

SELAHATTİN DEMİRTAŞ

Leylan

*dipnot yayınları

Başak'a ve onun buğdaylarına:
Delal'e, Dılda'ya...

– Bazen gerçeği görür, kabullenmek istemeyiz. Bazen tutunabilmek için gerçeği ararız. Bazen de yaşanan her olayda tek gerçek varmış gibi düşünürüz. Oysa gerçek herkese göre farklıdır. Olayları kendimize göre eğip bükerek öznel gerçeğimizi yaratmada üstümüze yoktur. Sonra da kendi yarattığımız gerçeklerin peşinden koşarız, ya da kaçarız gerçeklerimizden. Gerçek dediğin tam olarak nedir? Hangimizin gerçeği Avukat Bey?

Bunları gecenin bir yarısı Yenişehir Karakolu'nun avukat görüş odasında karşılıklı oturduğumuz avukatıma söylüyorum.

Elinde tuttuğu tek sayfalık "olay tutanağı"nı mır mır mır okuduktan sonra "Burda yazılanlar gerçek mi Kudret?" sorusuna verdiğim cevap bu. Masada ikimizin dışında bir bardak soğuk, kaynamaktan katrana dönmüş çayla boş kültablası var. Çay avukatın. İçince uykusu mu açılsın yoksa direkt ölsün mü diye getirdiklerini anlamak istercesine arada bir bakıyor çaya. İçmiyor ama; akıllı adam. Sesine bir ton ciddiyet katıp devam ediyor:

– Bak Kudret kardeşim; barodan avukat istiyorum demişsin, nöbetçiydim, aradılar geldim. Saatten haberin var mı bilmiyorum ama felsefe dinleyecek halde değilim. Lisede gördüğümün haricinde felsefeyle pek işim olmadı. Ama ben sana "Burda yazılanlar gerçek mi?" diye sorarken "doğru mu?" anlamında soruyorum.

Anladığımı belli eder şekilde başımı öne arkaya salladım. Avukat gevşedi biraz, azıcık da gülümsedi. Dedim:

– Ah! Doğrular... doğrular... Tabii ya, gerçekler her zaman doğru olmayabilir, doğrular da gerçek. Orda yazılanların tümü doğru da olabilir, yanlış da. Nerden baktığına bağlı. Hangimizin doğrusu Avukat Bey? Kime göre, neye göre doğru?

Burnundan derin bir nefes aldıktan sonra, Allah var, en sakin haliyle konuştu adam.

– Anlıyorum kardeşim, gerçekten anlıyorum seni... Yalnız bana bak! Baro sadece avukatlık hizmeti verebiliyor, nöbetçi psikiyatrist istiyorsan başka yeri aratacaksın!

Tam kalkmaya yelteniyordu kolundan tuttum:

– Dur dur, hemen kızma Avukat Bey. Orda ne yazıyor ki?

Bi kaç saniye yüzüme bakıp derin bir of çektikten sonra tutanağı özetle anlattı bana.

– Gece saat on bir civarında bir apartmanın ikinci katındaki dairenin zilini on iki defa çalıp çalıp saklanmışsın, dedi.

– Eee, sonra? dedim.

– En son, ev sahibi adam pencereye çıkınca ona kartopu fırlatmışsın. O da sana terlik fırlatmış, sonra da terliğini alıp kaçmışsın. Şikayet üzerine gelen polise sokağın başında yakalanmışsın. Üstünden terlik çıkmamış, adam da seni tam teşhis edememiş. Ama yine de "huzuru bozmak, yaralama, hırsızlık" suçlamalarıyla gözaltına alınmışsın.

Adam bunları söylerken "Ya Rabbi, nasıl koftiden bir davaya bulaştım" der gibiydi. Devam etti yine de:

– Mesele çok büyük değil ama suçlamalar ciddi. Şimdi ifade verirsen nöbetçi savcıyı arayıp bırakılmanı sağlarım. Ortada delil olmadığı için suçlamaları kabul etmek zorunda değilsin. Kabul edersen de az bir ceza alırsın, cezan ertelenir. Sonuçta ortada bir yaralama yok, terliğin değeri çok az olduğundan cezan da az olur, ancak sabıkalı hale gelirsin. Karar senin Kudret. Bana kalsa inkâr et, çıkıp gidelim burdan.

– Ya terliğin değeri çok fazlaysa? dedim yekten.

Şaşırdı avukat.

– Nasıl yani? dedi.

– Tabii kime göre değerli, neye göre değerli Avukat Bey? dedim.

Fıttırdı adam.

– Kudret oğlum, tepemin tasını attırma, dedi, yine kalkmaya yeltendi.

– Tamam tamam, dedim, kabul etmesem olay bitiyor mu?

"Ya sabır" çektikten sonra,

– Bitiyor, Kudret, bitiyor, dedi.

Benim ifadem, avukatın savcıya ulaşması, diğer işlemler falan derken karakoldan çıkışımız sabahın üçünü buldu. Bu arada kar yarım metreyi bulmuştu ve hâlâ usul usul yağıyordu.

"Diyarbakır kar altındayken daha mı güzel oluyor, nedir?" diye düşünürken karakolun önünde bir sigara yaktım, ciğerim ağzıma gelircesine derin bir nefes çektim. Avukatım da yanımdan geçerken "İyi geceler Kudret," deyip kaldırım kenarına park ettiği arabasına karlara bata çıka yürüdü. Arkasından "İyi geceler Avukat Bey, tekrar sağ olun," dedim, yüzünü dönmeden elini kaldırıp "önemli değil" mahiyetinde bir artistlik yaptı. Gıcık herif. "Dur," dedim içimden, "seninle işimiz bitmedi, daha yeni başlıyoruz avukat efendi."

Arabasına bindi bizimki. Arabanın üstü, camları falan kalın kalın karla kaplı. Sileceği çalıştırdı düdük herif, silecek hareket edemedi haliyle. Gittim elimle ön camı temizledim, sonra da arka camı. Penceresini hafif aralayıp "Sağ ol Kudret, zahmet oldu," dedi. "Ne zahmeti Avukat Bey, koymuşum..." Hemen toparladım tabii, "Kaymadan gidin, dikkatli olun," dedim. Ve tam da beklediğim şeyi yaptı.

– Gel, geçerken seni de bırakayım, adresine bakmıştım, yolumun üzeri zaten, dedi.

Tam dozajında bir nazlanma, sonrasında atladım arabaya. Caddeler karla kaplı, derin teker izlerinin içinden ağır ağır gidiyoruz. Ofis kavşağından sola, İstasyon Caddesi'ne döndük. Planın yeni aşamasının tam zamanı diye düşünüp, "Avukat Bey, zamanın varsa bir paça ısmarlayayım," dedim. "Paçacı Fazıl açıktır mutlaka. Madem bu gece yorduk seni, bir hatırım olsun bari."

Diyarbakırlılar "Paçacı Fazıl" lafını rüyasında duysa gece üçte yataktan kalkar, paça içmeye gider. Yanılmadım nitekim. Bizim dallama avukat az ilerdeki "Paçacı Fazıl"ın karşısında arabayı çekti kenara.

Gece yarısı evinden çıkıp karakola bana yardıma gelen avukata "dallama" dedim diye hakkımda kötü düşünmenizi istemem. Aslında ne düşündüğünüz çok da umurumda değil, ama olaya girdik, anlatıyoruz mecburen. Bu avukat var ya, ortaokuldan beri deli gibi sevdiğim kızla nişanlandı! On beş yıllık platonik aşkım Serap'la. Bi de ev tutmuş dümbük, düğün hazırlığı yapıyor. Gıcır gıcır eşyalarla doldurmuş evi. Kayapınar'da Çiya 2 Sitesi A Blok 1. Kat 3 Numara. İki arkadaşım bu dallamanın evini soyuyor şu anda, ordan biliyorum. Geleceğiz daha oralara. Önce bol sarmısaklı paçalarımızı içelim.

Fazıl Usta'nın dükkânı beş altı masalık ufak bir yer. İçerisi sıcak; işkembe, paça, sarımsak kokuları enfes. Bir masada dört müşteri var, akşamcı oldukları belli. Biz de avukatla bir masaya karşılıklı oturduk. Hemen geldi çorbalarımız. Bir yandan çorbalarımızı yudumluyoruz, bir yandan havadan sudan sohbet ediyoruz. İş garanti olsun diye avukatı biraz daha oyalamam lazım. Bana geceki olayı sorsun diye bekliyorum, sormasa konuyu ben açacağım bir şekilde. Nihayet soruyor bizim cin avukat, "Meselenin aslı ne Kudret? Özel bir konuysa anlatmayabilirsin," falan diyor. Ne anlatmayacağım ulan! Öyle bir anlatacağım ki dibin düşecek. Ben hemen hararetle başlıyorum çoğu sallama hikâyeme, dallama avukat can kulağıyla dinliyor. "Benimki uzun bir aşk hikâyesi," diyorum önce. Bizimki pür dikkat.

"Lise yıllarından beri vurulduğum bi kız var, adı Gülizar," diyorum. Avukatın ağzı kulaklarında, gece üçte özel bir aşk hikâyesi dinliyor olmaktan memnun. Puşta bak!

Neyse devam ediyorum.

"On yıl oldu nerdeyse, bir türlü cesaret edip açılamadım kıza. Bizimkisi uzaktan deli gibi sevmek. Bir tür açık-öğretim; sittin sene de geçse bi bok öğrenmiyorsun ama. Duydum ki yakında nişanlanacak, oğlum Kudret dedim kendime, açık öğretim bitti, örgün eğitime geçiyorsun, yoksa kız elden gidiyor. Gülizar da bana yanık tabii, ama o da çaktırmıyor. Çünkü işin raconu bu: çaktıran yanar. Çaktırdın mı platonik aşk biter, ya ayrılık olur ya da sıradan aşk. Neticede ikisi de aynı, biri diğerinin laciverdi. Bak netice deyince aklıma ortaokul fen bilgisi hocası geldi. Durup durup 'Hatice'ye değil, neticeye bakacaksınız çocuklar,' derdi. Tesadüf bu ya, bizim de sınıfta Hatice ve Netice adında iki kız var. Hatice çok güzel bir kız, Netice değil. Fen hocası da habire 'Hatice'ye bakmayın, neticeye bakın,' deyince biz de kendi aramızda 'Oğlum, bela mı bu hoca, Netice'nin neyine bakacağız. Sana ne ülen, biz Hatice'ye bakıyoruz,' falan derdik. Ne yaman hocaydı, ama Allah var, Hatice de güzel kızdı."

Ben böyle konuyu dağıtınca baktım avukatın da dikkati dağılıyor, kalkalım falan demesin diye aşk hikâyesine döndüm hemen.

"Bugün sabah gittim, evden çıkmasını bekledim Gülizar'ın. Bir süre her zamanki gibi güvenli mesafeden takip ettim onu. Sonra cesaretimi toplayıp hızla yanına vardım. Sıkılmıyorsun değil mi Avukat Bey? Özel sorunlarımla başını ağrıtmayayım." "Yok yok, keyifle dinliyorum, sen devam et," dedi yavşak. "Tabii, gecenin üçü paçacıda kim aşk hikâyesi anlatsa ben de dinlerdim," dedim içimden. Kaldığım yerden devam ettim.

"Velhasıl Avukat Bey, gittim yetiştim kıza. Ben yetişince o da durdu. Döndü gözlerimin içine içine baktı, ama ne bakış! Anladı tabii, bir hüzün bulutu düştü sanki gözlerinin ferine. Dile kolay, kaç yıllık platonik aşkın sonuna gelmişiz, ben de kederden öleceğim nerdeyse. Fakat mecburum; aşkımı ilan etmesem kız elden gidiyor, etsem de platonik aşk bitiyor. Gülizar'ın o andaki bakışını görmeliydin Avukat Bey. 'Demek buraya kadar ha! Demek bunca yıllık platonik aşk yalanmış ha! Söyle Kudret söyle, söyle bitsin bu iş. Oysa seni farklı sanmıştım Kudo! Ama maalesef sen de diğer erkekler gibi şerefsiz çıktın,' der gibiydi. Ben de bakışlarımla 'Böyle konuşma Gulê, zaten ciğerim lime lime olmuş, şişe takılmış gibi közün üzerinde cızırdıyor...' Avukat Bey canın çektiyse bi de ciğer ısmarlayayım, ciğerci Hacı açıktır şimdi," dedim. Yemedi tabii, "Yok yok, ben doydum, sen anlat, dinliyorum," dedi, keyifle sırıtarak. Tam bu sırada Fazıl Usta eline bi tane pişmiş kelle aldı. Bir kelleye baktım, bir avukata: Bire bir aynı, sırıtışları yani, puşt. "Sonuçta söyledim kıza," dedim, "'akşam size gelip babanla tanışacağım, sonra da istemeye geliriz.' Dedi: 'Kafayı mı yedin Kudret, ben nişanlanmak üzereyim. Bundan sonra sen yoluna ben yoluma.' Ama kafaya takmışım bi kere. Akşam Tanker Şeyho'nun birahanesinde iki tane yuvarlayıp apartmanlarının kapısına dayandım. Aşağıdan zile basar basmaz cesaretimi kaybettim. Ağaçların arkasına saklandım, ses mes çıkmayınca tekrar tekrar zile basıp saklandım. İşte en son babası cama çıkıp pis küfürlerle beraber bi de terlik fırlatınca ben de ona kartopu attım. Adama değmedi bile, camın kenarına geldi. Ben de terliği alıp kaçtım. Kadın terliğiydi, kesin Gulê'nindir dedim. O esnada karşıdan polis arabası gelince atkımı, beremi, bi de terliği ağaç dibine, karların içine gömdüm. Yoluma devam edecekken polisler beni alıp karakola götürdüler, sonrası malum işte, biliyorsun zaten."

Bu arada baktım saat dörde geliyor. Normalde arkadaşlar üçte işi çoktan bitirmiş olmalıydılar ama ben garantiye almış oldum böylece. Tabii avukata anlattığım hikâyenin çoğu yalan. O gece bizim avukatın baro nöbetçisi olduğunu bi şekilde öğrenince ne yapıp edip basit bir suçla kendimi gözaltına aldırmam gerekiyordu. Avukatın evine uzak bir karakol bölgesinde rastgele bi evin zilini çaldım ama gerçekten de adam bana terlik fırlattı. Millet manyak olmuş yav! Terlik nedir oğlum? Tabii öyle polislerin beni hemen yakaladığı da yalan. Yarım saat o soğukta polisler gelsin diye bekledim, götüm dondu yemin ederim.

Paçacıdan kalkıp birlikte çıktık. "Evim buraya yakındır," deyip, karakolda verdiğim sahte adrese yakın bir yerde arabadan indim.

Süphan'ı aradım hemen. Normalde eve girerken telefonlarını kamyonete bırakmaları lazımdı. Bir iki çaldı, Süphan telefonu açtı. Dedim, "Kuş yuvadan uçtu." Dedi, "Ne kuşu?" Vay Allah belanı vermesin Süphan, sözde şifreli konuşuyoruz telefonda. Baktım anlamıyor, dedim "Hukuk kuşu, hukuk." Dedi, "Gukuk kuşu nedir oğlum? Ne söyleyeceksen açık konuş." Ben ne diyeyim buna şimdi? "Avukat eve geliyor oğlum, eve," dedim. "Haaa," dedi, "mesele yok, biz çoktan çıktık, sen de gel, hadi."

Kemalettin'in dükkânının küçük bir deposu var. Bizimkiler avukatın eşyalarını da oraya indirmişlerdi. Gittiğimde eşyaların hepsini bir köşeye yığmış, ellerinde bira şişesiyle beni bekliyorlardı. "Bir sorun çıkmadı değil mi?" diye sordum. "Zeytinyağından kıl çeker gibi kolay oldu," dedi Kemalettin. Kullandığı yağın önemi yok deyip sesimi çıkarmadım. Süphan'la Kemalettin o gece avukatın evinde taşınabilir ne kadar değerli eşya varsa kamyonete yüklemiş, geri kalan yatak, koltuk, dolap, sandalye ne varsa hepsini maket bıçağıyla parçalayıp kullanılmaz hale getirmişler. Çıkmadan önce Süphan sprey boyayla salonun duvarına "Serap'tan uzak dur" yazmış. Ama bizim şapşal, ilk harflerde boyayı bol kullanınca akmış, "Şaraptan uzak dur" haline gelmiş. Düzeltmeye de fırsat bulamamışlar. Avukat okuyunca ne mesajı aldıysa bilemiyorum artık. Süphan'ın başında kıvırıp bere haline getirdiği kar maskesi hâlâ duruyordu. Bu haliyle tam bir şapşala benziyordu. Gözlerimi bereye diktiğimi fark edince hızlıca çekip aldı, "Bununla şapşal gibi görünüyorum," dedi. "Yok yok, olduğun gibi gösteriyor, dert etme," dedim. Keyiflendi azıcık. Eşyaların tamamını çuvallara doldurup planın diğer aşamasına geçmek için kamyonete atladık. Zühtü'nün beyaz eşya yetkili servisinin depo girişine arkadan yanaştık. Zühtü, Serap'ın teyzesinin oğlu. Kemalettin'in maharetli parmakları kapıyı otuz saniyede açtı. Beraberimizdeki çuvalları deponun uygun yerlerine zulalayıp iz bırakmadan çıktık.

Ertesi gün olanları tahmin üzerine anlatıyorum ama tamı tamına böyle gerçekleştiğine bahse girerim: Serap öğlene doğru avukat nişanlısını arar. Zaten ikisi de ev soygunundan dolayı perişan haldedir. Fakat Serap'ın telefondaki sesi iyice bitkindir. Nitekim polisler bir ihbar olduğunu söyleyerek teyzesinin oğlu Zühtü'nün işyerine baskın yapmış, onu birkaç çuvalla birlikte gözaltına almıştır. Serap, sevgili nişanlısından karakola gidip Zühtü'yle ilgilenmesini, meselenin ne olduğunu öğrenmesini ister. Avukat, Zühtü'ye gıcıktır çünkü Zühtü'nün de Serap'ta gözü vardır ama Serap kabul etmeyince izdivaç gerçekleşmemiştir. Şimdi Serap'ın Zühtü için kendisini karakola gönderip avukatlığını üstlenmesini istemesine içten içe bozulsa da "Tamam, bakarız," demiştir. Avukatımız karakola gidip işin aslını öğrenince Zühtü'nün yemin billahını dinlemeden ona tekme tokat girişmiştir. Bunlar bu şekilde karakolda karakolluk olunca mesele büyümüş, iki tarafın ailesi de olaya dahil olmuştur. Serap'ın annesi ablasıyla yani Zühtü'nün annesiyle feci şekilde kavga edip onu kızının mürüvvetiyle oynamakla suçlamış, ömür billah konuşmamak üzere küsmüştür. Avukatın ailesi de "Biz böyle aileden gelin almayız," deyip avukata sert çıkmıştır. Avukat da aile baskısına daha fazla göğüs geremeyip nişanı atmıştır.

Hayırlısı olmuştur. "Az kalsın bu lavukla evleniyordun Serap. Bak, zora girdiği ilk anda onurunu, gururunu, anasını, babasını, itibarını bir kenara atmadı, nişanı attı zübük." Bu arada Serap'ın bozulan üçüncü nişanı bu. Kim sebep oluyorsa artık!

Süphan ve Kemalettin'le mahalleden çocukluk arkadaşıyız. İlkokul, orta ve liseyi aynı sınıfta okuduk. Okuduk dediğim lafın gelişi tabii. İşin doğrusu hiçbirimiz ne okuduk ne yazdık. Aklımız yetmediğinden değil, "dilimiz" yetmediğinden. Küçükken de Kürttük biz, hatta daha Kürttük. Okula başladığımızda sadece birkaç kelime Türkçe biliyorduk; o da "analı bacılı" küfürlerden ibaretti. Babalarımızın askerdeyken öğrenip bize öğrettikleri kadar Türkçe konuşabiliyorduk yani. İlkokul bittiğinde bile hiçbirimiz Türkçeyi ne tam anlayabiliyor, ne de konuşabiliyorduk. Beş yıl boyunca anlatılan derslerin çeyreğini bile anlamamıştık. Bunu sınıfın geneli için söylüyorum. Biz üçümüz o çeyreği de anlamamıştık. Yedi yaşındaki bir Türk çocuğunu İstanbul'un göbeğinde Çince eğitim yapan ilkokula gönderdiğinizde ne kadar matematik, hayat bilgisi veya Çince öğrenebilirse biz de o kadar öğrendik işte.

Dersler olmasa okul güzeldi. Bizim için okul sokaktaki hayatımızın, oyunlarımızın parçası, devamı gibiydi. Okulu seviyorduk, sınıfı değil. Sınıf boğucuydu, ürkütücüydü. Kendimizi yabancı hissettiğimiz, aşağılandığımız yerdi. Dışarda kendi dilimizde bize sorulan her soruya çocuk aklımızla ve kendi dilimizle bülbül gibi cevap verirken, sınıfta dut yemiş bülbüle dönerdik. Öğretmenin söylediklerini anlayıp cevap verebilmek için çok çabalardık. Anlayamazdık ama; sınıfta Türkçe bilen tek kişi öğretmendi. Kürtçe Türkçe karışık verdiğimiz her saçma cevaptan sonra aşağılanırdık. Esmer kulaklarımızdan tutulur, siyah başımız kara tahtaya çarpılırdı. İçimizden sayardık her çarpmayı; yek, du, sê, çar... Sayı saymayı böyle böyle öğrendik. Birimiz tahtanın önünde dayak yerken geri kalanlarımız da onunla alay eder, gülerdik. Büyük bir sevinçle öğretmenden taraf olduğumuzu göstermek isterdik. Kimse zayıftan, aşağılanandan yana olmak istemezdi. Ama her halükârda sırayla o tahtanın önünde dikilip dayağımızı yerdik. Dayak sonrası sıramıza doğru giderken arkadaşlarımızın acımayla karışık alayları devam ederdi. Kulaklarımız kızıla keserdi, sadece çekildikleri için değil; utançtan, öfkeden, çaresizlikten. Sizin hiç onurunuz kırıldı mı? Şevkinizin kırılmasına, ayağınızın kırılmasına benzemez onurunuzun kırılması. Hele çocukken! Bir bardak leblebi tozunu bir kerede ağzınıza doldurmuş gibi olursunuz. Ne yutabilirsiniz ne nefes alabilirsiniz. Yutmaya çalıştıkça boğulursunuz, yutmazsanız zaten boğulursunuz. O anda mutlaka bir bardak su içmeniz gerekir. Biz de yerimize oturunca bir bardak su niyetine öğretmene Kürtçe küfürler saydırırdık içimizden. Bazen mırıldanır gibi çıkardı ağzımızdan. Aramızdan biri öğretmene yaranabilmek için hemen ispiyonlardı: "Örtmenım, Kudret sana kufır yapmiş." Çıldırırdı öğretmen. "Ne dedi, ne dedi?" diye bağırırdı. Neyse ki hiç kimsenin Türkçesi çeviri yapmaya yetmezdi. "Ez ê kîrê kerê têxim bav û kalan te û pîrên te jî"yi hangi çocuk Türkçeye çevirebilirdi ki?

Yazılışı veya okunuşu birbirine benzeyen Türkçe-Kürtçe kelimeler beynimizde mikser etkisi yapardı. Bazen dersi anlamamak, yanlış anlamaktan iyidir diye düşünmüşümdür çok sonraları. Mesela "boş" sözcüğü Kürtçede "bol, geniş" anlamına gelir. Türkçedeki "kel"in Kürtçe anlamı "kaynama"dır. "Aman"ın Kürtçe karşılığı "kap kacak"tır. Hele bir "Ali" vardı ki onu tam anlayabilmemiz yılları aldı. "Alî" Kürtçede "yön, taraf" anlamına gelir. Bu nedenle, bizim zihnimizde "Alî" topu asla tutamazdı. Zaten Yavuz Sultan Selim İlkokulu'nda "Alî"nin topu tutamamasının tek nedeninin dil olmadığını da çok sonraları öğrendim.

"Kestiğimiz kurbanların *derisini* Kızılay'a bağışlamalıyız" diye bir "hayat bilgisi" hatırlıyorum mesela. Bu cümleyi bir türlü anlamıyorduk. Mesele sadece Kızılay'dan bihaber olmamız değildi. "Deri" sözcüğünün Kürtçedeki anlamı "kapı"dır. O zamanlar avlulu evlerimizin bir kısmı ahır olarak kullanılırdı. Hayvanlar kesildikten sonra ahırın "kapısını" ne diye Kızılay'a vermemiz gerektiğini bir türlü anlamıyorduk. Çok saçmaydı. Henüz dördüncü sınıftaydık, hatırlıyorum, Muazzez diye bir kız en sevecen haliyle bunun mantıksız olduğunu öğretmene anlatmaya çalışmıştı: "Mamoste, heke em derîyê axur bidin xelkê wê hemû pezê me birevin biçin."* Bu mantıklı izahat karşısında hepimiz aynı anda gözlerimizi Muazzez'den öğretmene çevirmiştik. Buna da itiraz edemezdi herhalde! Ama yok, hayır, adam bu yanlış bilgiyi bize yutturmakta, kararlıydı. Avazı çıktığı kadar bağırıyordu: "Ne diyorsunuz anlamıyorum, aptal mısınız hepiniz, geri zekâlı mısınız? Kızılay diyorum Kızılay!" "Min di Kızılaya bavê..." Saydırıyorduk içimizden. Bunun gibi birçok kelime kafamızı karıştırırdı. Anlamazdık, anlamayınca dayak yerdik, dayak ye-

* Öğretmenim ahırın kapısını başkasına verirsek eğer, koyunlarımız kaçıp giderler.

dikçe hiç anlamazdık. Dersler katlanılması imkânsız bir işkenceye dönüşürdü. Yeryüzünde okul okuyan herkesin benzer işkencelerden geçtiğini zannederdik. Okul okumuş insanlar gözümüzde bir başka büyürdü. Bunca işkenceden zaferle çıkmayı başarmış herkes ilahtı gözümüzde. Bizse beceriksiz aptallardık sadece. Nefret ederdik kendimizden, konuştuğumuz dilden. Kürtçe konuşuyor olmak bir akıl hastalığıymış gibi iyileştirmeye çalışırdık kendimizi. Ama ne yaparsak yapalım hep aynı aptal çocuklardık. Birinci sınıftayken ders bittiğinde öğretmen "Ders bitti, haydi doğruca eve gidin," dediğinde hepimiz oturduğumuz yerden sessizce öğretmene bakardık. "Eve, eve... hadi gidin," derdi. "Ev'in kürtçe karşılığı "bu"dur ve öğretmen eliyle "bu, bu," derken neyi kastediyor diye o tarafa bakardık. Evet dışardan bakınca işin içinde bir aptallık olduğu kesindi, sadece kimden kaynaklandığı net değildi.

Her şey bir yana bizi en çok zorlayan şey "kir" sözcüğüydü. İki dildeki anlamı o kadar farklıydı ki okul denen şeye bakış açımız değişmişti. İşin kötüsü hepimiz yoksul, bazılarımız kirliydik. Ve öğretmen bunu sürekli yüzümüze vururdu: "Kudret ellerin niye bu kadar 'kîr'li, yıkamadan mı geldin?" Cümlede "kîr" geçince büsbütün kafamız karışırdı. Bütün sınıf bana döner, ellerimdeki "kîr"i görmeye çalışırdı.

Ben de sanki gerçekten elimde "kîr" varmış gibi utanarak masanın altına saklardım. Evet ayakta işerken şeyimi elimle tutuyordum ama öğretmen bunu nasıl anlayabiliyordu bir türlü akıl sır erdiremiyordum. Öyle ki çoğu zaman hiç dokunmadan ayakta işemeye çalışıyor, pantolonuma damlatıyordum. Sınıfta adım "kîr"li Kudret'e çıkmıştı. Ne yaparsam yapayım "kîr"den asla kurtulamıyordum. Ya önlüğüm "kîr"liydi ya yüzüm, ya ayaklarım veya saçım. Öğretmene kalsa ben komple "kîr"den ibarettim. Bunu böyle her seferinde uluorta söylemesi de ayrı bir garabetti. Demek ki okul biraz ahlaksızca bir yerdi. "Kudret! Kalk bakalım doğruca lavaboya, o 'kîr'i çıkarmadan da gelme!" Hey Allahım, ne ıstıraptı benim için.

Serap'ın Kürtçesi "leylan"dır. Adını "Leylan" koysalardı onu ilk gördüğüm anda kavuşamayacağımızı anlardım mutlaka. Ben Serap'ın leylan olduğunu iş işten geçtikten sonra anladım. Adı "Mürüvvet" olsaydı farklı olur muydu, bilmiyorum. Ya da "Vuslat"? Yine de ben Leylan'ı sevdim, serap olacağını bile bile.

Yazdı. Hava sıcaktı. Hayat dururdu aşırı sıcaklarda. Biz durmazdık, çocuktuk. Öyle ki ehl-i Müslümanın günah işlemeye bile takati olmazdı. Belki de böyle zamanlarda cehennemi daha yakından hissettikleri içindir. Okul tatildeydi, biz değildik. Bize ne okuldan, biz her zamanki havamızdaydık. İlkokulu bitirmiş, ortaokula başlayacaktık. Sokakların kesme parke taşları cayır cayır yanardı. Biz "sokak"a Kürtçede "kûçe" deriz. "Sokak"ı da sonradan öğrendik. Daracıktır kûçeler, labirent gibidir. Serap'ı ilk orda gördüm, labirentin içinde. İp atlıyordu kızlarla. İpin Kürtçesi "ben"dir. Göz göze geldik, "ben" ayaklarına dolandı, yalpaladı, düşer gibi oldu; "ben"i tuttu sıkıca, bırakmadı.

Bir yanımda Süphan bir yanımda Kemalettin, bütün yazı Serap'ların kûçesini arşınlayarak geçirdim. Bizimkinden dört kûçe aşağıdaydı evleri. Başka mahalleden o yaz buraya taşındıklarını öğrendim. Kocaman avlusu olan bir evde iki odalı bir yere kiracı gelmişlerdi. Onların dışında iki kiracı daha vardı, bir de ev sahibi, toplam dört aile. Sınıf arkadaşımız Hasangil de bu avlulu evde oturuyordu. Aslında ismi Mesrob'du, Mesrob Kavakçiyan. Kimlikte Hasan Kavakçıoğlu. Hasanlar Ermeniydi, biz onlara "xaço" derdik, haçlı manasında. Ermeni demek "gavur" demekti, ama bizim için fark etmezdi. Biz çocuktuk, ayrımız gayrımız yoktu. Hasan da bütün ailesi gibi çok iyi Kürtçe konuşabiliyordu. O güne kadar Ermeniler hakkında bildiğimiz şey dedelerimizin, nenelerimizin evde anlattığı bazen hüzünlü, bazen korkunç hikâyelerden ibaretti. Büyüdükçe daha başka Ermeni hikâyeleri de dinledim. Ermenilerin mallarına, mülklerine, kadınlarına, kızlarına el koyup zenginleşmiş Diyarbakır'ın kerliferli ailelerinin anlattıkları bile hep aynıydı: Birileri Ermenileri keserken onlar hep kurtarmış! Bak sen, ulan hepiniz Ermenileri kurtardıysanız bu kadar Ermeni'yi kim boğazladı? Ya da o kadar kurtardıysanız nerdeler? Neyse...

Hasanlar nasıl olduysa sağ kalanlardandı. Onların dışında beş altı Ermeni aile daha vardı mahallede. Hepsi bu! Müslüman Kürtlerle Hıristiyan Ermeniler arasında pek bir sorun kalmamış gibi görünüyordu. Ya da biz çocuk aklımızla öyle görüyorduk. Belki de Ermeniler hayatta kalmanın sırrını çözmüşlerdi: Öfkeni, acını sır gibi sakla! Soykırım'ın Kürtçesi "nijadkuji"dir. Çocukken hiç duymadık bu kelimeyi, ne bir Ermeniden ne bir Kürtten. Mesrob'la iyi arkadaştık, severdik birbirimizi. Bir gün Mesrob'u sorma bahanesiyle avlulu evin kapısını çaldık. Tanımadığımız bir kadın açtı, belki de Serap'ın annesiydi. Mesrob'u sorduk, avluya doğru dönüp "Hasan!" diye seslendi. İçerden Kürtçe "Mesrob yok, kûçededir," diye cevap geldi.

Kapının aralığından avluya hızla göz gezdirdim, Serap yoktu ortalıkta. Kadın, avludan yana baktığımı fark edince kapıyı yüzümüze çarptı. Üstümüze alınmadık. Gittik Hasan'ı bulduk. Süphan meseleyi anlattı ona. "Serap Kudret'in davasıdır, haberin olsun," dedi. Takıldığımız kızlara "dava" deriz. Niye böyle deriz bilmiyorum. Dava'nın Kürtçesi "doz"dur. "Doz"un diğer anlamı "amaç, ülkü"dür. Hasan hınzırca bir gülüşle dönüp bana baktı. "Siz bizim kadınlarımıza, kızlarımıza el koydunuz, şimdi sıra bizde," der gibiydi. Ben de "Yapma oğlum, benim ne günahım var, intikam için bula bula beni mi buldun?" der gibi baktım. Hasan anladı, yoksa acıdı mı ne? "Tamam," dedi, "ben de takılıyordum ama madem öyle bundan sonra takılmam," diye ekledi. Vay puşt, hemen de yazılmaya başlamış. Mesrob çok sonraları Amerika'ya gitti, yazılım mühendisi oldu. İşin mühendisliğini okudu çocuk. Biz lisedeyken Amerika'ya göçmüşlerdi. Halen haberleşiriz, iyi çocuktur Mesrob.

Biz meseleyi Hasan'a anlatınca bütün mahalle ve haliyle Serap da duydu. Yaşımız on iki, on üç. Serde serserilik de var. Kimse laf edemiyor bize. Dünyamız mahallemizden ibaret, Serap da dünyamızın güzeli. Mahalleden bir iki çocuk daha Serap'a takılmaya çalıştı. Ettik kavgamızı, hallettik işi. Bir insanın beyni en çok ne zaman size yakın olur biliyor musunuz? Kafasını suratınıza gömdüğünde tabii. Çok kafa yedim Serap için. Nükleer silah değil, kavgada kafa atmak yasaklanmalı bence. Kavganın tadı tuzu kaçıyor. Kafa atmak nedir oğlum? Hele bi tane uzun saçlı çocuk vardı, boyu da uzun. "Bu saçları niye uzattım biliyor musun oğlum," dedi. "Niye?" dedim.

“Sırf berbere gitmemek için, tıraştan nefret ederim, o yüzden kes tıraşı yürü git,” dedi. Ben de “Peki ben sırf sünnetçiye gitmemek için neyimi uzattım biliyor musun? Yok yanlış anlama, okul bitince sünnet olacağımı bildiğimden okulumu uzattım,” dedim. Biraz durup kahkahalarla güldü, biz de güldük. Barışıp ayrıldık, Serap’a takılmadı bi daha. Neticede (Ah Hatice ah!) Serap’ın uğruna kavgalara girip kazanılmış hakkımla birlikte ortaokula başladım. Okulun ilk günü bi de baktım ki Serap’la aynı sınıftayız. Üstelik çaprazımda oturuyor. Benim yanımda Süphan’la Kemo, onun yanında çirkin Netice. Serap bu şekilde çok daha güzel görünüyordu. İnsanın gözü ağzından büyük olur mu? Değilse gözleriyle nasıl yedi beni? Önce “Gözüm seni bir yerden ısırıyor,” diye ufak ısırıklarla başladı zaten. Aslında o da her şeyi biliyordu ve uğruna girdiğim kavgaları. Bütün sınıfın tanıklığında çaktırmadan bol bol baktık birbirimize. Midemde kelebekler uçuştu, karnım heyecandan guruldadı. Tesadüfe bak, midenin Kürtçesi “aşık”tır.

İlk defa Serap'ın mendilini çalarak hırsızlık yaptım. Etrafı yeşil dantelli, beyaz bir mendildi. Herkes teneffüsteyken o oturduğu sıradan kalkmadı. Gün boyunca arayıp durdu; çantasına, ceplerine defalarca baktı. Sınıftaki bütün kızlara sordu. Bir iki defa göz göze geldik, şüphelendi ama sormaya cesaret edemedi. En kıymetli hazinem gibi saklarım halen. Hırsızlık yasadışı değildir, hırsızlık yaparken yakalanırsanız yasadışı olur. Ahlaki olup olmadığı ise tartışılır. Neye göre, kime göre ahlak? Bi şey size çok lazımsa ve o şey başkasındayken onun için çok da önemli değilse, onu başka türlü de elde edemiyorsanız, zorla veya habersiz almanız ahlaksızlık mıdır? Emin değilim. Bu konuda Ebuzer Gıffari'nin "Açken kılıcına davranmayanın aklına şaşarım" düsturu daha yakın geliyor bana. Serap'ın mendilini aldığımda da hırsız gibi hissetmedim kendimi. Lazımdı bana, hem de Serap'ın burnunu silmesinden çok daha fazlası için lazımdı. Aşkın gözü kördür derler. Yanlış! Âşıkken hiçbir zaman olmadığı kadar gözüm açık oldu. Gereksiz hiçbir şeyi görmezsiniz âşıkken. Ve gereksizler ayıklanınca sadece hakikat kalır gözlerinizin önünde. Ancak bir âşık arayabilir hakikati ve hayatın anlamını. Zorla gözümüze sokulan yalanlar, riyakarlıklar, hırslar, mallar, mülkler, hevesler hakikati görmemize engeldir. Aşk bunların hepsini anlamsız hale getirir, o saatten sonra gördüğünüz tek şey aşktır ve işte o hakikattir. Sizin hakikatinizdir, sizin gerçeğinizdir. Yaşamın bütün anlamını o gerçeğin, yani aşkın etrafına inşa edersiniz. Merkezinde aşk olmayan bir hayatın anlamı da yoktur benim için.

Şimdi geriye dönüp baktığımda bunu daha iyi anlıyorum. Serap'a olan aşkım benim hayatımı belirledi, hayatımın anlamını, yönünü. En hesapsız, en çıkarsız, en saf halimle sevdim onu. Bendeki bu saflık biterse aşkımın da biteceğine inandım. Aşkım bitmesin diye de korudum bu yönümü. Sonraları bu benim için yaşam tarzına döndü. Hep uzaktan, platonik sevdim onu. Aşkımı itiraf etsem, kavuşsak, buluşsak veya evlensek aşk biter dedim. İlk zamanlar Kemalettin bana "Oğlum, anan seni kulak memesiyle mi emzirdi, çok mu gıdasız kaldın bebekken?" deyip dalga geçerdi. Sonraları o da, Süphan da anladı beni. Ben Serap'ı böyle uzaktan severken her zaman yanımda oldular, birer havari gibi.

Çok tanıdığım var, ama Süphan'la Kemo dışında arkadaşım yok. Olması da imkansız. Etrafımda ikiyüzlü olmayan hiç kimse yok çünkü. Süphan herkes için "lambiri suratlı" derdi, "kaplamayı kaldırdın mı altta gerçek yüzlerini görürsün." İşin tuhafı herkes herkesin ikiyüzlü olduğunu bilir. Kimse de bunu dert etmez. Normal olan budur sanki. Vıcık vıcık bir riyakârlık kokuşmuş yağ tabakası gibi bütün ilişkilerin üstüne yapışır. Kimse kendini güvende hissetmez. Ama kimse de bunu değiştirmek için en küçük bir çaba sarf etmez. Herkes bu haliyle evlilik kurar, sevgililik, yoldaşlık, arkadaşlık, ortaklık... Yürümez hiçbiri. Sonra sorunu başka yerde ararlar, suçluyu başka yerde. Süphan ve Kemalettin'le iyi arkadaş olmamız bilinçli bir tercih değildi. Biz beraber büyürken başka türlüsünü hiç tanımadık. Herkes bizim gibidir zannederdik. Biraz büyüyünce öyle olmadığını anladık. En azından birbirimize karşı ikiyüzlü olmadık.

Bu hayatta her şeyiyle güvenebildiğiniz en az bir kişi olmalı. Yoksa kendinizi hep yalnız hissedersiniz. İnsanların çoğu yalnızdır o yüzden, yapayalnız. Yaşananlar kelepir bir hayatın ikinci el versiyonu gibidir. Yaptığınız hiçbir şey size ait değildir, benliğinize, özünüze. Hayatınız, tümüyle güvensiz bir ortamın mecburen size yaptırdıklarından ibarettir. Saf çocukluk halinizden geriye kala kala yüzünüzde "memur gülüşü," dudaklarınızda "gammaz öpüşü" kalır. Öptüğünüz yer kirlenir, güldüğünüz zaman herkes incinir. Elinizde etrafı yeşil dantelli beyaz bir mendil de yoksa temizleyemezsiniz hiçbir yerinizi. Ben Serap'ı böyle sevdim, en saf halimle, uzaktan. Cinsellik, sevişmek aşkın değil, biyolojinin, kimyanın konusudur. Onu aşkın konusu yaparsanız yanıltır sizi, kandırır. Sevişmeyin demiyorum, sevişin. Ama en azından Cemal Süreya'yı dinleyin: "Yoksuluz, gecelerimiz çok kısa, dört nala sevişmek lazım." Sonrası geriye kalan aşktır, baki kalan aşk. Aşk'ın Kürtçesi "evîn"dir. Ve senin evin dünyadaki en güvenli yerindir.

Çayın, saksıdaki çay çiçeğinin kadifemsi bordo yapraklarından demlendiğini sandığımız çocukluk yıllarımız hızla geçti. Dersteyken sık sık "Kürtçe diye bir dil yoktur, hepiniz doğru düzgün Türkçe öğreneceksiniz," diyen ve alayımızı sıra dayağından geçiren Türkçe öğretmeni gut hastalığına yakalanıp iyice asabileşti. Sonra hastalığı ilerledi, bizim açımızdan "very gut" oldu. Erken emekli olup Kürt çocuklarının "kîr"inden uzak bir sahil kasabasına yerleşti. Yerine gelen Türkçe öğretmeni bütün dünyamızı değiştirdi. O da Türktü ama bizi Kürtçe sevdi. Biz de en çok onu sevdik. İki dilli olmanın güzelliğini bize o öğretti. Ana dilinizi unutmayın diye tembihledi. İlk defa Kürt olmaktan utanmadan sınıfa girer olduk. Ama çok sürmedi. Dört ay sonra okulun önünde ensesinden tek kurşunla vurduklarında yirmi beş yaşındaydı.

Adı Feryat Mahir'di ve feryadın bütün dillerdeki karşılığı aynıydı. O gün hepimizin çocukluğunun son günüydü. Büyümüştük ertesi gün, oysa küçüldüğümüzden emindik. Feryat öğretmenimizin kan izleri aylarca sokaktan silinmedi. Yürürken kimse oraya basmamaya dikkat etti. Acının kutsal mekânına bakar gibi baktı herkes, Habil'le Kabil'den bu yana dökülen ilk kanmış gibi hayretle, şaşkınlıkla, korkuyla izledi. Başka mahallelerden kadınlar, çocuklar, yaşlılar gelip gelip parke taşlarının arasındaki kurumuş kana baktı. Devrimci bir öğretmenin kanıdır deyip saygıyla, hüzünle önünden geçtiler. Sonra çok sürmedi başka öğretmenleri de vurdular. İntikam için, dediler. Devlet için, özgürlük için, vatan için, demokrasi için, bayrak için ne çok öldürdü, ne çok öldü insanlar. Kan şehrin her sokağına bulaştı, her taşına. Dönüp de kana bakmaya korkar oldu insanlar. Hemen yıkadılar kanlı taşları, izlerini silince acı da silinir sandılar. Ortaokul, lise yıllarımın tamamı kanın, ölümün, korkunun boyunduruğunda geçti. Sokaklarda sürekli çalınan ama nereden geldiği belli olmayan yanık bir ezgi varmış gibi hissederdim. Herkesin yüzü ağlamaklıydı sanki. Okulda herkes ilkgençliğin ateşiyle dağa çıkmayı tartışırdı gizli gizli. Ben ne yapacağımı bilemezdim, emin olamazdım bir türlü. Protestolar, cenaze törenleri yapılırdı; arada bir onlara katılırdım. Newroz gelirdi, araba tekeri yakılırdı, ben de polisler gelip söndürünceye kadar ateşin üstünden atlardım. Ateş bütün korkularımı küle döndürürdü adeta. Sonra polis müdahalesi, kovalamaca... ve sönerdi ateş. Sokak sessizliğe bürünürken korkularım yeniden alevlenirdi. Korkularımı yenmem için ateş hiç sönmemeliydi. Ateş beni büyülemişti, kendine doğru çekiyordu. Ama yapamadım, yapamazdım, ben kimseye ateş edemezdim. Böyle boğulur gibi olduğum zamanlarda etrafı yeşil dantelli beyaz mendili arka cebimden çıkarır avucumda sıkardım. Beyaz mendilin saflığına, Serap'ın aşkının ateşine sığınırdım. Mendilin Kürtçe karşılığı "destmal"dır, yani "ele ait olan, elin malı".

İkinci hırsızlığımda bir şiir çaldım. Diyarbakırlı büyük şair Ahmed Arif'in bir şiirini. Kitap dayımındı, ordan okumuştum. Altına kendi adımı ekleyip bir kâğıda yazarak Serap'ın defterinin arasına koydum. Bir ilan-ı aşk sayılır mıydı? Hayır. Bir kızın kafasını iyice karıştırır mıydı? Kesinlikle.

Serabın bir sonu vardır,
Ufkun, sıradağın sonu.
Uçarın, kaçarın bir sonu vardır
Senin sonun yok.
Mandaların, kavakların pazarı olur,
Senin pazarın olamaz.
Sensiz nar çatlamaz, bebek gıı demez.
Beni böyle şair, divane etmez,
Kızımın çatal göğsü.
Senin yüzün suyu hürmetinedir
Buğdaylara, cevizlere yürüyen
Kara toprağın ak sütü...

Lise son sınıftaydık artık. Bitiyordu okul. Serap'la ne yapacağımıza dair en ufak bir fikrim yoktu. Dünya âlem ona olan aşkımı bilirdi. Ancak tek bir defa bile Serap'la bu konuyu konuşmadık. Herkes sınıfta dersi takip ederken ben onu izlerdim. Okul sonrası herkes eve giderken ben onu takip ederdim. En az yirmi adım arkasından; bir yanım da Süphan, diğerinde Kemalettin, eve bırakırdım aşkımı. Altı yıl istisnasız her okul çıkışında yaptım bunu. Kızcağız da bir güne bir gün dönüp bir şey demedi. O da ben arkasında yürümeden eve gidemez hale gelmişti. Gün geçtikçe güzelleşiyordu. Açık kahve uzun saçlarını bazen tek bazen çift örgü yapardı. Kıvrık kirpiklerle süslü yuvarlak yeşil gözlerinde taze çimenlerin arasındaki papatyaları seçebiliyordum. Bazen kaçamak bir bakışını yakalardım. Lokal anestezi etkisi yapardı, gözlerimde, dudaklarımda.

Lise diplomasını elimize verdiklerinde sudan çıkmış balık gibiydim. Serap'ı öyle her gün görme devri ilelebet kapanmıştı. Bundan sonrası artık sevdiğim kızın evinin önünden geçerken onu bir anlığına pencerede, balkonda tesadüfen görmeye kalmıştı. Ya da çarşıda pazarda karşılaşma mucizesine. Bunlar platonik bir aşk için dert değildir elbette. Aşkın büyüsü zaten burdadır, imkânsızlığında. Asıl mesele Serap'ın biriyle evlendirilme ihtimaliydi. Böyle bi durumda ne yapacağımı henüz bilmiyordum. Benim sevdalım başka biriyle evlenmeyi kabullenir miydi, onu da bilmiyordum. Gerçi evlense bile onu yine aynı aşkla severdim, ama görmeye gidemezdim. Platonik aşkın kanununa aykırı olurdu. O gün, rulo yapıp ceketimizin iç cebine koyduğumuz diplomalarımızla, Hevsel Bahçelerinden yürüyüp Dicle Nehrinin kenarına geldik. Yol boyunca rastladığımız bostanlardan biber, patlıcan, domates toplamış, içinde üç şişe bira olan siyah poşete doldurmuştuk. Kıyafetlerimizi çıkarıp ağacın dibine yığdıktan sonra biraz yüzdük. Kemalettin bizden önce çıkıp çalı çırpıyla ateş yaktı. Köz hazır olunca biz de çıktık. Sıcak kumlara uzanıp kurulandık. Zorunlu birkaç kelime dışında bir şey konuşmadık. Üçümüz de sonu görünmeyen bir boşluğa düşer gibiydik. Üniversite ihtimali bizim için ihtimal bile değildi. Biz daha Türkçeyi doğru düzgün öğrenmemiştik ki üniversite sınavını kazanalım. Bundan sonrası için hiçbir fikrimiz yoktu. Okul iyi kötü hayatımızın bir parçasıydı, gel gör ki o da bitivermişti. Sebzeleri közledik, Süphan çakısıyla domatesleri poşetin üstüne doğradı. Biralarımızı açıp birer fırt çektik. Hüznümüz dışarı çıkmak için biranın içimize akmasını bekliyormuş gibi Kemalettin yanık sesiyle Kürtçe bir şarkı söyledi:

Min bihistî tu nexweş e wêy lo
Çi bikim bextê min tim reş e wêy lo
Dilê min herdem dikule wêy lo
Carekî nebûye geş e[*]

Gençliğimde ilk defa orda ağladım. Kalktım nehrin kenarına kadar yürüdüm. Dicle'nin bulanık sularına bakarak avazım çıktığı kadar bağırdım. "Ey Dicle! Mezopotamya'nın nazlı gelini! Binlerce yıldır can alan, can veren, susuzlara derman, arsızlara ferman olan Dicle! Benim de hawarımı duy, yüreğimdeki yangını söndür…" Bu esnada Süphan arkamdan seslendi, "Kudret," dedi. Sesi bana teselli vermek ister gibi, acır gibiydi. Başımı çevirmeden mağrur bir edayla "Ne var?" dedim. "Oğlum, inek bokuna basmışsın, gelirken ayağını yıka," dedi. Hay ben senin yedi sülaleni Süphan…

---

[*] Şarkıyı dinlemek için karekodu okutunuz: https://dipnotkitap.com/leylan (yay. n.).

Baktım gerçekten bileklerime kadar tezeğe gömülmüşüm. Bense suyun kenarındaki çamura bastığımı sanıyordum. Neyse, ayaklarımı yıkayıp yanlarına döndüm. Biradan bi fırt daha çekip oldukça kararlı ve ciddi bir tonda "Bana bakın oğlum," dedim. İkisi de o anda yeni bir evreye geçtiğimizi idrak ettiler. Herkesin içinde az da olsa liderlik hevesi vardır. En azından bir kişinin bile olsun lideri olmak isteriz. Ben o ses tonumla, üç kişilik grubumuzun lideri artık benim demiştim ve iki can arkadaşım da bunu içtenlikle onaylar gibi bana bakmışlardı. "Serap kimseyle evlenemez, ben buna dayanamam, ben de onunla evlenemem çünkü aşkımıza kıyamam. Sevdiğim kızı istemeye kalkan olursa canım pahasına engel olurum. Var mısınız benimle?" dedim. Tereddüt bile etmediler, "Ölümüne," dediler. Şişeleri tokuşturduk, tarihi kararımızı patlıcan, biber közlemeyle pekiştirdik.

Bu kararı vermiş olmak beni inanılmaz şekilde güçlü ve özgür kılmıştı. Bütün sıkıntım, darlığım bir anda yok oluvermiş, aşkımı sonsuza kadar güvence altına almışım gibi neşeyle dolmuştum. Bundan sonraki en büyük amacım Serap'ın evlenmesine engel olmaktı. Serap'ın ne düşündüğü umurumda değildi, çünkü onun için en iyisi buydu. Evlense mutsuzluktan, kahırdan işkenceye dönecekti hayatı. Buna izin veremezdim.

Rahatlığım bir ay bile sürmedi, dakka bir gol bir! Serap'ı aşağı mahalle camisinin hocasına istemişler, söz kesmişler. Duyduğumda elim ayağım buz kesti. Karar falan almıştık tamam ama, bu kadar hızlı bir şekilde meseleyle yüzleşmeyi beklemiyordum. Serap daha on yedi yaşında, ne aceleniz var ulan! Demek ki babası bi an önce başgöz edip kızından kurtulmak niyetinde. Bu babayla işimiz zor. Kızının ne düşündüğüne bile bakmaz! Bu defa kurtarsak bile bundan sonraki ilk talipliye verecek bu kızı. Kaldı ki daha ilk seferi nasıl atlatacağımıza dair fikir namına bi şey yok bizde.

Yüksek karar organını topladım hemen. Durumu anlattım. Görev dağılımı yaptık. Kemalettin, adamın önceki görev yeri olan köye gidip araştırma yapacak, geçmişini kurcalayacak. Süphan, Hocanın şimdiki ilişkilerini didik didik edecek; ben de adamı sürekli göz hapsinde tutup nerelere girip çıktığına bakacağım. "Bu adam hakkında her şeyi bilmek istiyorum," dedim öfkeli bir şekilde. "Yedi sülalesini, ebesinin adını, ayakkabı numarasını, banka dekontlarını, ilkokul öğretmeninin adını, kullandığı diş macununun markasına kadar her şeyi." "Bokunu çıkartma Kudret," dedi Kemalettin, "adam kimin nesidir, kimlerdendir bakacağız işte." "Tamam işte, ben de onu diyorum," diyerek pıstım. Neyse, işbaşı yaptık hemen.

İki gün sonraki toplantımıza herkes heybesi dolu olarak gelmişti. Vay anam vay! Meğerse neymiş bizim bu Hoca. İnsan kızını vereceği adamı hiç mi araştırmaz? Hoca olunca tamam mı yani, bu mu hepsi? Adam hoca ama bênamusun teki, kurban olsun hocalara. Yirmi altı yaşında, dört yıldır köy köy dolaşıp fahri imamlık yapıyor. Gerçekten imam olduğuna dair tek kanıt sakalıyla külahı. İlmini, icazetini nerden aldığı belli değil. Camiye yardım niyetine topladığı paraları cebine atıp yediği kesin bilgi. Cemaatten borç olarak aldığı paraların tek kuruşunu bile geri vermemiş, millet de istemeye utanmış. Tam bir fırıldak. Bunlar bi şey değil ama. Daha vahimi var. Bir yıl önce karısı sözde intihar etmiş. Köylüler onun kocası tarafından boğulduktan sonra asılıp olaya intihar süsü verildiğinden eminler. Gittiği her köyde kadınlara musallat olmuş, zina yaptığı dedikoduları ayyuka çıkınca da vırt diye terk etmiş oraları. Bizim aşağı mahalleye geleli üç ay olmuş. Caminin avlusundaki iki göz odada tek başına yaşıyormuş. Cemaatin gönlü bu "dini bütün" hocanın yalnız yaşamasına elvermemiş, yalnızlık Allah'a mahsus demiş, araştırıp Serap'ı bulmuşlar. Benim Leylan'ımı, dünyalar güzelimi, ebedi aşkımı. Demek öyle ha! Benim kuzumu bu kurda teslim edecekler? Mahallenin bütün erkekleri toplanıp melekler kadar saf bir çocuğu bu adamın koynuna koyacak, öyle mi? Niye ben ölmüş müyem? Ulan ben sizin babanızın... Pardon, çok özür dilerim. Kendimi kaybettim bi an. "Peki arkadaşlar, şimdi sakince ve serinkanlılıkla ne yapacağımızı planlayalım," dediğim anda Süphan ayağa fırladı, "Ulan ben gidip onun ana..." "Hiş hiş hoş" deyip Süphan'ın ağzını kapatarak zorla yerine oturttuk. "Lütfen sakin olun arkadaşlar, öfkeyle hareket etmenin bize hiçbir yararı olmayacak, biz hedefe odaklanalım, Hatice'ye değil neticeye bakalım," dedim, demez olaydım. Bu defa Kemalettin diklenip kendini paraladı: "Bırakın ulan, ne planı, onun yedi sülalesinin, zürriyetinin..." Kemo'yu da güç bela sakinleştirip yerine oturttuk. Sözü Süphan aldı: "Daha sakin arkadaşlar, daha sakin. Mesele çok ciddi, en küçük bir hata yaparsak Serap'ı verirler bu soysuza." Süphan daha lafını tamamlamadan bu defa cinler benim tepeme vurdu. "Çekilin ulan, ben direkt gidip bacağımı onun gö..." "Höşş hiş hoşt" deyip beni de güç bela susturup sakinleştirdiler. Bir müddet sessizce başımız önde, gözlerimizi masaya dikip oturduk. Beş on dakika geçtikten sonra nihayet sakinleşmiştik. Uzun uzadıya plan yapmaya gerek duymadık. İhtiyacımız olan en önemli şey üç tane namaz külahıydı.

Ertesi gün öğlen namazında hocanın tam arkasında saf tuttuk. Neyse ki cuma olmadığından en fazla on on beş kişi vardık. Allah'ın gücüne gitmesin diye gerçekten de kıldık namazımızı. Namaz sonrası cemaat camiyi boşalttı. Biz üçümüz hilal şeklinde dizilip tesbih çekmeye başladık. Hoca bir müddet tereddüt yaşasa da o da tespihini alıp aramıza oturdu, halkayı tamamladık. Bir süre "Süphanallah, süphanallah," dedikten sonra Kemalettin söze girdi.

– Hocam, desturunuz varsa ilminizden irfanınızdan faydalanmak için camiye devam edip sizden ders almak istiyoruz, dedi.

Hoca anında yavşadı, ağzı kulaklarına varacaktı neredeyse. Nihayetinde kötü zamanlardı, kimin ne olduğu, hangi örgütten olduğu belli olmazdı. Bizim tehlike arz etmediğimizi düşünmüş olacak ki rahatladı puşt.

– İlim irfan Allah'tandır gençler, bir faydamız olur da sevap işlersek Allah sizden de razı olur, dedi.

Süphan en doğal haliyle:

– Hocam, methinizi çok duyduk, dinimizi dinayetimizi öğrenmek için sizden iyisi olmaz diye düşündük.

Hoca iyiden iyiye kabardı. Ulan böylelerinin en zayıf noktası da budur ha! İki kelime yağ çektin mi hemen gö.... burunları havalanır yani. Hoca bağdaş kurmuş, iki eliyle tesbih çekerken kaşlarını çatarak ciddi bir edayla,

– İnşallah, inşallah, dedi. Yalnız bi tek hafta sonları öğlen namazını müteakiben ders yaparız. Öbür günler müsait olmaz. Bir de burası Allah'ın evidir, yanlış anlamayın, ders için değil, caminin ihtiyaçları için arada bir yardım yaparsanız sevap olur.

Biz hep bir ağızdan,

– Ne demek hocam, Allah'ın evine canımız fedadır, dedik.

– Tamam peki, bu hafta sonu gelirsiniz başlarız, dedi.

Kalktık birlikte caminin avlusuna çıktık. Cemaatten birkaç kişi duvarın dibindeki ağaçların altına oturmuş sohbet ediyordu. Hoca tam bizimle vedalaşıp onlara doğru gitmeye yeltenince Kemalettin devreye girdi:

– Hocam, müsadenizle kafama takılan bir şeyi size sormak istiyorum, dedi.

Hoca kararsızlığının işareti olarak kısa bir suskunluk geçirse de,

– Buyur delikanlı, sor bakalım, dedi.

– Hocam oruçluyken osurmak orucu bozar mı? diye sordu Kemo.

Hoca hızlıca üçümüzün gözlerinde bir tur attı. Gayet cid-diydik, hiç de şaka yapar halimiz yoktu.

Hoca biraz düşündü, cevabı bilmediğinden değil, cevap verirse devamının geleceğinden korkuyordu. Zorlanarak da olsa konuştu.

– O dediğin abdesti bozar kardeş, ama yine de olur olmaz yellenmemek lazım.

Süphan durur mu?

– Öğlen namazını bir zekât kıldırsak olur mu hocam?

Hoca elini kaptırdığının farkındaydı ama yapacak bir şey yoktu. Birkaç kişi de olsa cemaat uzaktan bizi izliyordu, hal böyleyken gençlerle ilgilenmemek olmazdı.

– Zekât değil rekât demek istedin herhalde. Ama olmaz, dört rekât farzdır.

Süphan:

– Yok hocam, yani ben diyorum ki birine zekât verip yerimize öğlen namazı kıldırsak olur mu?

Hoca yutkundu, ters bi cevap vermemek için kendini zor tutuyordu.

– Yok kardeş, olmaz, namaz vekaleten kılınmaz, dedi.

Ben atladım hemen.

– Kurban niyetine karpuz kesebiliyor muyuz hocam? dedim. Hoca "eh artık yeter be!" der gibi elini havaya kaldırınca Kemalettin,

– Hocam bunlar önemli meseleler, gençler bunları tam olarak bilemezse dinimizi yanlış öğrenebilirler. Çünkü kimileri diyor ki kurban niyetine ne kesersen kes Allah kabul eder. Önemli olan niyetmiş.

Hoca son derece ciddi ve saf, aynı zamanda külahlı bu üç genci kırmak da istemiyordu belli ki. Fesüphanallah çekip cevap verdi mecburen:

– Olmaz kardeşim olmaz, karpuzdan kurban olur mu? Eti yenilen bellli hayvanların kanı akıtılmadan kurban ibadeti olmaz. Hadi şimdi gidin hafta sonu geniş geniş sohbet ederiz, dedi; bizden kurtulmak için de "Selamunaleykûm," diye ekledi.

Kemalettin fırsat vermedi.

– Demek ki dinin kesin kuralları, Allah'ın emirleri vardır, biz onları değiştiremeyiz, değil mi?

– Doğrudur, değiştiremeyiz, dedi hoca.

Süphan yekten,

– Peki, Allah var mıdır hocam? dedi

Hoca iyice bi celallendi:

– Haşa, sümme haşa, tövbe yarabbi tövbe, bu nasıl bir sualdir delikanlı? dedi.

– Yok hocam, yanlış anlamayın, biz inanıyoruz da, sizin gibi dini bütün bir hocadan da duyup emin olmak istedik, dedi Süphan.

Hoca sinirli sinirli başını sallayıp yürüdü. Kemalettin arkasından,

– Peki, Allah büyük müdür hocam? diye sordu.

Hoca daha üçüncü adımında durdu, şimdi bu soruyu orta yerde bırakıp gitmek hiçbir hocaya yakışmazdı tabii. Döndü.

– Büyüktür, hem de insan aklının kavrayamayacağı kadar büyüktür. Allah-u Teâla'nın bir sınırı yoktur. O göklerin, yerlerin tek hakimi; sonsuz kudret, merhamet ve şefaatin sahibidir. Allah öyle büyük ve sonsuzdur ki biz zavallı kullar minicik aklımızla O'nun büyüklüğünü idrak edemeyiz. Kainatın tamamı Allah'ın eseridir. Bize bahşedilen akılla ancak O'nu hissedebilir, anlayabilir ve O'na kulluk edebiliriz. Allah'ın büyüklüğünü düşünmeye çalışmak insan beyninin harcı değildir. O nedenle Allah'ın büyüklüğünü düşünüp boş yere beyninizi yormayın, O'nun varlığını düşünün yeter. Allah sizi affetsin, deyip tekrar yürüdü. Bu defa ben arkasından,

– Hoca! Zina yapmanın kefareti nedir? dedim. Zınk diye durdu. Dönüp ok gibi bakışlarıyla hepimizi delik deşik etti. İş başka bir yere doğru gidiyordu. Bize yanaşıp kolumuza girerek cematten biraz daha uzaklaştırdı. Her şeye rağmen sûkûnetini korumaya çalışıyordu.

– Belli ki çok meraklısınız gençler, ama bunları daha sonra konuşalım, olur mu? dedi

Süphan:

– Hocam birini boğup öldürdükten sonra intihar süsü vermek için asarsak Allah'ın haberi olur mu?

Kemo:

– Cami için toplanan paraları kendi cebimize atsak, cemaat bilmese bile Allah bilir mi?

Hoca kulaklarına kadar kızarmıştı ancak cevap vermesine fırsat vermiyorduk.

Ben:

– Hoca efendi! Kainatın tek hakimini, her şeyi yaratanı, okyanusun en derinindeki balıktan galaksilere kadar her şeyden haberdar olanı, aklımızın alamayacağı kadar büyük olanı, Yüce Rabbi kandırabildiğini düşünen bir insan, biz zavallı aciz kulları hayli hayli kandırmaya çalışmaz mı? Allah'a inanır görünüp de kulları aldatanlar, haşa Allah'ı aldatmış sayılmaz mı? Böyle bir insanın varlığından haberdar olmuşsak farz-ı misal, ne yapmamız icap eder?

Hoca artık iyice tırsmıştı, meseleyi şimdi tam olarak anladığını görebiliyorduk. Korkudan dili damağı kurumuştu. Dilini önce ağzının içinde sonra dudaklarında gezdirip güçlükle,

– Böyle birini görürseniz ondan uzak durun, diyebildi.

Kemalettin adamın yakasına yapışıp duvara dayadı.

– Ya o bizden uzak durmuyorsa ne yaparız? diye sordu.

Hoca son bir gayretle,

– Çekin ulan elinizi! diye bağırdı.

Süphan,

– Hoca efendi, hoca efendi! Ağzından çıkanı külahın duymuyor galiba? Küfürlü konuşmak bir din adamına yakışıyor mu? Kafamızı bozma, yoksa biliyorsun, şeriatın kestiği bacak acımaz, dedi.

Hoca Süphan'a "ulan o laf öyle değil" der gibi kendini acındırarak baktıysa da düzeltme yapılacak bir ortam yoktu.

Kemalettin, elini beline götürerek:

– Bana bak hoca bozuntusu, senin yediğin bokları biliyoruz. Bu gece Diyarbakır'ı terk edeceksin. Partinin kararıdır. Sana tavsiyem ölene kadar Allah'a yalvarıp tövbe ederek af dilemendir. O'nun şefaatinden, merhametinden sual olunmaz. Ayrıca sana hocalığı ve evlenmeyi de yasakladı Parti. Gözümüz üzerinde olacak hoca. Yarın sabah biz değil, başka bir tim seni kontrole gelecek. Eğer halen burdaysan onlar bizim gibi konuşmayı bilmezler. Dilleri yoktur onların, namlularıyla konuşurlar sadece. İnşallah geldiklerinde burda olursun.

Kemo'nun tiradı öyle sahiciydi ki ben bile inandım bir an. Adamın yakasını bıraktığında yere yığılmamak için iki eliyle duvara tutunduğunu fark ettik. Beti benzi atmış, bembeyaz olmuştu. Bu kadar yeter diye düşündük. Bi tek Süphan emin değildi:

– İnfaz timi adamın bağırsaklarını çıkarıp boynuna dolayarak ağaca astıktan sonra derisini komple yüzüp çıplak eti tuzlayarak güneşte…

Neyse ki Kemo müdahale etti:

– Tamam Süphan! Adam anlamıştır mutlaka.

– Yok ben hani tamı tamına anlasın diye şey ettim.

Hoca gitti. O gece gitti. Sessiz sedasız. Birkaç gün ortalıkta görünmeyince cemaat hocanın evine giriyor, adamın çekip gittiğini öyle anlıyorlar. Camiye ait eşyaları bile götürmüş it oğlu it.

O gün akşama doğru Serapların penceresinin dibinden geçtim, bekliyordu beni. Kısa bir an durdum, birbirimize baktık. Teşekkür eder gibi iki gözünü kapatıp açtı, gülümsedi. Ben de "Lafı mı olur, ben sana ölürüm be" anlamında gözlerimi yana devirdim. Sonra o "Çabuk siktir ol git, babam gelir şimdi" manasında gözlerini kocaman açtı. Ben de tek gözümü kırpıp "Merak etme, yakalanmam" dedim. Biz böyle gözlerimizle konuşurken içeriden anasının sesi geldi, sevdiğim telaşla pencereyi kapatıp perdeyi çekti. Evlilik tehlikesinin birinci perdesi böylece kapanmış oldu.

Yaş oldu on dokuz; iş yok, güç yok. Baba parasıyla kahve köşelerinde takılıyoruz. İki çift güvercin almışım. Evimizin toprak damına tahtadan, derme çatma bir kümes yapmışım. Uçup gitmesinler diye kanat uçlarına ip sarmışım. Yeni yerlerine alışınca çözerim ipleri. "Şatır" deriz biz yuvalarına alışmış güvercine. Benimkisi öylesine bi heves. Yoksa ciddi iştir güvercin beslemek. Her şeyini katman lazım; zamanını, sevgini, ruhunu, tüm paranı... Hakkını verirsen iyi para da kazanırsın sonra sonra. Benim harcım değil ama. Babam da habire laf sokuyor bana. Çalışmak yerine güvercinlerle oyalanıyorum diye neredeyse evlatlıktan reddedecek. "Bir insan nasıl güvercin sevmez?" dedim babama. Acıyarak baktı bana.

Her gün akşamüzeri dört gibi Serapların evinin önünden geçerdim. Standart, şaşmaz. Serap mutlaka pencerede olurdu. Şaşmaz. Ev tek katlı, pencere yere yakın. Sıçrasam dudaklarım dudaklarına yetişir. Newton yerçekimini bulmamış olsa öpüşebiliriz azıcık. Ama asıl sorun Newton değil, sorunun büyüğü Arşimet! Ve "suyun kaldırma kuvveti".

Bir gün sokakta, pencerenin hizasında azıcık oyalandım. Daha yakından göreyim diye de Serap'a yaklaştım. Anası hayalet gibi kızın arkasında belirdi. Elindeki bir kova suyu başımdan aşağı boca etti. Öyle bağırdı ki bütün mahalleyi ayağa kaldırdı. Ben buna "suyun kaldırma kuvveti" diyorum, anasına da Arşimet.

O gün bu gündür oyalanmıyorum pencerenin önünde. Normal adım geçerken azıcık bakıyorum sadece. Arşimet de bu kadarına bi şey demiyor.

Süphan'la Kemalettin işten fırsat bulursa akşam dört devriyesinde bana eşlik ediyorlar. Kemo oto tamircide, Süphan kıraathanede çalışıyor. Kemo gecikse bile iş sonrası mutlaka bana uğruyor. Damda, kümesin önünde oturup güvercinlere yem atarken sohbet ediyoruz. Arada bira da getiriyor, çaktırmadan yudumluyoruz. Süphan bazen geç saatlere kadar çalışıyor. Biz de kahveye takılıp kağıt falan oynuyoruz. Fırsat bulursa Süphan da yanımıza oturuyor, iki lafın belini kırıyoruz. Askerlik zamanı yaklaşıyor. Tedirginiz. Sevmiyoruz askerliği. Sürekli kaçak gezmek hesabımıza gelmiyor. Benim tedirginliğim iki kat: Serap var bir de. Ben askerdeyken evlendirilirse ne yaparım diye kara kara düşünüyorum.

Tedirginliğim boşuna değilmiş. Tam da o günlerde babası Serap'ı kasap Musa'nın oğluna verdi. Söz nişan bi arada yaptılar. Aklım uçtu gitti. Değil celpname, bütün orduyu üstüme gönderseler artık askere gitmem dedim. Kurmay heyetini hemen o gece topladım. Çocuk bizim mahalleden değildi ama kasap dükkanları Süphan'ın çalıştığı kahvenin yanında olduğundan az biraz tanıyorduk onu. Adı Ceco'ydu. Yakışıklı, kalıbı yerinde, efendi bi çocuktu. Ertesi gün biraz araştırdık, hiçbir açığını bulamadık. Gidip tehdit etsek, namus belasına ortalığı kan götürecek. Nereye, kimlere takılır diye takibe aldım "damat"ı ve meseleyi şıppadanak çözdüm. Allah yüzüme baktı resmen. Bu kadar kolay olacağını tahmin edemezdim.

Çocuk her akşam beş gibi dükkândan çıkıyor, dar sokaklarda bir tur atıp geri dükkana dönüyordu. İlk iki gün uzaktan takip edince gözümden kaçmış. Üçüncü gün fark ettim. Ceco bir evin yanında yavaşlıyor ve üç saniye pencereye bakıp devam ediyordu. Penceredeki kız da Ceco geçtikten sonra yanık yanık arkasından bakmaya devam ediyordu. Tabii ya! Ceco da benim gibi devriye atıyor. Tek farkımız onunki dört değil beş devriyesi. Serap'la nişanlanmasına rağmen çocuğun yüzündeki kederden anlamalıydım: başkasını seviyor.

Gerisi çok zor olmadı. Plan basitti. Sevenleri kavuşturacaktık. Kızın adını öğrendik ve sanki Ceco'dan gelmiş gibi kısa bir notu küçük bir çocukla kıza gönderdik. "Cuma günü akşam beşte Balıkçılar dolmuş durağına gel, kaçıracağım seni. Ben sensiz yapamam Nalan. Gelirken yanına bir şey almana gerek yok. Seni bekleyeceğim aşkım." Kız yarım saat sonra aynı çocukla cevabı yolladı, telsiz konuşması gibiydi mübarek: "Tamam." Notu değiştirip şöyle yazdık: "Ben sensiz ölürüm Ceco. Eğer beni gerçekten seviyorsan kaçır beni. Cuma günü akşam beşte Balıkçılar dolmuş durağına geleceğim. Gelmesen de bekleyeceğim seni aşkım." Gerisi âşıkların cesaretine kalmıştı. Ve inanıyordum ki bütün âşıklarda deli cesareti vardır. Cuma günü akşam bütün mahalle Ceco'nun Nalan'ı kaçırdığı haberiyle sarsıldı. Not akışındaki karmaşayı çözene kadar çoktan çocukları bile olmuştur. Sevenleri kavuşturmak sevaptır. Herkes en çok "Nişanlı kız yerde kaldı" diye Serap'a üzüldü. Ertesi gün dörtte pencerede gördüğüm kız ise hiç de üzgün değildi. Gülümseyip gözleriyle önce teşekkür etti, sonra siktir çekti. Seviyorum lan bu kızı!

Akşam eve gidip dama çıktığımda kümesin kapısı açıktı. Kocaman asma kilit de yerde duruyordu. Anama seslendim;

kapıyı kimin açtığını da, güvercinlerin nerde olduğunu da bilmiyordu. Birisi açmıştı ama güvercinlerin kanatları bağlı olduğundan uçmaları imkânsızdı. Bu kesinlikle bir hırsızın işidir diye düşünürken kilidin kırılmadığını, anahtarla açıldığını fark ettim. Anahtar da her zamanki gibi zulada duruyordu. Demek anahtarın yerini bilen biri çalmıştı kuşları. Bizim mahallede çok olur böyle kuş hırsızlığı. Zoruma gitti doğrusu. Ne yapar eder bulurum diye düşündüm. Az sonra babam da işten gelince –nakliye firmasında hamallık yapıyordu– sofra kuruldu, yemeğe oturduk. Anam bulgur pilavı yapmıştı, üstüne de piliç kızartma didiklemişti. Daha ilk kaşığı çiğneyince tuhaflığı fark ettim. Tavuk değildi bu! Lokma ağzımda kaldı, yutamadım. Babam "Ne oldu? Sevmedin mi? Bir insan nasıl güvercin sevmez?" deyince öğürdüm, elimle ağzımı tutarak avludaki çeşmeye koştum. Doğduğumdan beri ne yemişsem, anamın sütü dahil, hepsini kustum.

İki gün evden çıkmadım, Serapların sokağında devriye bile atmadım. Kimseyle tek kelime konuşmadım. Babamı kesip pilav üstü falan yaptım kafamda. İnsan güvercin yiyince içi barışla dolmuyor. Bir hafta öyle bozuk bozuk dolaştım ortalıkta. Babam her öğlen Süphan'ın çalıştığı kahvede domino oynardı. Oyun bitene kadar üç çay içerdi mutlaka. Bir kutu müshil götürüp Süphan'a verdim. Her çayın içine az az koyarsın dedim. Babam akşam eve geldiğinde hafif rahatsızlığı vardı ama ishal tam başlamamıştı. Herkes yattıktan sonra avludaki tuvaletin tahta kapısını zincirle bağlayıp kümesin asma kilidiyle kilitledim.

Bizim avluda tek bir ağaç vardır, incir ağacı. Avlunun köşesindedir. Babam bayılır o incirleri yemeye. Sabah kalktığımızda ağacın altını bok götürüyordu. Süphan dozu ayarlayamamış demek ki, adam ölüyordu neredeyse. O ömrü boyunca bir daha incir yemedi, ben de tavuk dahil hiçbir kanatlının etini.

Yeryüzündeki varlığımın anlamını tam olarak ne zaman sorgulamaya başladığımı hatırlamıyorum. Ancak o yıllara, yani yirmili yaşların başına denk gelmiş olmalı. Belki de askere gitmeden hemen önceydi. Kendime şunu sorduğumu anımsıyorum ama: Şimdi pat diye ölsem, ya da köpük balonu gibi pıt diye yok oluversem, dünyada ne değişir? Beni seven insanlar üzülürler? Eh, üzülürler elbet. Kimi az, kimi çok, kimi bir müddet, kimi de ömür boyu? Şüphesiz. Ama bu yine de dünyada bir şeyin değiştiği anlamına gelmez. Yani ben yok olunca dünya hiçbir şey olmamış gibi dönmeye devam edecek? E, herhalde. Acımıştım kendime, bir boşluk hissi gelip yüreğimin tam üstüne oturmuştu. Düşünsene, akıp giden zamanın içinde senin varlığınla yokluğun arasında hiç fark yok!

Ölürsem hiç değilse Serap çok üzülsün istiyordum; çok üzülür müydü, ondan da emin değildim. Bunu bizzat ölerek test etmek mantıksız geliyordu. Yaşayıp görelim dedim.

Ceco tehlikesini atlattıktan sonra zaman kaybetmeden askere gitmeye karar verdik. Zaten celbimiz de gelmişti. Yirmi gün içinde ben Manisa, Süphan Kıbrıs, Kemo Burdur'a gidecekti. Son haftamızı gezip tozarak, sinemaya, yüzmeye, içmeye falan giderek geçirdik. Serapların penceresinin dibinde yaptığım resmigeçit törenini de ikiye çıkarmıştım. Biri sabah on, diğeri yine dört. Yola çıkacağımız günün sabahı pencerenin dibinde durdum, Serap üzgün görünüyordu. Belli ki Arşimet de durumun hassasiyetine binaen rahat bırakmıştı kızını. İstesek uzun uzun konuşuruz. Konuşamıyoruz ama. "Ben gidiyorum," diyebildim, yutkunarak. Serap da "Güle güle," diyebildi zorlukla. Biz ağzımızla konuşmaya alışık değiliz. Gözler yetiyor bize. Sonra elini uzattı bana, elimi tutmak istiyor sandım, ben de elimi uzattım. Avcuma beyaz bir mendil bıraktı, etrafı sarı dantelli. "Aslında bende var," dedim. "Biliyorum, belki eskimiştir," dedi.

Gençliğimde ikinci defa orda ağladım. Koşarak uzaklaştım. Bir mendil kadar anlamlı olan hayatım o andan sonra iki mendil kadar anlamlı hale gelmişti. Evet, ölsem Serap çok üzülürdü arkamdan, bu da yeterdi bana.

Askerlik anılarımı anlatacak değilim. On sekiz ayın yedi ayını hava değişimi izninde, Diyarbakır'da geçirdim. Bir defa ayak parmağımı, bir defa da sol el başparmağımı kırdım. Kırıldı demiyorum bakın. Serap'ı görme arzusu dayanılmaz hale geldiğinde kırıyordum parmağı. Bir defa da isimsiz mektup yazdım aşkıma. Tek cümlelik: "Hiçbir hayal seni kurmaya yetmiyor." Cevap da tek cümle geldi: "Yokluğunun gürültüsünden sağır olacağım." Ayak parmağımı o zaman kırdım zaten. İzne geldiğim her seferinde alçıdaki ayağımla, elimle "sevdalık gazisi" gibi geçiyordum kutsal pencerenin önünden. Sınırsız, hesapsız, çıkarsız sevmek, her gün yeni bir gerekçe yaratıp aşkını biraz daha büyütmek ve birkaç saniye bile olsa gözlerinin içine düşercesine bakabilmek... Başka nedir ki aşk?

Serap da şikâyetçi değildi bu durumdan. Ne bir sitem vardı bakışlarında, ne hayal kırıklığı. Bir defa bile "Gel beni iste, evlenelim," demedi. Adeta sessiz, örtülü bir anlaşma imzalamış gibiydik. Koşullar ne olursa olsun bizim önceliğimiz aşkı korumaktı. Serap'ın da benim gibi arsız hayalleri, uykusuz geçirdiği geceleri var mıydı, bilmiyorum. O da benim bu hallerimi bilmiyordu. Fakat hissedebiliyorduk. Platonik aşkın kendine özgü dili, enerjisi, konuşmadan da her şeyi anlamaya, anlatmaya yetiyordu. On yıldır içimde anbean büyüyen aşkın beni yakmadığı tek bir saniyem dahi olmamıştı. Aşkımı korumanın, büyütmenin başkaca yolunu bilmiyordum. Ben böyle seviyordum Serap'ı, o da beni.

Askerlik sonrasında işsizlik mevzuu ciddi ciddi zorluyordu bizi. Fukara babalarımızın eline avcuna bakma zamanımız çoktan geçmişti. Ekmeğimizi kazanabileceğimiz bir iş kurmanın peşindeydik. Kemalettin askerdeyken de makina ikmalde araç bakım tamir işinde çalışmış, ustalığını geliştirmişti. O nedenle aklı hep oto tamirciliğindeydi. Kendi dükkânını açma derdindeydi. En nihayetinde üçümüz el ele verip oto tamirci açmaya karar verdik. Birikmiş paralarımız, eş dost akrabadan alınan borçlar sayesinde kısa zamanda açtık dükkânı. Bizim için mucize gibi bir şeydi. Dünyanın en güzel, en büyük oto tamircisi gibi görünüyordu gözümüze. İstesek tamir edemeyeceğimiz hiçbir araba yoktu sanki. Hatta sıfırdan yeni bir araba bile imal edebilirdik. Benle Süphan'a öyle geliyordu en azından. Nasılsa ikimiz de araba tamirinden anlamıyorduk. Her şey kolay görünüyordu gözümüze. Elbette Kemalettin'e olan güvenimizden dolayı böyle düşünmüştük. Haksız da sayılmazdık, Kemo gerçekten iyi bir usta olmuştu, elinden kurtulacak arıza olamazdı. Ben ve Süphan ona yardım ediyorduk, bir tür çırak yani. Takımları getir götür, dükkânı temizle, yedek parça al, çay demle... Üçümüz de keyifle çalışıyorduk dükkânda. Kısa sürede para kazanmaya başladık; gelirimiz fena değildi. Dükkânın giderlerini, borçları falan rahatlıkla karşılayabiliyorduk. Dükkânda birlikte çalışmak bizim için eziyet değil, aksine neşeli, hoş vakitlere dönüşmüştü. O yıl çok daha güzel bir şey oldu, Serap da bizim dükkâna yakın yerde, bir kadın kuaföründe çalışmaya başladı. Ekmeğim bala düşmüştü sanki. Serap'ı çok daha fazla, çok daha rahat görebiliyordum artık. Akşam işten çıktığındaysa, tıpkı okul yılları gibi, peşinden yürüyüp onu eve bırakıyordum. Her şey yeniden yoluna girmişti nihayet.

Tam da o zamanlar, sonradan hayatımı derinden etkileyecek bir şey yaşandı. Bakım için dükkâna bırakılmış arabaların birinin arka koltuğunda bir kitaba rastladım. Merakımdan aldım ve kürsüye oturup karıştırdım. Kürtçe yazılmış bir romandı; Mehmed Uzun'un romanı: *Bîra Qederê* (*Kader Kuyusu*). İlk birkaç sayfa Kürtçe okumakta zorlansam da okudukça anlayabildiğimi fark ettim. Daha önce hiç Kürtçe okumamıştım. Kendi anadilimi anlayıp konuşabilsem de okumak yazmak başka bir şeydi. Bize hep Türkçe okuma yazma öğretilmişti ki onu da doğru düzgün öğrenememiştik. Şimdi Kürtçe okuyabildiğimi görmek çok sevindirmişti beni. Ayrıca roman da sürükleyiciydi, okudukça okuyasım geliyordu. Ne kadar süre bu şekilde okudum bilmiyorum, "Kitabı çok sevdin galiba?" diyen bir sesle kendime geldim. Kürtçe konuşmuştu adam, arabanın ve tabii kitabın da sahibiydi. İçten bir gülümsemeyle soruyordu. Kürtçe cevap verdim ben de: "Evet, çok güzel, ilk defa Kürtçe okuyorum, hoşuma gitti. Kusura bakmayın. İzinsiz aldım ama öyle arka koltukta görünce..." "Hayır hayır, izne gerek yok, bulduğun her yerde kitap senindir. Kitapların sahibi olmaz. İyi yapmışsın. İstersen başka kitaplar da getiririm," dedi adam. Gözlerim parladı. "Çok sevinirim," dedim. Akşam Serap'ı evine kadar takip ettikten sonra sabaha kadar gözümü kırpmadan Mehmed Uzun'u okudum. Kitap bittikten sonra içimde derin bir boşluğun yanı sıra inanılmaz bir okuma açlığı oluştu. Ertesi gün adam elinde bir poşet dolusu kitapla yine geldi. Karşılıklı oturup çay içerken kitapları çıkarıp sehpaya yığdı: Kürtçe, Türkçe romanlar, şiir kitapları. Aralarından ince bir kitabı uzatıp "Bu da kendi kitabım, sana hediyem olsun," dedi. "Senin kitabın mı?" dedim şaşırarak, "sen yazar mısın abi?" "Yok, ben yazmıyorum, içimdeki şiirleri kâğıda döküyorum," dedi. Kitabın üstünde "İhsan Fikret Biçici" yazıyordu. "Bu sen misin abi?" dedim. Bir de kartvizitini uzattı bana, "İşin düşerse gelirsin," dedikten sonra kalktı, ağır ağır yürüyüp uzaklaştı. Bu yaşlı adamın aniden hayatıma girmesi mesaj kaygısı taşımayan bir mesaj gibiydi. Bir elimde kitap, diğerinde kartvizit, öylece baktım arkasından. O gittikten sonra kartvizite göz attım: "Avukat İhsan Fikret Biçici" yazıyordu. Demek adam aynı zamanda avukattı. Kitapları toplayıp poşete doldurdum. Akşam hepsini eve götürdüm.

İşten ve Serap'tan arta kalan tüm zamanımı kitap okuyarak geçiriyordum artık. Okudukça iştahlanıyor, iştahlandıkça okuyordum. Yılların açlığını, susuzluğunu gidermek imkânsız gibiydi. Sanki çok geç kalmıştım ve ömrüm boyunca hiç durmadan okusam bile eksiğimi kapatamayacak gibi hissediyordum. Bu arada İhsan Abi'yi de araştırmış, öğrenmiştim. Tam bir gönül adamıydı. Avukatlık da yapıyordu ama sadece kitap alabilmek ve dostlarını muhabbet sofrasında ağırlayabilmek için gerekli olan parayı kazanıyordu, fazlasını değil. Evinin tüm odalarının yerden tavana kadar binlerce kitapla dolu olduğu söyleniyordu. Diyarbakır'da doğmuş, benim gibi kûçelerde büyümüş tam bir Diyarbekir çocuğuydu. Birkaç defa bürosuna uğrayıp bendeki kitapları değiştirdim. Her gittiğimde keyifli sohbetler ederdik. Kitaplardan, Diyarbakır'dan, eskilerden, güzelliklerden, aşklardan, ayrılıklardan, arada kısa da olsa siyasetten konuşurdu. Her anlattığını hikâyelerle, şiirlerle süslerdi. Çok sevmiştim İhsan Abi'yi. Sadece beni kitapla tanıştırdığı için değil, ikiyüzlü olmadan yaşanabileceğinin somut ispatı olduğu için de.

Benim için her şeyin güzel olduğu zamanlardı. Kendi işimizde çalışıyorduk, bol bol kitap okuyordum ve Serap'ı doyasıya görüyordum. Ama ne daimi mutluluk, ne de daimi huzur vardır. Geldi mi de peş peşe gelir. O kış Serap'ı bir avukatla nişanladılar. Evet tam da hikâyemin başında anlattığım o avukatla. Ondan kurtulmak kolay olmadı ama nişan meselesini hallettik. Adamın evi soyulup cıscıbıldak kalınca, bi de soygunun Serap'ın teyze oğlu tarafından yapıldığı(!) anlaşılınca işler iyice karışmıştı. Bana öyle geliyordu ki Serap artık nişanlanmaktan çekinmiyordu. Nasıl olsa ben vardım, hallederdim bir şekilde. Bundan sonra kim onu istese yok demeyecekti. İyi mi oldu kötü mü, bilmiyorum artık. Yine de Serap'ın bu konuda bana güvenmesi gururumu okşuyordu. Nişan bozma oyununa dönüştürmüştük işi. Fakat bizi asıl sarsan şey o değildi. Çok daha vahim bir olay yaşadık. Avukatla nişanın bozulmasından kısa bir süre sonra oldu her şey.

Serap'ı uzaktan görmek için kuaförün yanından geçtiğim bi gün birkaç gencin dükkânın karşısında dikilip kuaförü gözlediğini fark ettim. Önce kadın müşterilerin yakınlarıdır, diye düşündüm. Ellerinde tespihler, kendi aralarında bağırarak küfürlü konuşmalar... Hayra alamet değil, dedim. Tam yanlarından geçiyordum ki aralarından biri "Hadi be Serap, çok naz yaptın, çık da bi görelim yüzünü!" diye bağırdı. İnsanın nabzı altmıştan beş yüz altmışa bir salisede çıkar mı diye sormayın, çıkıyormuş. Yaydan fırlatılmış ok gibi gittim, çocuğun suratının ortasına yumruğu indirdim. Kalas gibi, hiç eğilmeden dimdik kaldırıma devrildi. Diğer ikisi daha ne olduğunu anlamadan onlara da giriştim. Tekme, yumruk, kafa, kol ne varsa vuruyoruz birbirimize. Bütün esnaf sokağa, mahalleli pencereye, balkona fırlamış. Serap'ın çığlıklarını duyuyorum ama kendisini göremiyorum. İkisi beni araya almışlar; iki onlar vuruyor, bi ben. Kemo'yla Süphan duyup geldi. İşte o anda göğsümde bir acı hissettim. Önüme baktığımda gömleğimden kan fışkırıyordu. Gözüm kararmaya başladı. Sırtüstü yere düşerken aklımda kalan tek şey Serap'ın kucağına yığıldığımdı.

Günlerce, haftalarca Serap'la birlikte neredeyse dünyanın her yerini gezdik. Geçmiş yılların intikamını alır gibi hiç durmadan sohbet ettik. El ele sokaklarda yürüdük; parklarda, meydanlarda, kumsallarda... Gerçeküstüydü her şey; hayal gibi, rüya gibi, serap gibiydi. Gözümü açtığımda hastanede, yataktaydım. Anam başucumda Kur'an okuyordu. Göğsüm koltuk altımdan bandajla sarılmıştı. Doğrulmaya çalıştım ama acıdan kıpırdayamadım bile. Anam uyandığımı fark edince Kur'an'ı dikkatle öpüp yandaki sehpaya bıraktı. Geldi, alnımı eliyle yoklayıp ateşime baktı, sonra da eğilip alnımdan öptü. Ağlamaktan gözleri kanlanmıştı. "İyiyim ana, merak etme," dedim Kürtçe. "Allah seni bize bağışladı oğlum," dedi. Dünyanın en etkili ilacını damarlarıma zerk edercesine anne gülümsemesiyle aydınlandı yüzü. Kardeşlerim, babam ve Kemalettin de içeri girdiler. Hepsinin yüzü aynı şekilde gülüyordu. Hemen dikkatimi çekti, Süphan yoktu. Sormaya dilim varmadı.

İki gün komada kalmışım. Çocuk bıçağı bana ikinci kez saplamak üzereyken Süphan çocuğu karnından bıçaklamış. Çocuk halen komada, Süphan hapiste. Benim durumum iyi. Bıçak kalbime bir santim kala durmuş. Basit bir şans işte. Bir santim. İki üç güne taburcu olacakmışım. Hayat böyle, pat diye akış yönü değişiyor. Bak, dün nasıldık, bugün nasılız. Beni rahatsız etmemek için fazla kalmadılar odada. Anamla baş başa kaldık yine. Özlemişim anamı, her gün görsem de özlüyorum işte. Havadan sudan sohbet ettik biraz. "O geldi," dedi, "her gün bi kaç defa geldi." "Kim?" dedim. "Serap," dedi. "Gelince ben çıkıyordum, elini tutup uzun uzun konuşuyordu seninle. Doktorlar da zararı yok deyince karışmadım. Oğlum bu kızı artık isteyelim sana," dedi. Gülümsedim, "Olur ana, hele bir iyileşeyim, bakarız," dedim. Demek aşkımla onca sohbet, gezmeler tamamen rüya değilmiş. İki gün boyunca elimi tutup beynimle konuşmuş ki ben de hepsini hissetmişim. Aşkın yarattığı telepatik sonuç işte. Bir de etrafı kırmızı dantelli beyaz bir mendil bırakmış başucuma. Annem yastığımın altından çıkarıp elime bıraktı; gençliğimde üçüncü defa orada ağladım. Mendil görünce ağlayasım mı geliyor nedir? Bu arada hayatım da üç renkli mendil kadar anlam kazandı.

Hastane sonrası birkaç gün de evde dinlendim. Tam iyileşmesem de dükkâna gidip gelmeye başladım. Gün içerisinde Kemalettin'e uğruyordum, onunla Süphan'ın durumunu konuşuyorduk. Ziyaret günü beraberce arkadaşımızı ziyarete gittik. Beni görünce Süphan'ın yüzüne can geldi. İki haftada çökmüştü; resmen zayıflamış, avurtları derine inmişti. Ne kadar da saklamaya çalışsa durumu iyi değildi. "Neye mal olursa olsun seni buradan çıkaracağız," dediğimde, inanmak ister gibi, umut keder karışımı bir bakış attı. Nasıl olacağını ben de bilmiyordum ama mutlaka bir yolunu bulmalıydık. Süphan'a moral vere vere bitirdik ziyareti. Dışarı çıktığımızda ikimizin de içi kasvet kaplıydı. Hapishanenin yanındaki bir kahveye oturup neler yapabileceğimizi konuştuk. Her şeyden önce bir avukat gerekiyordu. Süphan'ın yaşlı ana babası ve aylak aylak dolaşan abisinden başka kimsesi yoktu. Her şeyiyle bizim ilgilenmemiz gerekiyordu elbette. Aklıma İhsan Abi geldi. Kalktık, birlikte yazıhanesine gittik. Bizi her zamanki gibi sıcak karşıladı. İçimizi ferahlattı. Ne gerekiyorsa yapacağını söyledi. Oradan ayrıldık. Kemo dükkânda bekleyen acil işlerini halletmek için vedalaştı. Ben de Serap'ı görmeye işyerine gittim. Kuaförün camının arkasından beni görür görmez ellerini dua eder gibi kaldırıp yüzüne sürdü. İkimizin de gözleri doldu, ağlamamak için oradan kaçar gibi uzaklaştım.

Ertesi gün tekrar İhsan Abi'ye uğradık. Dosyayı incelemiş, Süphan'la da görüşmüştü. Durum iç açıcı değildi. Bıçaklanan çocuk halen komadaymış ve hayati tehlikeyi atlatmamışmış. "Savcı çocuğun durumuna göre davayı açacak," dedi. Yaralı ölürse adam öldürmeden, yok eğer kurtulursa adam yaralamadan dava açılacaktı. Beş yıl ya da yirmi dört yıl hapis. Yirmi dört yılı duyunca feleğimiz şaştı. Her ne kadar İhsan Abi meşru müdafaadan falan bahsettiyse de biz artık Süphan'ın hapiste çürüyeceğini düşünmeye başlamıştık. Tek umudumuz çocuğun ölmemesiydi. Serap'a laf atan çocuğun canını almasın diye o gece sabaha kadar Allah'a yalvardım.

Aradan bir ay geçmiş, epey iyileşmiştim. Dükkâna gidiyor, Kemalettin'e yardım ediyordum. İş olmayınca da hep Süphan'a dair konuşuyorduk. Bir ara ağzımdan "Gerekirse hapisten kaçırırız," lafı çıktı. Aslında son günlerde sık sık düşündüğüm ama Kemo'ya açmaya cesaret edemediğim bir fikrim vardı. Arkadaşım bana tuhaf tuhaf bakıp "Ciddi misin?" dedi. Ciddi olduğumu görünce de "Anlat bakalım," dedi. Fikrimi kısaca anlattım. Planın açık noktaları olsa da fena değildi. Kemo'nun da kafasına yatınca gecikmeden uygulamaya karar verdik. Süphan ceza alırsa başka bir hapishaneye sevk edilirdi ve böylece planımız da suya düşerdi. O nedenle acele etmeliydik.

İlk iş olarak cezaevinin dört bir tarafındaki apartmanların zemin katında kiralık daire aradık. Dördüncü günde bulduk bi tane. Bodrum katında, kömürlükten bozma, köhne, rutubetli, rezil bi evdi. Ama bizim planımız açısından en uygunuydu. Evin mutfağından arka bahçeye de çıkılabiliyordu. Ev sahibiyle Kemalettin muhatap olup hemen kontrat yaptı. Altı aylığı da peşin verdi. Birkaç parça ev eşyasını kendi evinden getirip göstermelik olarak yerleştirdi. Kemo artık burda yaşıyor görünecekti. Ben arada bir onda kalan arkadaşıydım sözde. Kemo eşyaları taşırken kedisini de evden getirdi; o evde olmayınca kimse bakmaz, sokağa atarlarmış. Böylece işe koyulduk hemen.

İlk gün gece dükkândan getirdiğimiz malzemeleri gizlice eve soktuk. Çalışırken fazla gürültü çıkarmamak için minik çekiç darbeleriyle banyoda işe başladık. Süphan'ın koğuşunun altına uzanacak yüz on metrelik tünelin ağzını o gece açmıştık.

Dükkândan arta kalan zamanımızın tamamını tünel kazarak geçiriyorduk. Daha doğrusu tüneli Kemo kazıyordu. Benim yaram zorlanmasın diye tünele girmiyordum, yardım ediyordum sadece. Üç metre kadar aşağı indikten sonra cezaevine doğru yatay kazmaya başlamıştık. Çıkan toprağın bir kısmını arka bahçeye serpiyor, bir kısmını çuvallara doldurup boş odaya istifliyordum. Yumuşak toprak çıkınca çamur haline getirip bol suyla tuvalete döküyordum. Kemalettin tüneldeyken birinin eve gelme ihtimaline karşı sürekli tetikteydim. Bu şekilde tünelin başında bekliyor, Kemo'nun toprakla doldurduğu kovayı yukarı çekiyordum. Tüneli kazmaya başladığımızdan beri keyfimiz yerindeydi. Süphan'ı çıkaracak bir iş yapıyor olmak bile moralimizin düzelmesine yetmişti. Çaresizseniz, üstelik hem yoksul hem çaresizseniz, göze almayacağınız şey yoktur.

Günlerim artık Serap, dükkân, tünel arasında gidip gelmelerle geçiyordu. Biraz daha iyileşince ben de tünele inmeye başladım. Öylesine yoruluyorduk ki gündüz çoğu zaman dükkânda uyukluyorduk. Tamir için bekleyen arabaların işi aksasa bile Serap'ı ziyaretlerim dakka şaşmıyordu. Bizim dışımızda tünelden bir tek İhsan Abi'nin haberi vardı. O da "Doğru bir iş yapmıyorsunuz ama siz bilirsiniz. Bakalım hangimiz Süphan'ı erken çıkaracak?" demişti. Arkadaşımızı ziyarete her gittiğimizde ona umut vermeye devam ediyorduk. Tünel sona yaklaşmadan kendisine söylememeye karar vermiştik. Başaramazsak bir de bunun için hayal kırıklığına uğrasın istemiyorduk. Bu telaşlı günlerimiz altı aya yakın böyle devam etti. Yorgunluk, umut, keder, neşe iç içe geçmişti. O dönemde kitap okumayı bırakmıştım. Zaman ayırmam mümkün değildi. Lakin okumayı özlüyordum. Tünelde yetmiş metreyi tamamladığımız günlerde yeni bir gelişme oldu. Yaralı çocuk yoğun bakımdan servise alındı. Söylendiğine göre hayati tehlikeyi kesin olarak atlatmıştı. Hemen İhsan Abi'nin evine koştum. Artık sağlığı elvermediğinden bürosuna uğramıyordu. Zamanının çoğunu evinde geçiriyordu. Durumu iyi görünmüyordu. Hal hatırını sordum, ayrılmak için ayaklanmıştım ki Süphan'ı sordu. Yeni gelişmeyi anlattım. Çok heyecanlandı. Telefonla stajyer avukatını arayıp bazı talimatlar verdi. Dilekçeyi hazırlayıp imza için kendisine getirmesini istedi. "Dur bakalım, belki bu defa sonuç alırız," dedi. Güçlükle nefes alıp veriyordu. Daha fazla yormak istemedim, vedalaşıp ayrıldım. İhsan Abi tutukluluğa itiraz ettiğinde kasımın on üçüydü. Beş gün sonra yani on sekizinde Süphan tahliye edildi. Bu tarihleri hiçbir zaman unutmam çünkü on dokuzunda İhsan Abi'nin ölüm haberi geldi.

Süphan'ın tahliyesine sevinemedik bile. Babamı kaybetmişim gibi hissettim. Diyarbekir artık eskisi gibi değildi gözümde, eksikti. Kitaplar, şiirler, sürekli gittiği Ben û Sen Meyhanesi yetimdi sanki. İhsan Abi yaşarken de, ölürken de dünyada bazı şeyleri değiştirebilmişti. Hiç kimsede değilse bile en azından bende değiştirmişti. Boşuna yaşamamış, boşuna ölmemişti.

Cenazesi kalabalıktı. Dostları, akrabaları, Diyarbekirliler son yolculuğunda onu yalnız bırakmamışlardı. Biz de dükkânın camekanına "Taziye nedeniyle üç gün kapalıyız," yazıp cenazeye katılmıştık. Defin tamamlanıp herkes ayrılınca gittim mezarın başına oturdum. Sohbet ettim biraz. Hiçbir şey olmamış gibi. Arkasından ağlansın istemezdi, ağlamadım. İhsan Abi'nin şiir kitabını çıkarıp "Buz Tutmuş Bir Şafaktı" şiirini okudum, mırıldanarak:

Adına ağıtlar yüklenen şehir
Katli vacip sayıldı çok dönemde
Hep sırtından hançerlendi
Diyarbekir
Aktıkça kan ağladı Dicle
Püskürdü öfkesini Karacadağ
Her gelen hükümdar kavlince
Yasalar, yarasalar gece
Karanlığında
Yine de güller yeşerir ki hiçbir
Güle benzemez
Toprakla tohum baş başa
Kaldığında
Sesin ağlamaklı ama kâr etmez.
Kaç dine inansan ve kaç dili
Konuşsan
İmana da inkara da hiçbiri
Yetmez...

Yaşlı bir adam yanımdan geçerken Yasin okuduğumu düşünmüş olacak ki "Allah kabul etsin," dedi.

"Kabul edecektir," dedim içimden. Güle güle İhsan Abi, hep güle güle.

Birkaç gün sonra Süphan da dükkâna dönünce eski düzenimize kavuştuk. Duruşmalar için başka bir avukat tuttuk. Yaralı çocuk tamamen iyileşince o da yargılanmaya başladı. Ben ondan şikâyetçi olmadım, o da benden. Birkaç duruşma sonra ona az bir ceza verdiler, Süphan'sa meşru müdafaa kapsamında beraat etti. Artık iyice rahatlamıştık.

Aradan yıllar geçti, biz işi de dükkânı da büyüttük. Serap başka bir semtte kendi kuaför dükkânını açtı. Ben az buçuk oto tamirciliğini öğrendim. Karbüratör ustası olmuştum, arabanın kalbinin ustası. Bir kalbe nasıl davranılması gerektiğini biliyordum. Tabii ki Serap'ın kalbiydi benim asıl uzmanlık alanım. Onun kalbini her gün yeniden kazanmak için aşkımı her gün yeniden göstermem gerekiyordu. Ve bu benim için çok keyifli bir şeydi. Hayatımda acele etmemi gerektirecek bir şey yoktu. "Hayatı itmene gerek yok, kendi kendine gidiyor zaten. Sen yetişmeye bak," diyordum kendime. Bozulan üç nişandan sonra kimseler gelip Serap'ı istemiyordu artık. Bu mesele böylece kapanıp gitmişti.

Kitaplarıma geri dönmüştüm. Eskisinden daha çok okuyordum. Sistemli, planlı okumalarım sayesinde giderek geliştiğimi hissediyordum. O sıralarda ilginç bir olay oldu. Yazar Mehmed Uzun kanser tedavisi için yurtdışından Diyarbakır'a geldi. Okuduğum ilk kitabın yazarının kansere yakalanmasına üzülmüş, Diyarbakır'a gelmesine ise sevinmiştim. Yattığı hastanede ziyaret etmek istedim ama ilk günler hem sağlığı elvermiyordu hem de çok fazla insan ziyaret etmek istiyordu. Israr etmedim. Onu ilk kez hastanenin önünde toplanmış kalabalığa pencereden el sallarken gördüm. Onca kalabalığın arasından bir bana el sallıyormuş gibi sıcak, yakın, içten hissettim. Ben de ona el salladım. Bütün kitaplarını okumuştum. İyileşse de biraz sohbet edebilsek diye sabırsızlanıyordum. Nitekim Diyarbakır'ın havası, suyu, sevgisi iyi gelmiş, sağlığı düzelmeye başlamıştı. Şansımı tekrar deneyip ziyaretine gittim. Odasında beş dakika kadar ayaküstü sohbet edebildik. Okuduğum ilk kitabından, Celadet Bedirxan'dan, tarihten ve roman zanaatından konuştuk biraz. O da çok sevindi, sevinçle ayrıldım ordan. Ancak hayat Rus ruleti gibidir. Nerde patlayacağını bilemiyorsunuz.

11 Ekim günü ölüm haberini duyduk. Ne kadar büyük ve ne kadar erken bir ölüm. Onca güzel eserden sonra belki de henüz yazılmamış en muhteşem romanını beraberinde götürdü. Ama her yazar için geçerli değil midir bu? Yine de yaşarken ve ölürken dünyada bir şeyleri değiştirmeyi başardı. Milyonlarca insanda olduğu gibi bende de kaldı etkisi. Güle güle git Mehmed Uzun, hep güle güle.

Belediye birkaç yıl sonra şehirde Mehmed Uzun kütüphanesi kurdu. Ölümünden sonra da öğretmeye devam etmek böyle bir şey işte. Kütüphanenin müdavimlerinden oldum. Artık her türlü kitaba rahatlıkla ulaşabiliyor, okuyor, araştırma yapabiliyordum. Kemalettin ve Süphan arada bir sinir olsalar da bu kadar okumama ses çıkarmıyorlardı. Okuduklarımı onlarla paylaşıyor, tartışıyor, onları okumaya teşvik ediyordum. Düşüncelerimi bazen çok saçma buluyorlardı. Kemo bir keresinde "Oğlum millet kitap okuyunca kafası zehir gibi çalışır, senin kafan zehirlendi, beyin ishali oldun resmen," demişti. Değiştiğimin farkındaydım ama beni ben olmaktan çıkaracak kadar değil. Kitaplar benim gözümü açtı diyeceğim de, tam öyle değil. Benim gözüm zaten açıkmış, iyiyi kötüyü birbirinden ayırabiliyormuşum, okudukça bunu fark ettim. Bir de "Okuduğun her kitabı anla, ancak hiçbirine tam inanma," derdim kendime. Hayat düsturum şuydu: "En doğru hayat, henüz hiçbir kitabın yazmadığıdır." Süphan da bana "Oğlum, senin yanında iyice aptal kaldım," demişti bir defasında. Ona Helvetius'un bir sözünü hatırlattım: "*İnsanlar doğduklarında aptal değil, cahildir, gördükleri eğitimin etkisiyle aptallaşırlar.* O yüzden üzülme Süphan, hiçbirimiz aptallaşacak kadar eğitim almadık çok şükür." Üçümüz de kahkahalarla gülmüştük.

Bizim küçük hayatlarımız kendi yağında kavrulup giderken çok daha büyük acılara tanıklık edecektik. O yıllarda yaşadıklarımız hayatımızın toplamından katbekat fazla acı biriktirdi yüreğimizde. Kendine Başbakan diyen bir adam ille de buraları "Toledo" yapacağım diyerek bütün tarihimizi, anılarımızı, çocukluğumuzu başımıza yıktı. Serap'a ilk âşık olduğum kûçeler, güvercin beslediğim toprak damlar, top koşturduğumuz, gogo, yedi kule oynadığımız parke taşlar, düşüp kafamızı kırdığımız kilise duvarları, terleyince su içtiğimiz cami avluları, gizli gizli dadandığımız dut, ceviz, incir ağaçlarımız, her şeyimiz, ama her şeyimiz tankla, dozerle ezildi, çiğnendi, yok edildi. Altındaki cesetlerle birlikte hafriyat kamyonlarına doldurulup inşaat atığı gibi Dicle'nin kenarına döküldü. Aylarca sokağa çıkmak da girmek de yasaklandı. Orda ne olup bittiğini bir biz bildik, bir de ağzı var dili yok Diyarbekir kalesi. Adam farkında değildi ama Başbakan gibi değil, gaddar bir büyükelçi gibi davranıyordu. Ve elbette "büyükelçi"nin Kürtçe karşılığının "balyoz" olduğunu bilmeyecek kadar yabancı ve zalimdi hepsi.

Bütün bu kederli, sancılı zamanlardan sonra yaşandı Serap'la son maceramız. Artık otuzlu yaşlarımızın ortasını da geçmiştik. Cahit Sıtkı'nın deyişiyle ortasındaydık ömrün. Babası Serap'ı İstanbul'da yaşayan bir akrabasıyla evlendirmek istemiş. Uzak bir akrabasıymış, uzun yıllardır İstanbul'da yaşıyormuş. Adam birkaç yıl önce eşini kaybetmişmiş, genç yaşlarda üç çocuğu varmış. Kendi halinde gariban bir adammış, etrafında dürüst, namuslu biri olarak tanınıyormuş. Siyasi bir davadan dolayı kısa süre hapis yatmış. Sebze halinde yük taşımacılığı yapıyormuş. Kendi kullandığı eski bir kamyoneti varmış. İlk araştırmalarımız sonucunda öğrendik bunları. "İyi bir insanmış," dedi Süphan. "E, iyiyse Serap'ı verelim buna o zaman!" dedim. Burnumdan soluyordum. Kemalettin yatıştırmaya çalıştı beni: "Sen de hemen yanlış yere çekiyorsun Kudret, 'bu ötekilere benzemiyor' demek istedi Süphan." Süphan boynunu büküp gözlerini devirdi. Sarıldım arkadaşıma "Kusura bakma," dedim, aldım gönlünü. Hiçbirimizin içinden böyle bir adama kötülük yapmak gelmiyordu. Yine de bu evliliğe engel olmak zorundaydık. Gerçi biz işi oluruna bıraksak bile Serap asla evlenmezdi, bundan emindim. Fakat kural kuraldı, bu işi benim bozmam gerekirdi. Birkaç gün düşünüp kafamızda planlar yapmaya başladık. Tam da o günlerde geldi trajik haber: Adam İstanbul'da geçirdiği trafik kazasında ölmüş, dediler. Şok olduk. Böyle olmasını istememiştim, tanımadığım bu adam için gerçekten üzüldüm. Biz kafamızda onu bu evlilikten vazgeçirecek küçük, masum oyunlar kurarken öldü adam. Kendi halinde gariban bir emekçi, sessiz sedasız göçüp gitti. Bizim hayatımıza girmesiyle çıkması bir oldu. Kendisi bunun farkında bile değildi. Hayat bu işte; yaptığımız herhangi bir şey biz farkında olmasak da bir yerlerde birilerinin yaşamını etkiliyor, belki tümden değiştiriyordur. Kim bilir, belki yaşarken değil, ölürken sebep oluyoruzdur bu değişikliklere.

Üzücü de olsa sonuçta Serap evlenmedi. Bu yaştan sonra artık evlilik falan gündeme gelmez sanırım. Bu defter ilelebet kapandı belki de, ama ben yine tetikte olacağım tabii ki. Leylan'la olan hikâyemizi anlatmayı burada bitirebilirdim. Nasılsa hayatımız bu şekilde akıp gidecek. Fakat bu üzücü olayın üzerinden bir yıl falan geçmişti ki çok ilginç bir şey oldu: Netice bizim oto tamirciye geldi, sınıf arkadaşımız Netice, "çirkin" Netice.

İlginç olan şey Netice'nin dükkana gelişi değil, onun beraberinde getirdiğiydi: bir roman. Kendi yazdığı bir roman. Daha az ilginç olan bir şey de vardı elbette: Netice artık çirkin değildi. Belki Netice her zaman böyle güzeldi ama fen hocası ısrarla "Hatice'ye değil neticeye bakın" diye dayattığından biz inadına hep Hatice'ye bakınca Netice gözden kaçmış, bize çirkin gibi gelmişti. Şimdiyse karşımızda olgun, güzel bir kadın vardı. Dükkana girer girmez üçümüz de hemen tanımıştık onu. Hani bazı güzellikler vardır, ruhunu gözlerinden, teninden okursunuz, hiçbir yeri tek başına güzel değildir ama bir aradayken her yeri güzeldir. Göz kamaştırmayan parıltısıyla, cıvıl cıvıl enerjisiyle dükkandan içeri girdi Netice. Uzun uzun sarıldık birbirimize. Liseden sonra hiç görüşememiştik. Üniversiteyi kazanıp İstanbul'a gitmişti. Arada bir Diyarbakır'a geldiğinde Leylan'la görüştüklerini duymuştuk ama hiç rastlaşmamıştık. Üniversitede edebiyat hocası olduğunu biliyorduk, o kadar.

Dükkanın köşesindeki küçük sehpanın etrafına dizili kürsülere oturduk, kendi demlediğimiz çaydan koyduk önüne. Sorgu memurları gibi soru yağmuruna tuttuk kadıncağızı. Gücenmeden, yadırgamadan, üstten bakmadan, kah gülerek kah hüzünlenerek, gözlerimizin içine bakarak cevaplıyordu her şeyi. En nihayetinde bir edebiyat doçentinin karşısında üç oto tamircisiydik. Ama Netice kimi zaman oto tamircisi gibi konuşuyordu, kimi zaman biz de doçentmişiz gibi davranıyordu. Hep eşittik yani, sınıftaki halimiz gibi. Netice üst sınıfa atlamış ancak bizimle sınıf arkadaşı olduğunu unutmamıştı. O kısacık zamanda dünya kadar şey konuştuk hızlıca. Anılardan, tazelerden, gelecekten... birçok şeyi sıkıştırdık çay yudumlarının arasına. Bekarmış bu arada, hiç evlenmemiş. Bunu söylediğinde Kemalettin kürsüden sırtüstü düşüyordu neredeyse. Gözümüzden kaçmadı. Netice'ninkinden de kaçmamış: Beş ay sonra Kemo'yla Netice evlendiler; nasıl evlendiklerini anlatmayacağım ama, bilin yeter.

Serap'la konuşmak için gelmiş İstanbul'dan. Aylardır bir roman üzerinde çalışıyormuş. Yaşanmış bir olaydan yola çıkarak yazdığı gerçek bir hikayeymiş. Üniversiteden bir hocasının başına gelenleri yazmış romanında, bir barış akademisyeninin trajik hikâyesini... Bu arada kendisi de barış akademisyenlerindenmiş ve üniversiteden atılmış. Bu boşluk içerisinde roman yazmaya karar vermiş. Romanı kabaca tamamladığında kafasına bir şey takılmış: Bir yerlerde ciddi bir eksik varmış ama ne olduğunu bir türlü çözemiyormuş. Sonra bir gün metrobüste giderken gözü yan tarafa, ilerleyen yük kamyonetine takılınca neyin eksik olduğunu hemen anlamış. Hikâyede geçen yük kamyonunun şoförünü atladığını, onu ete kemiğe büründürmediğini fark etmiş. Ötekileri anlatan bir roman yazarken "ötekilerin de ötekisini" atlamış olmaktan fena halde canı sıkılmış, kızmış kendine. Ve araştırmaya başlamış. Hikâyede de anlatılan trafik kazasında meğerse kamyonetin şoförü oracıkta hayatını kaybetmişmiş. Adamı sorup soruşturmuş, Diyarbakırlı olduğunu öğrenmiş, adı Bahtiyar'mış. Evine gidip çocuklarıyla konuşmuş ve sohbet sırasında adamın ölmeden önce Diyarbakır'dan Serap diye bir kadınla evlenmek için hazırlık yaptığını öğrenmiş. Serap'ın akrabaları olduğunu ve kendilerinde bir fotoğrafının olduğunu duyunca bakmak istemiş. Sonrasında gözlerine inanamamış: Bu bizim Serap'mış, yani benim Leylan'ım.

Netice de hikâyenin peşinden hemen Diyarbakır'a gelmiş, Leylan'ı bulup uzun uzun konuşmuş. Leylan beni ve kadim maceramızı anlatınca hikâye bambaşka bir anlama bürünmüş. Birbirinden habersiz ama birbirine bunca değen ha-yatları romana eklemezsem çok şey eksik kalacak diye düşünmüş ve bizi görmeye gelmiş. İyi ki de gelmiş. Yıllar sonra tekrar birbirimizi bulmuş olduk. "Ne güzel bir insan olmuşsun sen Netice! Sen yaz, biz okuyalım," dedim espriyle. Benim okumaya düşkün olduğumu duyunca çok sevindi. Edebiyat üzerine de konuştuk, kendi yaşam hikâyemiz hakkında da. Netice notlar aldı, arada sorular sordu. Kafasında nasıl bir hikâye kuruyordu, bilemedim. Ancak romanın bir taslağını bana bıraktı, "Okuyup önerilerini ilet mutlaka," dedi. Telefon numaralarımızı, adreslerimizi verdik birbirimize. Sık sık görüşme sözüyle yolcu ettik arkadaşımızı. Kemalettin dükkanın önünde heykel gibi dikilip gidişini izledi Netice'nin, Süphan da dükkanın ortasında put gibi donup kalarak Kemo'yu izledi. Kemalettin'i hiç böyle görmemiştik, bir kadının arkasından çaresizce bakarken yani. Onlar o haldeyken ben dosyalanmış roman taslağının kapağına bakıyordum. Hüzünlü harflerle "Hayat Hep Yarımdır" yazıyordu.

Hemen orada açıp okumaya başladım.

Hayat
Hep
Yarımdır

“Bazen kafamızdaki karmaşayı gidermeden
yaşamaya devam edemeyiz; bazen gidersek
bile devam edemeyiz. Hayat
kafamızın içindeki midir? Dışındaki mi?
Çoğu zaman bilemeyiz.”

BİRİNCİ BÖLÜM

1

Bir kâbustan uyanır gibi gözlerini açtığında otobüste, koltuktaydı; muavin son durağa, Esenler Otogarı'na geldiklerini bildiriyordu. İstanbul'a niye geldiğini hatırlamaya çalışarak ürkek adımlarla indi otobüsten. Otogardaki uğultu ve koşturmaca bir anda başını döndürdü.

Serin bir haziran sabahı, biraz önce indiği Mardin otobüsünün önünde bir süre öylece dikilip durdu. Herkeste bir koşuşturmaca, bir telaş. Ne yapacağını bilemez halde kalıverdi kalabalığın ortasında.

Sonra, kendini toparladı Zeliha, otobüs firmasının yazıhanesinden içeri girdi. Bankonun arkasında bir görevli, duvarın dibine dizilmiş plastik sandalyelerde de uykulu birkaç yolcu vardı. Yazıhanenin arka kısmı üst üste konulmuş bavullar, denkler, çuvallarla tıka basa doluydu. Peynir ve turşu bidonlarından yayılan ekşimsi kokular küçücük yazıhanenin havasını iyiden iyiye ağırlaştırmıştı. Kokular daha dün terk ettiği evini hatırlatmıştı, ailesini... "Ama hatırlamaya değil, unutmaya geldim İstanbul'a," diye geçirdi içinden hemen. Gömleğinin ilk üç düğmesi açık olan bankodaki adam gece nöbetinden kaldığını belli eden bitkinliğiyle isteksizce başını kaldırıp Zeliha'ya baktı.

– Buyrun hanfendi?

– Size bir şey danışacağım, dedi Zeliha.

– Tabii, buyrun.

– Ben İstanbul'a yeni geldim de. Burada tanıdığım hiç kimse yok. Doğrusu param da yok. Her şeyin bir çaresine bakacağım mutlaka. Nereden başlayayım sence?

Adam iki eliyle belini tutarak doğruldu. Bankonun arkasından görebildiği kadarıyla baştan aşağı şöyle bir süzdü tuhafça konuşan yirmili yaşlardaki kadını. Omuzlarına kadar düşen açık kahve saçları, beyaz teninin iyice belirginleştirdiği zümrüt yeşili gözleri, ince uzun boyuyla güzel bir kadındı. Bu bakışlardan rahatsız olan Zeliha öfkeli bir el hareketi yaparak kapıya yönelince adam arkasından seslendi:

– Dur dur, bir dakika, bir düşüneyim ya! Senin şimdi kalacak bir yere ve işe ihtiyacın var, değil mi? Vallahi artık senin gibi çıkıp İstanbul'a gelen olmuyor. Böyle gelenler de ne yapıyorlar bilmiyorum. Ama otogarın iki arka sokağında Mardinliler Derneği var, istersen önce oraya git. Belki sana yardımcı olurlar.

– Yok ya! Olmadı babamın evine döneyim. Zaten Mardinlilerden kaçtım ben kardeşim. Şöyle belediye aşevi falan yok mu yakınlarda, önce bi karnımı doyurayım, dedi Zeliha, sinirlenerek.

Adam şaşkın ve afallamış halde,

– Arka sokaklarda sosyal yardım bi şeyleri var ama yemek veriyorlar mı bilmiyorum. İstersen burda kahvaltılık falan ikram edeyim sana, tabii yine kızmazsan, dedi.

– Yok sağ ol, ben şu sosyal yardım merkezine gidip ordan başlayayım en iyisi.

Adamdan gideceği yerin tarifini alıp kalabalıkların arasından yürüyerek otogardan çıktı. Girdiği ilk sokağın başındaki otobüs durağında bekleyen yaşlı bir kadına sosyal yardım merkezini sordu. Kadının söylediği gibi sokağın sonundan sağa dönerek Gül Pastanesi'nin önüne geldi. Oradaki bir adama da sordu adresi. Adam elindeki ince bastonu kaldırıp caddenin karşısındaki ikinci katı işaret ederek,

– İşte orası, dedi. Ama bu saatte kapalıdır. Mesai henüz başlamadı.

Zeliha adamın siyah camlı gözlüğünün arkasındaki gözlerini seçmeye çalıştı. Sonra aniden adamın elindeki özel bastonu düşününce büyük bir mahcubiyetle,

– Çok affedersiniz, dedi. Kusura bakmayın lütfen, ben de adres sormak için bula bula sizi buldum.

Adam gülümsedi:

– Niye kusura bakacakmışım ki? İnsan kör olunca adres bilemez mi? Hem sorduğunuz yeri tam olarak gösterebildiğimi düşünüyorum.

İyice pot kırdığını anlayan Zeliha:

– Çok haklısınız, asıl bunun için sizden özür dilemem gerek. Ben sadece sizi rahatsız etmiş olmaktan üzüntü duymuştum.

– Peki bir körün kendisine adres sorulmasından rahatsız olabileceğini size düşündürten şey nedir acaba?

Adam alaycı bir şekilde ve gülümseyerek söylemişti bunu.

Zeliha kızgınlığını sesine yansıtmamaya çalışarak,

– Ya ne bileyim işte, siz de çok abarttınız ha! İçimden özür dilemek geldi, diledim. Yardımcı oldunuz diye de teşekkür ettim. Ne diye büyüttünüz, anlamadım ki!

– Teşekkür ettiğinizi ben neden hatırlamıyorum acaba?

– Haydaa, çattık ya sabah sabah, ne alınganmışsınız öyle. Tamam, çok teşekkür ediyorum. Oldu mu?

Adamın yüzüne içten ve sıcak bir gülümseme yayıldı.

– Oldu tabii ki, iyi günler hanımefendi, dedi.

Zeliha yutkundu, "Size de," dedikten sonra dönüp adımını caddeye atmak üzereydi ki bir el kolundan yakalayıp durdurdu onu. Tam o esnada bir motosiklet Zeliha'nın omzunu sıyırarak hızla geçti.

Adam:

– Daha dikkatli olmalısınız, dedi, Zeliha'nın kolunu bıraktı.

Az önce atlattığı kazanın etkisiyle afallayan Zeliha kurumuş ağzında bir şeyler geveledi önce.

– Bakın şimdi gerçekten hem teşekkür ediyorum hem de özür diliyorum sizden, diyebildi sonunda.

Adam oldukça rahat ve güleç bir ifadeyle,

– Barıştık o halde, dedi.

– Barıştık elbette, dedi Zeliha, adamın elini tutup dostça sıkarken.

– Adım Zeliha.

Adam da gayet içten,

– Memnun oldum, dedi. Benimki de Mutlu. Mutlu Açıkgöz.

Zeliha şaşkınlıktan adama sarılmamak için zor tuttu kendini. Mutlu olmaya geldiği İstanbul'da tanıştığı ilk kişinin adı "Mutlu"ydu. Hayra yordu bunu.

– Ha ha ha! Müsaade edin bu kadarına güleyim, ama alınganlık yapmayın yine. Hem mutlusunuz hem de açıkgöz, öyle mi?

– Kesinlikle, dedi adam. Size tuhaf gelebilir, ancak benim için öyle değil.

– İyi o zaman, ne mutlu size. Tekrar memnun oldum Mutlu Bey, umarım bana şans getirirsiniz. Hoşça kalın.

– İnşallah diyeyim o halde, hoşça kalın. Bu arada sosyal hizmetler bürosu bir saat sonra açılıyor. Karşıda küçük bir kafe var, çayları güzeldir, orada bekleyebilirsiniz.

Zeliha dönüp caddenin karşısındaki kafeye baktı.

– Subörekleri de güzeldir, tavsiye ederim, dedi adam.

– Aslında bir şeyler yemek için sosyal hizmetleri arıyordum zaten. İstanbul'a az önce geldim, açım ve param yok açıkçası. Belki yemek falan yiyebilirim diye düşündüm.

– Ha o zaman burası işinizi görmez. Burada sadece kayıtlı olan yoksullara eski kıyafetler, zaman zaman da kuru gıda dağıtılır. Size yardım edebileceklerini sanmıyorum. İsterseniz size yemek yiyebileceğiniz kadar para verebilirim. Sosyal destek olarak kabul edin, dedi adam, gülümseyerek.

Zeliha adamı baştan aşağı hızlıca süzdü. Koyu renk, iyi bir takım elbise, kaliteli ayakkabılar, beyaz spor gömleği ile gayet şıktı. En fazla otuzunda görünüyordu; siyah kıvırcık saçları, sinekkaydı tıraşı, dolgun dudakları ve büyükçe burnuna rağmen oldukça yakışıklıydı. Esmer teninden, kalın kaşlarından ve tabii ki aksanından Doğulu olduğu anlaşılıyordu. Zeliha hiç ikiletmedi.

– Valla gurur yapacak halim yok. Karnımı acilen doyurup sonrasında başımın çaresine bakmam gerekiyor. Madem bu kadar yardımseversiniz, belki bana tavsiyeleriniz de olur. İstanbul'da acilen nerede iş bulup, nerede kalabilirim falan.

– Hımm. Durun bakalım, siz gerçekten öylesine atlayıp gelmişsiniz İstanbul'a.

– Evet, tepemin tası attı ve ilk otobüsle çıkıp geldim. Burada karşılaşacaklarım her neyse evdekinden daha kötü olamaz herhalde.

– Sizin pek bir özel amacınız yok anlaşılan. Eskiden sanatçı olmak, meşhur olmak için gelinirdi İstanbul'a, dedi adam.

– Biliyorum, biliyorum. Benim hiçbir özel planım yok. Ben sadece birazcık mutlu olmak istiyorum, o kadar.

– Peki, anlıyorum. Bu da bir tercih sonuçta. Ama sizinkisi oldukça cesur bir tercih. Kim bilir, belki de bu azminiz bile mutlu olmak için yeterli olur. O halde en azından kahvaltıyı birlikte yapalım. Hem biraz daha sohbet etmiş oluruz. Merak etmeyin, sonrasında yine bir miktar para verebilirim, dedi adam neşeyle.

– Tamam Mutlu Bey, hiç itirazım yok buna, açlıktan bayılmadan bir şeyler yiyelim, diyerek adamın koluna girdi Zeliha. Birlikte kaldırımda yürürlerken devam etti konuşmaları. Adam bastonuyla ileriyi işaret ederek:

– Ben her sabah şuradaki fırından taze ekmek alıp kahvaltımı evde yaparım. İsterseniz dışarıda yeriz bir şeyler, ya da şu an evde hazır bekleyen kahvaltı masasına davet edebilirim sizi.

Zeliha kısa bir an tereddüt edince adam:

– Elbette haklısınız, dışarda yesek daha iyi olur. Arka sokakta iyi bir kahvaltıcı var. Küçük, şirin bir de bahçesi var ki görünce bayılacaksınız. Oraya gidelim.

Zeliha adamın göğsünde tuttuğu elinin üstüne yavaşça vurarak:

– Hayır hayır, siz benim için düzeninizi bozmayın. Hem hazırmış evde kahvaltı. Ben eve kadar size eşlik eder, kahvaltımı yapar, çıkarım hemen. Yalnız umarım ailenize, evdekilere ayıp olmaz.

– Merak etmeyin, ben yalnız yaşıyorum. Ama belki de yalnız yaşadığım için daha fazla tedirgin olacaksınız. İyisi mi biz dışarda yapalım kahvaltıyı.

– Ya Mutlu! Size Mutlu diyebilir miyim?

Adam kısa bir duraksamadan sonra:

– Bence hiçbir sakıncası yok. Bu durumda ben de size Zeliha diyeyim.

– Valla bu sizli bizli, hanımlı beyli konuşmaları bırakalım da bana ne derseniz deyin. İsterseniz Zeliş bile diyebilirsiniz. Herkes beni böyle çağırırdı zaten.

– Yok Zeliş değil, Zeliha diyeyim ben.

– Tamam Mutlu. Bak açık konuşayım seninle. Ben İstanbul'a bütün geçmişimi geride bırakarak geldim. Burada her şeye sıfırdan başlayıp kendime yeni bir hayat kuracağım ve kesinlikle mutlu olacağım. Bunun için çok şeyi gözden çıkardım. Bütün ailemi, arkadaşlarımı geride bıraktım. Eğer bu yeni hayatımın ilk saatlerinde sırf bir kahvaltı uğruna bana zarar vermeye kalkacak olursan gözlerini oyarım. Hiç gülme öyle. Kaldı ki pek zarar verecek birine de benzemiyorsun. O nedenle şimdi ekmek alıp evine gidiyoruz. Kahvaltımızı yaptıktan sonra senden biraz para alıp çıkıyorum. Oldu mu?

– Çok net anladım. Bu arada fırının yanındayız sanırım.

Adam yavaşça Zeliha'nın kolundan çıkıp "Bekle burada," diyerek fırına girdi. Her hareketi son derece rahat ama bir o kadar dikkatliydi. Fırının daracık kapısından girerken tam ortalamayı başarmış, fırıncının adeta gözlerinin içine bakarak konuşmuş, uzattığı ekmek poşetini sektirmeden tutabilmiş, aynı özen ve dikkatle fırından çıkıp Zeliha'nın yanına gelmişti. Zeliha adamı büyük bir hayranlıkla izledi, onun gerçekten kör olmayabileceğini düşündü bir an. Sonra bu kuruntusu daha ciddi bir hal aldı. Adam yürürken kaldırımdaki çukurları, direkleri ve daha birçok şeyi görüyor gibiydi. Zeliha bir ara emin olabilmek için adamı çaktırmadan, yavaş yavaş manavın kaldırıma dizdiği sebze kasalarına doğru yürüttü. Adam kasalara yaklaşınca Zeliha'yı hafifçe kenara iterek kasaları teğet geçmeyi başardı. Zeliha iyice şüphelendi.

– Bir sakıncası yoksa sorabilir miyim, sen ne zamandan beri görmüyorsun?

– Ben doğuştan körüm. Dünyayı gözlerimle hiç görmedim, dedi adam ciddiyetle.

– Yani birazcık bile mi görmüyorsun?

– Hayır, ışık bile yok. Sizi rahatlatacaksa kapkaranlık yani.

Zeliha telaşla,

– Yok canım, böyle bir şey beni niye rahatlatsın ki? dedi.

– Beni az önce manavın önündeki kasalara doğru sürüklediğinde gözlerimin görmediğinden emin olmak istediğini anladım. Aslında ben yıllardır burada yaşıyorum. Şehrin birçok yerini adım adım bilirim. Tabii kendi mahallemi de santim santim ezberledim. İstersen gözlüğümü çıkarayım da için rahat etsin, dedi adam. Zeliha'nın cevap vermesini beklemeden gözlüğünü çıkarıp Zeliha'ya baktı. Zeliha gördüğü ölü gözler karşısında utancından kızardı. Adam Zeliha'nın durumunu anlamış olacak ki:

– Üzüldün galiba ama dert etme lütfen, bu durum ilk defa gelmiyor başıma, alıştım artık. Rahat ol istedim sadece.

Bu şekilde iki sokak yürüdükten sonra dört katlı bir apartmanın önünde durdular. Adam bir elinde ekmek poşeti varken diğer eliyle rahatça anahtarı yuvasına sokarak kapıyı açtı. Eliyle Zeliha'yı önden buyur etti. Apartmana girer girmez sağdaki ilk dairenin kapısını yine aynı rahatlıkla açtı. İçeriye girdi, kapıyı tutarak Zeliha'nın girmesini bekledi. Kapıyı kapattıktan sonra ekmek poşetini vestiyere bıraktı, ceketini çıkarıp astı. Zeliha'nın çıkardığı hırkasını da aynı titizlikle astıktan sonra bir çift terliği yere bırakıp:

– İstersen ayakkabıyla girebilirsin, dedi.

– Yok, terlik daha iyi olur. Teşekkür ederim.

Girişte küçük antreden sonra büyükçe bir salona geçtiler. Salon sade ama şık döşenmişti. Bir duvar neredeyse boydan boya kitaplarla doluydu. Karşılıklı konulmuş iki kanepe, pencerenin dibinde tekli berjer, odanın ortasında küçük orta sehpa, karşı duvara dayalı iki kişilik yemek masası, duvara monte edilmiş küçük ekran televizyon, yerde bir müzik seti ve yanında kolonlar ile onların hemen üstünde yine duvara monte edilmiş raflarda yüzlerce müzik CD'si... Yerler cilalı ahşap parke, duvarlar krem rengi düz duvar kağıdı ile kaplıydı. Pencerenin kenarına, dışarıya bırakılmış iki saksıda sardunya ve cam göbeği, çiçeklerini açmış, penceredeki ferforje korkulukların arasından sokağa bakıyorlardı. Küçük yemek masasına özenle yerleştirilmiş tabaklardaki kahvaltılıklar Zeliha'ya açlığını hatırlattı.

– İstersen sen masaya otur, ben çayı alıp geliyorum, diyerek mutfağa yöneldi Mutlu.

Zeliha odayı incelemeye devam ederek oturdu sandalyeye. Bir zeytini hızlıca ağzına atıp oturduğu yerden kitaplara göz gezdirdi. Kitapların hepsinin sırtında küçük noktalar şeklinde kabarcıklar vardı.

– Ne çok kitabın varmış, diye seslendi mutfağa doğru.

– Evet, kitaplar benim her şeyim, diye cevap geldi mutfaktan. Ardından:

– Ama maalesef hepsini kendim okuyamadım. Birçoğunu CD'den ya da internetten dinlemek zorunda kalıyorum.

Körler için kimse özel basım yapmıyor tahmin edeceğin gibi. Yine de sevdiğim bütün kitapları alıp ciltlettikten sonra kitaplığımda bulunduruyorum işte. Derneğimiz bazı kitapları bizim alfabemizle basıyor, bazı kütüphanelerde körler için gazete ve kitap bulmak mümkün, yine de çok sınırlı tabii.

Bir elinde çaydanlık, diğer elinde dilimlenmiş ekmeklerin bulunduğu sepetle geri geldi. Aynı rahat hareketlerle çaydanlığı ve sepeti masada yerlerine koydu. Zeliha yardım edip etmemekte kararsızdı, yine de:

– Dur, bari çayları ben doldurayım, diyebildi.

– Tamam, olur, benimki açık olsun lütfen, dedi Mutlu. Ardından, "Aman Allah'ım sana bardak getirmeyi unuttum," diyerek ayağa kalktı.

Zeliha Mutlu'yu kolundan tuttu, "Bu defa ben getireyim," diyerek mutfağa yöneldi.

– Lavabonun üstünde sağdaki kapaklı dolapta, diye arkasından seslendi Mutlu.

Mutfak da düzenli ve temizdi. Hiçbir şey ortada, açıkta değildi. Bardakları bulmakta zorlanmadı Zeliha. Bir çay bardağı ve cam dipliği alarak salona geri döndü. Kendine çay koyduktan sonra hızla bütün kahvaltılıkların tadına baktı. Çayları hep Zeliha tazeledi. Güzel çay demleme üzerine de konuştular. Kahvaltının sonunda Mutlu kahve içmeyi teklif etti. Zeliha geri çevirmedi. Mutlu'nun tek damla bile dökmeden getirdiği köpüklü kahvelerini karşılıklı içtiler.

– Ben senin işini sormadım ya Mutlu. Sen ne iş yapıyorsun, çalışıyor musun yani? dedi Zeliha.

– Evet, avukatlık yapıyorum. Kendi bürom var. Beş altı yıl oldu neredeyse.

– Vay be! Demek avukatsın ha? Tahmin etmeliydim, okumuş adam olduğun her halinden belli. Azimliymişsin valla.

– Eh işte.

– Ben zar zor ortaokula kadar okuyabildim. Sonrası malum ev hayatı, ev hali. Mardin'de bizim evimiz. Aslında güzel yerdir de, ne bileyim işte, duramadım orada. Sen şanslıymışsın galiba.

– Öyleydi. Doğduğumda ilk zamanlar kör olduğum fark edilmemiş bile. Doktor doktor dolaştırmışlar, çare bulamayınca adımı Mutlu diye yazdırmış nüfusa babam. Körlüğün eksikliğini yaşatmamak için elinden gelen her şeyi yaptı tabii. Ben büyüdüğümde kör olmanın benim açımdan hiçbir dezavantajı yoktu artık. Gerçekten de çok mutluydu bütün çocukluğum, ilkgençliğim. Böyle böyle yaşayıp gidiyorum işte.

– Mutlusun yani?

– Mutlu Açıkgöz.

Gülüştüler. Zeliha ayağa kalkıp masayı toplamak istedi. Mutlu izin vermedi. "İşten dönünce ben yaparım her şeyi. Zaten belli bir düzenim var. Sen pek bilemezsin şimdi," diyerek ikna etti Zeliha'yı. Kısa bir suskunluktan sonra tereddütlü bir ses tonuyla,

– Hiçbir şey hatırlamıyor musun Zeliha? dedi.

Zeliha tuhaf bir şeye bakar gibi baktı Mutlu'ya.

– Neyi mesela? diyebildi ürkekçe.

– Yok bir şey, dedi Mutlu, geçiştirir gibi. Zeliha bu durumu yadırgasa da üstelemedi.

Birlikte kapıya yürüdüler. Çıkmadan önce Mutlu cüzdanından bir miktar para çıkararak uzattı. Zeliha önce almak istemedi ama başka çaresi yoktu. Kartvizitini de uzattı Mutlu, "Arkasında evin adresi de var," dedi. "Başın sıkışırsa çekinmeden ara. İstanbul zor şehirdir, dikkat et kendine," diye eklemeyi de ihmal etmedi. Bol şans diledi Zeliha'ya.

Kaldırımda vedalaşıp ayrıldılar. Sustalı bastonu elinin tek hareketiyle açan Mutlu, diğer elinde evrak çantasıyla kendinden emin adımlarla yürüdü. Sokağın sonunda köşeyi dönünceye kadar onun arkasından baktı Zeliha. İstanbul için iyi bir başlangıç imkânı sunan bu mutlu adama içten bir minnet duydu. Avcunda sıktığı için terden buruş buruş olmuş paralara baktı sonra. Saydı. Bin lira vermişti Mutlu. Hiç de fena sayılmazdı. Bu parayla birkaç gün, belki birkaç hafta idare edebilirdi. Şimdi hemen kalacak yer bulmalıydı kendine. En iyisi bulunduğum semtten başlamak, diye düşündü. Kendine güveni yerine gelmişti. Sanki İstanbul'un yerlisiymiş gibi attı adımlarını, yürüdü, yürüdü... Caddeleri, insanları, binaları, dükkânları, parkları seyrede seyrede yürüdü. Şehri solumaya, anlamaya, ciğerlerine çekmeye çalıştı. Dağ taş binalarla doluydu. Karınca yuvasını andıran bu koca şehir yeni eviydi artık. Olacaksa burada mutlu olacaktı. Bulacaktı muhakkak bir yolunu. Herkes nasıl mutlu oluyorsa o da öyle olacaktı. Bir köşeyi dönünce aniden denizi gördü. Büyülenmiş gibi yürüdü denize doğru. Sahile vardığında uzun uzun seyretti koca maviliği. Bir simit aldı, denizin kıyısındaki bir banka oturup yedi. Annesini, babasını düşündü. Kendini ne kadar zorlasa da yüzlerini hatırlayamadı.

Başı döndü bir anda, iki eliyle sıkı sıkı tutundu oturduğu banka. Düşünceleri karman çormandı, bir türlü toparlayamadı kafasındakileri. Yorgunluktandır belki, diye düşündü. Sonra Mutlu'nun "Hiçbir şey hatırlamıyor musun?" diye sorduğunu anımsadı. Neyi kastetmişti acaba? İyi de, zaten hiçbir şey hatırlamıyordu ki gerçekten. Derin bir nefes aldı. "Boşver Zeliş, belki de böylesi daha iyi, unutmaya geldin sen, hatırlamaya değil," diye geçirdi içinden. Kalktı, sırtını denize, yüzünü İstanbul'a dönüp yürüdü.

2

Sahilde yürürken bile kendini hiç de yabancı bir şehirdeymiş gibi hissetmiyordu nedense. Yirmi yıllık ömründe ilk defa böylesine güçlüydü sanki. İşte her şey bu kadar basitti. Mutlu olmak için sadece mutlu olmaya karar vermek yetiyordu galiba. Bu kararı çok daha önceleri vermediği için kızdı kendine. "Bak işte, İstanbul'da olmak bile güçlü olmaya yetiyormuş," diye düşündü.

Akşam olmadan kalacak bir yer bulması gerektiğini hatırladı aniden. Yine birilerine sorarak başlayabilirdi işe. İleride, bir bankta oturan sakallı, yaşlı bir adamı gözüne kestirdi, yanına giderek:

– Kusura bakma amca, ben İstanbul'un yabancısıyım da, birkaç gün kalabileceğim düzgün bir otel arıyorum. Acaba bildiğin bir yer var mı?

Yaşlı adam Zeliha'yı önce göstere göstere baştan aşağı süzdü. Zeliha "Hadi bakalım, iyice süzmeden kimse cevap vermiyor bu şehirde," diye geçirdi içinden. Sonra dayanamayıp:

– Ne oldu amca? Boyumu posumu iyice belleyip ona göre mi bir otel önerecen? Merak etme, ebat fark etmez, her otele sığarım ben, dedi yüksek sesle.

Adam Zeliha'nın şaka mı yaptığını yoksa kızdığını mı anlamadı ama hemen toparlandı, çehresine nurani bir ifade yerleştirdikten sonra:

– Ben pek fazla otel motel bilmem kızım. Ama duyduğum kadarıyla Aksaray tarafındaki oteller sana yaramaz. Orda kalma. Bizim Eyüp tarafında mazbut yerler vardır. O taraflara bak, ya da ben seni götüreyim istersen? deyip gözlerini Zeliha'nın memelerine dikti.

Zeliha bir adım geri atarak adama dikkatlice bir daha bakınca bir sarhoşa çattığını farketti. Sonra adamın gözlerinde kan gördüğünü sandı. Sebebini anlamadığı bir tedirginlik hissetti o an ve hızla uzaklaştı. Kalabileceği bir yer öğrenememiş olsa da kalmaması gereken iki semt ismini öğrenmişti en azından. Sahil boyunca yürümeye devam etti. Koca şehirde kalacak bir yer bulacaktı elbet.

Kafası az önceki sarhoş adamla meşgulken bir yandan da "Ne diye Mutlu'ya sormadım ki, mutlaka uygun bir yer önerirdi bana," diye hayıflandı. Mutlu'nun verdiği kartviziti hatırladı o anda. Bir yerden Mutlu'yu arayıp sorabilirdi pekâlâ. Kot pantolonunun arka cebine koyduğu kartviziti çıkardı. Etrafta telefon açabileceği bir yer aradı. Caddenin karşısında bir büfe gördü. Büfeci ona bir telefon kartı satıp ankesörlü telefonun yerini tarif etti. Zeliha kartı telefonun yuvasına sokup kartviziti elinde çevirdi. Kartın arkasındaki elyazısını okudu. Mutlu evin adresi yazılı demişti ama kartta düzgün bir elyazısıyla Zeliha'yı şaşırtan başka bir not vardı:

"Kalacak yere ihtiyacın olursa Taksim Gümüşsuyu Caddesi'nde Mir Kafe'de çalışan Oktay'a git. Sana yardımcı olur, ona güvenebilirsin Zeliha."

Zeliha kartı telefondan çıkardı, hayretle bir daha okudu notu. Ne ara yazmıştı Mutlu bunu? Ayrıca nasıl bu kadar düzgün yazabilmişti? Bir an yine tereddüte düştü. Nasıl bir adamdı ki bu Mutlu? İstanbul'a iner inmez ilk onunla tanışmış, evinde kahvaltı yapmış, ondan bin lira almış, şimdi de aynı adamın Hızır misali yetişen notuyla karşılaşmıştı. Tamam, işinin rast gitmesi iyiydi de bu kadarı biraz fazla oluyordu. Hızlıca bunları aklından geçiren Zeliha hemen Mutlu'yu arayıp ona "Sen kimsin, nesin be kardeşim?" diye çıkışmayı düşündü. İyi de, garibimin suçu neydi ki? Yolda adres sordum diye yine azarlayayım mı yani? Hem o beni bulmadı ki. Ben rast geldim adama. Aramaktan vazgeçti, neticede "iyilik meleği"nin bir önerisi vardı elinde. Arasa zaten kendisinden bunu istemeyecek miydi? Büfeye geri dönüp Gümüşsuyu'nu sordu. Büfeci ona bir taksiyle gitmesini tavsiye etti. Fazla da düşünmedi Zeliha. Karanlık bastırmadan kalacak bir yer bulmalıydı. Yoldan çevirdiği ilk taksiye atladı.

Yarım saat sonra taksi Mir Kafe'nin önünde durdu. Parasını ödeyip son kuruşuna kadar üstünü aldıktan sonra indi. Parasının üstünü tastamam alan müşteriye sinir olan taksici caddede yankılanan bir patinaj sesiyle gaza bastı. Mir kafede oturan müşteriler dönüp baktılar. İki saniye sonra her şey normale döndü. Zeliha derin bir nefes alıp kafeden içeri girdi. Karşılaştığı ilk garsona Oktay'ı sordu. Garson kasadaki genç adamı işaret ederek "Oktay Bey orada," dedi. Zeliha bütün şirinliğini bürünerek kasaya yöneldi.

– Merhaba, Oktay Bey siz misiniz?

Kasadaki adam Zeliha'yı hiç süzmeden doğrudan gözlerine baktı. Hoşuna gitti bu Zeliha'nın.

– Evet benim, nasıl yardımcı olabilirim?

– Beni Mutlu Bey gönderdi. Avukat Mutlu Açıkgöz, ben İstanbul'a yeni... Zeliha sözünü tamamlayamadan adam eğilip masanın alt kısmından bir zarf çıkarıp Zeliha'ya uzattı.

– Elbette Zeliha Hanım, biliyorum, bekliyordum zaten sizi. Mutlu Bey bugün akşama doğru uğrayacağınızı söyleyip bunu size vermemi tembihlemişti.

– Hadi ya, ne hızlıymış avukatımız.

– Efendim?

– Yok bir şey, şaşırdım sadece. Bana kalacak yer konusunda yardımcı olabileceğinizi söylemişti.

– Bilemiyorum ama sanırım bu zarf onun için zaten.

– Allah allah, tuhaf doğrusu. Ne zaman bıraktı ki bu zarfı?

– Dün akşam.

Zeliha yanlış duyduğunu sandı.

– Bu akşam mı?

– Hayır dün akşam uğrayıp bıraktı.

İyice afallayan Zeliha:

– Nasıl olur ya? Emin misiniz? Ben daha bu sabah...

– Biliyorum Zeliha Hanım, biliyorum. İstanbul'a hoş geldiniz.

3

Zeliha, üzerinde büyük harflerle kendi isminin yazılı olduğu zarfı alıp şaşkınlıkla inceledi. Ürkmüş bir ses tonuyla:

– Yanlışınız olmalı, ben daha bu sabah İstanbul'a geldim ve yine bu sabah Mutlu Bey'le tanıştım. Bu zarfı dün bırakmış olması mümkün değil ki, dedi.

Kasadaki adam Zeliha'nın şaşkınlığını normal ve anlayışla karşıladığını anlatmak istercesine başını öne doğru sallayarak:

– Ben yanılmadığımdan eminim, sorularınızın cevabı zarfın içindedir belki de. Lütfen şu masalardan birine oturun, hem bir şeyler içer hem de mektubunuzu okursunuz, diyerek bankonun arkasından çıktı, Zeliha'ya önden yol göstererek onu boş bir masaya oturttu.

– Size çay göndermemi ister misiniz? diye sordu nazikçe. Şaşkınlığını üzerinden atamayan Zeliha yutkunarak:

– Evet lütfen, diyebildi.

Adam ayrılıp kasaya dönerken kadın zarfı elinde evirip çevirdi. Açıp açmamakta kararsızdı. Daha ilk günde garipliğin bu kadarı biraz fazlaydı. Mutlu'yla karşılaştıkları andan ayrıldıkları ana kadar neler yaşandığını hatırlamaya çalıştı. Bu esnada garson bir fincan çay getirip önüne koydu, "Afiyet olsun efendim," diyerek uzaklaştı. Zeliha'nın ağzından belli belirsiz bir "Teşekkür," sözü çıktı. Muhtemelen birbirlerinden ayrıldıktan sonra Mutlu buraya gelip zarfı bırakmıştı. Bunu da daha evdeyken planlamış ve kendisinin mutfağa gidiş gelişi sırasında kartvizitin arkasına o notu yazmıştı. Evet aynen böyle olmuştu, bunun başka izahı olamazdı. Kasadaki adam kesinlikle yanılıyordu da neden ısrarla dün akşam bırakıldığını söylüyordu? Oysa adam gayet aklı başında ve saygılı görünüyordu. Herhalde zamanı karıştırdığının farkında değil zavallı, bu nedenle bu kadar emin konuşuyor, diye düşündü, yine de zarfı açıp açmamakta kararsız kaldı. Çayını içtikten sonra sessizce çıkıp gitmeyi, zarfı masada bırakmayı düşündü. Zarfın içindekileri okursa bu gariplikler devam edecekmiş gibi bir his içerisindeydi. Fakat kendisine iyilik yapan bir adamın bu düşünceli davranışını öylece karşılıksız bırakıp gitmeyi de kendine yakıştıramıyordu. Bu gelgitleri yaşarken elindeki zarfın bir önüne bir arkasına bakıyor, sanki zarfı açmadan içindekileri okuyabilirmiş gibi dikkatle inceliyor, kâh kararsızlıkla zarfı masaya bırakıyor kâh eline alıyordu. Ellerinin terlediğini fark etti. En son, oflayıp poflayarak, biraz da bu dengesiz haline kızarak, "Ne var canım sen de, açıp okursun, işine gelmezse yırtar atar, çeker gidersin. Bu kadar abartmak yakışmadı sana Zeliş Hanım," dedi içinden. Zarfı yapıştırılmış kısmından dikkatlice yırtarak açtı. İçinde katlanmış beyaz bir kâğıt vardı. İki parmağının ucuyla tutarak çıkardı kâğıdı. Yavaşça açtı. Bilgisayarda yazılmış bir mektuptu bu. "Tekrar Merhaba Zeliha," diye başlıyordu. Sağ üst köşede dünün tarihi yazılıydı. Ama bu hiç inandırıcı gelmedi Zeliha'ya. Mektup bugün yazılıp üstüne dünün tarihi atılmıştı kesinlikle, başka türlüsü olamazdı. Mutlu'nun bu basit ve ucuz hilesi karşısında öfkelendi bir an, az kalsın yine okumaktan vazgeçecekti. Derin bir nefes alıp okumaya başladı:

Tekrar Merhaba Zeliha,

Biliyorum her şey çok tuhaf görünüyor ama senin zekâna güveniyorum. Hafızanı zorlarsan olup bitenleri hemen anlayacaksın. Yine de aklını daha fazla karıştırmak istemiyorum. Madem şimdilik sadece mutlu olmak istiyorsun, ben de bunun için sana yardım edeceğim. Umarım bana güvenir ve yardımlarımı kabul edersin.

Şimdi, benim önerilerim ve yardımlarımla devam etmek istiyorsan tekrar Oktay Bey'e git, sana bıraktığım ikinci zarfı al. Kendi yolumu tek başıma ve yardımsız çizeceğim diyorsan da zarfı almana gerek yok. Başka bir çaresini bulacağız artık. Korkmana gerek yok Zeliha, ben hep yanındayım, sadece hafızanı zorla, her şey düzelecek, eminim.

Mutlu AÇIKGÖZ

Zeliha yarı sinirli, yarı şaşkın bir halde etrafına bakındı. Bir yerlerden kendisini izleyip gülen Mutlu'yu aradı gözleri. Sonra adamın kör olduğunu, buradaysa bile kendisini izleyemeyeceğini hatırlayıp güldü. "Bu ne ya böyle, şaka mısın sen kardeşim? Yardım etmek istiyorsan doğrudan yap yardımını, ne diye böyle alengirli, esrarengiz yollarla kendine gizemli bir hava katmaya çalışıyorsun ki? Ben yokum senin bu garip oyununda. Zamanımı burada harcadım, kalacak bir yerim bile yok halen. Allah seni almasın Mutlu," diye kızgınlıkla iç geçirdi. Mektubu zarfıyla birlikte yırttı, çöp kutusu aramak için masadan kalktı. Giriş kapısının yanındaki çöp kovasına yöneldi. Elindeki kağıt parçalarını çöpe atmak üzereyken kovanın içinde gördüğü şeyden irkilip geri çekildi. Tekrar eğilip kovanın içine bakınca şaşkınlıktan gözleri fal taşı gibi açıldı.

4

Elinde tuttuğu yırtılmış mektupla donup kaldı Zeliha. Çöp kovasında kendisinin Mutlu'ya benzeyen bir adamla yanak yanağa çekilmiş fotoğrafı vardı. Ne adam kördü fotoğrafta, ne de Zeliha hayatı boyunca böyle bir fotoğraf çektirmişti. Çektirmiş miydi yoksa? Kafası allak bullak oldu yine. Duyguları düşünceleri uyuşmuş halde eğilip kovadan fotoğrafı aldı. Fotoğraftaki kadın kesinlikle kendisiydi. Ama şimdiki halinden en az on sene yaşlı görünüyordu. Samimi bir şekilde poz verdiği adamın ise Mutlu'ya çok benzediğinden emindi. Fotoğraf belli ki bir tatil esnasında, deniz kenarında, vücutlarının belden yukarısı kadraja girecek şekilde çekilmişti. Adamın üzerinde askılı bir tişört vardı, kendisi de mayoyla poz vermişti. Fotoğraftaki kadın şüphesiz kendisiydi, sol kolundaki çocukluğundan kalma yara izi bile aynıydı. İstemdışı bir hareketle elini sol kolundaki yara izinin üzerinde gezdirdi. Yine de bu fotoğraf bir fotomontaj hilesinden başka bir şey olamazdı herhalde. Ama bunun çöp kovasında ne işi var, diye düşünürken kasada kendi işiyle meşgul olan Oktay'a çevirdi bakışlarını. Bir elinde fotoğraf, diğer elinde yırtık mektup, büyük bir hışımla kasaya yürüdü. Kasanın önüne dikildiğinde Oktay kafasını kaldırıp Zeliha'ya baktı. Zeliha öfkeden kulaklarına kadar kızarmış bir halde bağırdı:

– Siz kimsiniz be? Benimle ne oyunu oynuyorsunuz? Sen ve Mutlu denen adam ne iş çeviriyorsunuz? Ya hemen bana bunları izah edersiniz ya da buradan doğruca polise gidiyorum.

Zeliha'nın yüksek tondan öfkeli konuşmasına Oktay son derece sakin ve güleç bir yüzle cevap verdi:

– Sakin olun lütfen, kimsenin bir iş çevirdiği yok. Belli ki Mutlu Bey size bir şeyler anlatmaya çalışıyor.

– Bana ne anlatacakmış ya? Böyle şeyler yaparak neyi amaçlıyorsunuz? diyerek elindeki fotoğrafı salladı, sonra Oktay'ın önüne fırlattı. Oktay fotoğrafa kısa bir süre bakıp geri uzattı. Zeliha fotoğrafı geri almadı. Oktay aynı yumuşak ses tonuyla:

– Eminim her şeyin mantıklı bir açıklaması vardır. Ben sizi hiçbir şey için baskı altına alıp yönlendirmek istemem. Önemli olan sizin bir şekilde Mutlu Bey'e güvenmeniz ve hafızanızı zorlamanızdır. Belki Mutlu Bey size anlatmak istediğini doğrudan anlatamıyordur, belki sizin bunun için çaba sarf etmeniz gerekiyordur. İnanın ben de tam bilemiyorum. Elbette size de hak veriyorum. Çok normal görünmüyor olanlar. Fakat ikinci zarfı açıp okursanız sanırım durum sizin açınızdan biraz daha açıklığa kavuşacak. Yine de kararı verecek olan sizsiniz, Zeliha Hanım.

Zeliha bir an ağlayacak gibi oldu. İstanbul'da ilk günden içine düştüğü ve giderek artan tuhaflıklardan bir an önce kurtulmak, kaçıp gitmek istiyordu.

– Sizin de Mutlu'nun da yardımını falan istemiyorum. Sağ olun, eksik olmayın, ama benden uzak durun lütfen, diyerek elindeki kâğıtları sertçe bankoya bıraktı, dönüp kapıya doğru yürüdü. Oktay arkasından aynı yumuşak ses tonuyla seslendi:

– Fotoğrafın arkasındaki yazıyı okudunuz mu Zeliha Hanım?

Zeliha bir an durdu, ama yüzünü dönmedi. Oktay devam etti:

– Sizin için önemli olabileceğini düşünüyorum.

Zeliha "Tamam ulan, ama yeminle, bu son olacak," diye içinden geçirip bankoya geri döndü. Fotoğrafı alıp çevirdi, birkaç saniye baktı. Bir anda başı döndü. Düşmemek için bankoya tutundu. Oktay bankonun arkasından hızla çıkarak Zeliha'nın kolundan tuttu. Onu yavaşça bir sandalyeye oturttu, bir bardak su istedi, garson hızla getirdi. Zeliha yutkunarak zorlukla bir yudum içti. Biraz kendine gelince yazıyı tekrar okudu:

Lütfen aşkım, kendin için, bizim için, çocuklarımız için biraz daha gayret, vazgeçme ne olursun. Seni burda bekliyoruz. Her şey çok güzel olacak. Ben, Mazlum ve Deniz seni çok özledik. Yakında görüşeceğiz bir tanem, seni seviyorum.

Zeliha artık ne düşüneceğini bilemiyordu. Acaba akıl hastası mıydı gerçekte? Hastaneden mi kaçmıştı? Herkes akıllıydı da bir kendisi mi deliydi? Yoksa delilerin içine düşmüş bir zavallı mıydı? Peki bu "Mazlum ve Deniz" kendisinde ne diye böylesi bir çarpıntıya yol açmıştı? Kimdi Mazlum'la Deniz? İçinde bir şeylerin koptuğunu hissetti. Daha fazla düşünmek istemedi. Bu muammadan bir an önce kurtulmak ümidiyle Oktay'a döndü, yorgun bir ses tonuyla:

– Oktay Bey, şu ikinci zarfı alabilir miyim? dedi.

5

Zeliha, Oktay'ın kendisine uzattığı ikinci zarfı alıp masaya oturduğunda gerginlik ve sinirden titreyen elleri normale dönmemişti. Gözlerini kapatıp derin bir nefes aldıktan sonra zarfı açtı. Zarftan yine bilgisayarda yazılmış tek bir sayfa ile iki anahtar çıktı. Anahtarları evirip çevirerek inceledikten sonra masaya koydu. Katlanmış kâğıdı açtı, okumaya başladı.

Merhaba Zeliha,

Öncelikle bu tuhaflıklardan dolayı gerçekten üzgün olduğumu bilmeni istiyorum. Fotoğraf için de şimdiden özür diliyorum. Senin bir anda çıkıp gitmeni önlemek için şansımı zorlamak istedim. Dikkatini çekmem ve senin asıl mevzuya odaklanmanı sağlamam gerekiyordu. Bunların hepsi saçma ve son derece karışık görünüyor olsa da tamamı senin iyiliğin için yapılan şeyler. Adım adım hepsini sana izah edeceğim, merak etme. Şimdilik senin sürekli hafızanı zorlamanı ve özellikle bana güvenmeni çok önemsiyorum. Böyle bir durumda bana güvenerek kaybedeceğin çok fazla şey olmadığını bilmem hatırlatmam gerekir mi?

Anladığım kadarıyla çok kısa sürede mutlu olmak istiyorsun. Bu nedenle kalacak yer vs. gibi sorunlarla uğraşarak zaman kaybetmeni hiç istemiyorum. Bir arkadaşımın evinin anahtarını zarfın içine koyuyorum. Kendi evinmiş gibi rahat kullanabilirsin, merak etme, evin tek anahtarı sende olacak. Senin yerinde olsam her saniyemi hatırlamak için harcardım. Ev, şu an oturduğun kafenin bulunduğu apartmanın ikinci katında, dört numaralı daire. Anahtarlardan biri dış kapı için. Şimdi git ve evde dinlen. Sonra mutlaka daha uzun sohbet ederiz. Madem mutlu olmak istiyorsun, o halde sana mutluluklar diliyorum Zeliha. Görüşmek üzere.

Mutlu AÇIKGÖZ

Mektubu okuduktan sonra uzun uzun anahtarlara baktı Zeliha. Mutlu'nun ne yapmaya çalıştığını yeniden düşünmeye zorladı kendini. Ama düşüncelerini bir türlü toparlayamıyor, her şeyi parça parça, kopuk kopuk hatırlıyordu. Sabah Mardin'den İstanbul'a varışından bu yana sanki haftalar geçmiş gibi hissediyordu. Mardin'de bıraktığı ailesini düşündü. Hiçbirini net olarak hatırlayamadı yine. Çok yorgun, aç ve uykusuzdu. Kasadaki Oktay'a dönerek:

– Burada bir şeyler yemem mümkün mü?

Oktay hemen eliyle garsonu çağırıp,

– Zeliha Hanım'a bir menü verin, dedikten sonra Zeliha'ya döndü:

– Daha çok meze ve aperatif şeyler var ama hepsi de çok lezzetlidir, afiyet olsun Zeliha Hanım.

Zeliha teşekkür mahiyetinde başını sallayıp, dudaklarını kıpırdatabildi ancak.

Yarım saat sonra karnını doyurmuş, elinde anahtarlar ve mektupla hesabı ödemek için kasanın önündeydi. Israrlarına rağmen para almadı Oktay, "Bu bizim ikramımız olsun, hem siz buranın yabancısı sayılmazsınız," dedi. Zeliha umutsuzca ama yardım ister gibi baktı adamın gözlerine. Adam da aynı sevecenlik ve aynı çaresizlikle baktı ona. Kadın daha fazla bir şey sormak istemedi artık.

"Mazlum ve Deniz"i duyduğundan beri içinde tarif edemediği bir duygu vardı. Sanki aniden birkaç yıl yaşlanmış, olgunlaşmış gibiydi. Acı mı, burukluk mu, özlem mi, yoksa hepsi mi bilemiyordu ama yüreğini sıkıştıran bir şeyler vardı. İyi akşamlar dileyip kafeden çıktı. Binanın girişi hemen kafenin bitişiğindeydi. Anahtarlardan biriyle dış kapıyı açıp binaya girdi. Binanın sahanlığında ve merdivenlerde yukarıdan gelen gün ışığından dolayı loş bir aydınlık vardı. Eski bir apartman olsa da temiz ve bakımlı görünüyordu. Merdivenlerden ikinci kata çıktı. Dört numaralı dairenin önünde durduğunda tuhaf bir hisse kapıldı. Daha önce de bu kapının önünde çok defa durmuş gibi geldi ona. Belki de Mutlu'nun saçmalıkları iyice kafamı karıştırdığı için böyle hissediyorum, diye düşündü. Küçük bir tereddütten sonra kapıyı açıp yavaşça içeri girdi. İlginçti, evin kokusu bile tanıdık geliyordu. İçerisi hafif aydınlıktı. Antreden sessizce yürüyerek evi dolaşmaya başladı. Sağdaki ilk kapının mutfak kapısı olduğunu biliyor gibiydi, nitekim yanılmadı. Bunu tahmin etmiş olmak rahatlattı onu. Sırayla bütün kapıları açıp tek tek içeri baktı. Solda oldukça büyük ve ferah bir salon, yanındaki odada bir çalışma masası ile duvarları kaplayan kitaplıklar vardı. Zeliha daha önce bu eve geldiğinden neredeyse emindi artık. Hem bir gerginlik hem de tuhaf bir özgüven içerisinde diğer odalara yöneldi. Banyo ve tuvaletlere kapıdan şöyle bir baktı. Sondaki iki odadan biri yatak odasıydı; kapıdan baktı, girip girmemekte tereddüt etti. Ev sahibinin mahremine saygı göstermesi gerektiğini düşünerek girmekten vazgeçti ama bu yatak odası da kesinlikle çok tanıdıktı. Son kapıyı açmadan önce bunun bir çocuk odası olduğunu biliyordu zaten. İçerde karşılıklı duvara dayalı iki küçük yatak görünüyordu. Duvar kağıtları çizgi film kahramanlarıyla süslüydü. Tavandan sarkan renkli siperli lambası, yatağın üstündeki oyuncakları, renkli perdeleriyle sevimli bir çocuk odasıydı. Odaya girip girmemekte tereddüt etti ama çocuk odasına bakmak ayıp olmaz diye düşünerek içeri girdi. İlk dikkatini çeken şey şifonyerin üstündeki çerçeveli aile fotoğrafıydı. İki çocuk, Mutlu'ya benzeyen adam ve kendisinin çok daha yaşlı hali aynı karede mutlulukla objektife gülümsüyorlardı. Fotoğrafı görür görmez nefesi kesildi. Nefes alabilmek için göğsünü yumruklamaya başladı, yere, dizlerinin üstüne düştü. Başını kaldırıp fotoğrafa tekrar bakmaya cesaret edemedi. Boğulur gibi bir hissin ardından güçlükle derin ve hızlı bir nefes almayı başardı. Vücudunun her yeri terden sırılsıklam olmuştu. Avazı çıktığı kadar "Deniiizz!" diye bağırdı. Başının döndüğünü, içinin boşalıp hafiflediğini hissetti. Bir anda kendini kaybetti, sırtüstü yere devrildi.

6

Çocuk odasındaki fotoğrafı görür görmez bayılan Zeliha kendine geldiğinde çok şaşırdı, gördüklerine pek bir anlam veremedi çünkü Mutlu'nun evinde, aynı kahvaltı masasında tek başına oturuyordu. Bu sahneyi daha önce de yaşadığını düşündü bir an. "Ama mümkün değil," diye geçirdi içinden. Bu arada bir elinde çaydanlık, diğer elinde ekmek sepetiyle Mutlu salona girdi. Rahat hareketlerle ikisini de masaya koydu. Zeliha yardım edip etmemekte kararsızdı. Ama yine de:

– Dur bari, çayları ben doldurayım, diyebildi.

Mutlu oturduğu yerden bir süre sessizce Zeliha'ya baktı. Zeliha Mutlu'nun bir şeyler söylemeye hazırlandığını fark ettiğinden onu bölmek istemedi. Gözlerini göremediği adama uzun uzun baktı. Mutlu, Zeliha'yı panikletmemeye, ürkütmemeye çalışarak sakin bir edayla,

– Hâlâ hiçbir şey hatırlamıyorsun, değil mi Zeliha? dedi.

Zeliha, "bu da ne demek şimdi" dercesine iki gözünü kocaman açıp sırtını dikleştirdi. Sonrasında:

– Neyi kastediyorsun Mutlu, neyi hatırlamıyor muşum? diye soruya soruyla karşılık verdi.

Mutlu:

– Tamam peki, otogardan buraya kadar olan kısmı hatırlıyor musun en azından?

– E herhalde yani, daha yarım saat olmadı, niye unutayım ki? Sen amma da tuhaf sorular soruyorsun, farkında mısın?

– Doğru Zeliha, çok haklısın. Sana dilim döndüğünce anlatmaya çalışacağım. Senden tek isteğim sakin olmaya ve geçmişi düşünmeye çalışman. Çok tepkisel davranmamaya çalış, her şeyin mantıklı bir açıklaması var, ben bunları tane tane sana anlatmaya çalışırken sen de hafızanı zorlamaya, söyleyeceklerimi anlamlandırmaya gayret et lütfen. Sana yardım etmeye çalıştığımı aklından çıkarma ve bana güven.

Zeliha Mutlu'nun bu garip konuşmalarından hiçbir şey anlamadığı gibi tedirginlik de duymaya başladı. Etrafını daha dikkatle incelemeye, korkulu bakışlarla her bir detaya odaklanmaya çalıştı. Bir an sessizce kalkıp koşarak evden çıkmayı geçirdi aklından. Mutlu sanki bunu hissetmişçesine:

– Lütfen sakin ol ve beni dinle Zeliha, bazı şeyler için zamanımız çok az, giderek de daralıyor. Bu nedenle sana şimdi başka bir yöntemle doğrudan hatırlatmalar yapacağım; amacım senin zihnini, hafızanı canlandırıp hatırlamanı sağlamak. Lütfen korkma, odaklanmaya çalış, hafızanda küçük bir ışık bile yakabilirsek gerisi kolayca gelebilir. Sana kısa bir video izletmek istiyorum. Göreceklerin seni çok şaşırtabilir ama rica ediyorum ve tekrar tekrar belirtiyorum, sakın panikleme; zihnini, bilincini kontrol altında tutarak düşünmeye, odaklanmaya, hatırlamaya çalış.

Zeliha bu absürt konuşma karşısında iyice panikledi ve,

– Sen şaka mısın kardeşim, kamera şakası mı bu? Kusura bakma, ben seni aklı başında biri sanıp evine kahvaltıya geldim, fakat bu kadarı yeter. Ben gidiyorum, sana afiyet olsun, diyerek ayağa kalktı. Salondan çıktı, dış kapının önünde terliklerini çıkarıp ayakkabılarını giymeye başladı. Mutlu yerinden kalkmamıştı, salondan Zeliha'ya seslendi:

– Şimdi olmaz Zeliha, gitme lütfen, sadece birkaç saniyeni ayır, bak saçmalamadığımı göreceksin.

Zeliha bir yandan ayakkabılarını giymeye devam ederken bir yandan da Mutlu'ya laf yetiştirdi:

– Uzatmayalım lütfen, bu garip davranışların hoşuma gitmedi, hoşça kal, diyerek elini kapı koluna attığı sırada Mutlu içerden tekrar seslendi:

– Mazlum'u ve Deniz'i görmeni istiyorum Zeliha.

Zeliha bir eli kapı kulpunda olduğu yerde donup kaldı; nedenini bilmeden gözlerinin dolduğunu, yüreğinin daraldığını hissetti. Elini yavaşça kapının kolundan çekip sessizce salona döndü. Mutlu gayet ciddi bir yüz ifadesi ve içten bir ses tonuyla,

– Otur lütfen Zeliha, anlayacaksın eminim, dedi.

Zeliha ne cevap vereceğini bilemedi, sadece,

– Mazlum'la Deniz mi dedin? diye sorabildi.

– Evet, dedi Mutlu, televizyon kumandasını eline alıp duvara monte edilmiş küçük ekran LCD televizyona çevirdi.

– Şimdi biraz sakinleş ve izle Zeliha, lütfen.

Zeliha korkuyla gözlerini ekrana dikip bekledi. Sanki ne göreceğini biliyor ve bu yüzden bakmak istemiyordu ama gözlerini de boş ekrandan alamıyordu. Birkaç saniye sonra Zeliha ekranda kendisine el sallayan bir kız ve bir oğlan çocuğu ile kendisinin daha yaşlıca halini görünce nefesi kesildi, hırıltı şeklinde sesler çıkardı. İki eliyle göğsünü bastırmaya, nefes almaya çalıştı; gözü hâlâ kendisine el sallayan çocuklardaydı. Mutlu'nun kendisini teskin etmeye, yönlendirmeye çalışan sesini, talimatlarını duyuyor ama hiçbir şey anlamıyordu. Adeta göğsüne yumruk yemiş gibi nefessiz kaldı, öleceğini sandı, son bir gayretle:

– Deniiizzz! diye çığlık attı ve yere yığıldı.

İKİNCİ BÖLÜM

7

İki ay öncesi.

Dr. Sema kanlı ameliyat eldivenlerini, bonesini ve ameliyat maskesini çıkarıp kapının kenarında duran tıbbi atık kovasına attı. Hemşirelerden biri ameliyat önlüğünü çıkarmasına yardım etti. Ameliyathaneden dışarı çıkıp bekleme salonuna gitti. Burada bekleyen hasta yakınlarına ameliyata ve hastanın durumuna dair iç rahatlatıcı bilgiler verdi. Hastanın bir yakını neredeyse sarılıp elini öpüyordu. Son anda elini kurtarmayı başardı. Sevinçten gözleri parlayan hasta yakınlarını orda bırakıp odasına yöneldi. Her başarılı ameliyat sonrası yaşadığı huzuru derinden hissediyor, yüzünde doktor ciddiyetini bozmayacak bir gülümsemeyle hastane personeliyle selamlaşarak koridorda yürüyordu. İçten içe gururlanıyor, zorluklarına rağmen mesleğini ne kadar çok sevdiğini düşünüyordu. Bu duyguların başarılı ameliyat sonralarıyla sınırlı ve geçici olduğunu da biliyordu elbette. Az sonra bu duygulardan geriye kalacak tek şey her zamanki gibi yorgunluk ve yılgınlık olacaktı. Polikliniğin girişindeki odasına girmeden önce, az ileride, bankonun arkasında oturan bölüm sekreterine seslendi:

– Arayan soran var mı Nezahat?

Sekreter telaşla ayağa kalktı:

– Evet Sema Hanım, siz ameliyata girdikten sonra gece on bir gibi eşiniz aradı. Ameliyatta olduğunuzu, ne kadar süreceğini bilmediğimi belirttim. Bir not bırakmadan kapattı.

Doktor Sema duvardaki saate baktı. Dördü yirmi geçiyordu. Neredeyse beş saatten fazladır ameliyattaydı. Bedirhan ve çocuklar çoktan uyumuş olmalıydılar. Bedirhan'ı düşünmek birdenbire yorgunluğunu hatırlattı ona. Ve o huzurdan eser kalmamıştı işte. O sabah evden çıkarken yine tartışmışlar, küs ayrılmışlardı. Bedirhan çocukları okullarına bırakmaya giderken o da doğruca hastaneye gelmiş, hastalarının ve hasta yakınlarının dertlerine gömülüp gün içerisinde Bedirhan'ı düşünmemeye gayret etmişti. Akşam acil bir ameliyata girmesi gerektiğinde arayıp gecikeceğini söylemek bile istememişti. Kocasıyla son aylarda yaşadıkları sorunun adını tam olarak koyamasa da çatırdayan şeyin evlilikleri olduğunu biliyordu. Bedirhan'la ilişkilerinde geldikleri nokta canını yakıyordu yakmasına ya, yine de çaba sarf etmek gelmiyordu içinden. Defalarca konuşmayı denemiş ama bir türlü çözememişti Bedirhan'daki tuhaflığı. O da oluruna bırakmıştı her şeyi.

Odasından eşyalarını toplayıp çantasına doldurdu. Cep telefonunda beş cevapsız arama gördü. Kimin aradığını tahmin etse de yine de kontrol etti. Dört arama Bedirhan'ın, biri de Celal'indi. Celal bir de mesaj bırakmıştı. Aceleyle açıp okudu:

"Nasıl oldun? Dün geceden sonra merak ettim sadece. Ararsan sevinirim. Önemli bir konuda konuşmamız lazım."

Mesajı ve cevapsız aramalardan Celal'in arama kaydını sildi.

Odadan çıktığında sekretere döndü:

– İyi sabahlar Nezahat, ben çıkıyorum, dedi.

Sekreter tekrar ayağa kalktı:

– İyi sabahlar Sema Hanım. Bu arada tebrik ediyorum sizi, ameliyat çok başarılıymış, arkadaşlar söyledi.

Sema cevap vermek yerine iki gözünü kapatıp başını öne eğerek teşekkür etti. Dışarı çıktı, serin ve temiz havayı çekti ciğerlerine; şimdi kendini daha iyi hissediyordu. Otoparkın açık bölümünde duran arabasına bindi, motoru çalıştırdı, sabahın serinliğiyle ön camda oluşan çiğ tanelerini silecekle temizleyip gaza bastı.

Çevre yoluna çıktığında eve gidip gitmemekte kararsızdı. Bir yandan yorgunluktan direksiyonu tutmakta bile zorlanıyor, diğer yandan sabahın bu saatinde eve gidip yatağa, Bedirhan'ın yanına bir sığıntı gibi uzanmayı da istemiyordu. Salonda kanepeye uzanabilirdi. Ama sabah çocukların kendisini orada uyurken görmesini istemiyordu. Aniden kararını verip önce sekreterini aradı. Sekreter cep telefonunun ilk çalışında hemen cevap verdi:

– Buyrun Sema Hanım, bir şey mi unuttunuz?

– Hayır Nezahat. Ya, canım benim, Bedirhan ararsa ameliyattan çıktığımı ve dinlenme odasında uyuduğumu söyler misin? Yalnız, bunu başka kimse bilmesin olur mu?

Sekreter halden anlar bir tavırla:

– Elbette Sema Hanım, ben hallederim, merak etmeyin, dedi.

– Sağ ol Nezahat.

– İyi günler Sema Hanım.

İlk çıkışta çevre yolundan ayrılıp Taksim'e doğru ilerledi. Oteller bölgesinde bir otelde dinlenmek en iyisi, diye düşündü.

Saatler sonra karanlık otel odasında uyandığında sırtüstü uzandığı yatağından bir müddet tavanı izledi. Nerde olduğunu hatırlamaya çalışarak etrafa baktı, uyku mahmurluğuyla yatakta doğrulup oturdu. Tekrar uzanıp uyumak istiyor ama yapması gereken bir şeyler olduğu hissiyle kararsızlık yaşıyordu. Birkaç dakika da bu şekilde oturarak uyukladı. Aniden çocukları geldi aklına, yapması gereken şeyi hatırlayıp yataktan fırladı. Sessize aldığı telefonundan saate baktı, 14.40'ı gösteriyordu. Ayrıca Bedirhan'dan iki yeni cevapsız arama ve bir mesaj vardı. Deliksiz bir uyku çekmiş, kendine gelmişti. Sabah bitkin bir halde soyunurken çıkardığı kıyafetlerinin bir kısmı yerde, bir kısmı da sandalyenin üstünde eğreti duruyordu. Yerdeki elbiselerini toplayıp onları da sandalyeye bıraktı. Bedirhan'ı aramadan önce mesajı açıp okudu. İki saat önce atılmıştı.

"*Kapıyı çalıp uyandırmak istemedim, lobide bekliyorum, uyanınca inersin.*"

Sema,

– Kahretsin, tabii ya! Beyefendinin arkadaşlarının olmadığı yer yok ki! Biri haber vermiş demek ki, diye söylendi.

İçinden "Biraz daha bekle o zaman," diye geçirip banyoya yöneldi. Duş alıp hazırlandığında yarım saat daha geçmişti. Lobiye indiğinde Bedirhan'ı tek başına bir köşede oturur buldu. Önce resepsiyona giderek çıkış işlemlerini yaptı. Kocasına burada olduğu bilgisinin verilmesinin hesabını sorma düşüncesine kapıldı bir an, ama hemen vazgeçti. Bunun kime yararı olacaktı ki? Sert adımlarla Bedirhan'ın yanına gitti, Bedirhan ayağa kalkarken Sema onun yüzüne dahi bakmadan karşısındaki koltuğa oturdu, ayak ayak üstüne atarak imalı bir tonda:

– Bakıyorum bulmuşsun hemen yerimi.

Bedirhan gülümseyerek:

– İnsanın bu kadar emekçi arkadaşı olunca istihbaratı da kuvvetli oluyor haliyle. Eve gelmek istemeyeceğini tahmin ediyordum ama bir mesaj dahi bırakmaman anlaşılır gibi değil, dedi.

– İçimden gelmedi Bedirhan, dedi Sema, gözlerini Bedirhan'a dikerek.

– Neyse artık, bunu da mesele edecek durumda değiliz. Sema, sen açsındır şimdi. Birlikte bir şeyler yiyelim istersen. Sağlıklı bir kafayla konuşmamız lazım.

Sema önce derin bir nefes alıp birkaç saniye dışarıya baktı. Açlığından şüphe yoktu ama Bedirhan'la oturup konuşma meselesinden emin değildi. Daha önceleri de benzer tartışmalar, küsmeler, kızmalar ve sonrasında konuşmalar yaşamış olmaları şimdi oturup tekrar benzer şeyleri konuşma isteğini azaltıyordu. Bedirhan'ın beklediği cevabı vermek yerine birden hatırlamış gibi telaşla:

– Çocukları eve bıraktın değil mi? diye sordu.

– Evet, bakıcı yanlarında, sorun yok. Sana ulaşamayınca öğlen ben gidip aldım. Çıkalım mı?

Sema daha fazla inat etmenin gereksiz olacağını düşünerek:

– Tamam çıkalım, buralarda bir şeyler yiyelim istersen, ben çok acıktım.

– Aslında ben bir yer ayarladım. Ayrıca Celal'i de çağırdım, birlikte konuşmamızda yarar var.

Sema yutkunduğunu belli etmemeye çalışarak:

– Ne alaka şimdi, Celal'i ne diye çağırıyorsun? diyebildi. Bedirhan'ın Celal'le görüştüğünü biliyor olabileceğini hızlıca aklından geçirdi.

– Bazı şeyleri hep birlikte konuşmamız daha iyi olur Sema, dedi sakince.

Sema, Bedirhan'ın bugün her zamankinden farklı bir sükunetle hareket ettiğini görüyor ama anlam veremiyordu. Celal'i emrivaki yaparak çağırması da olağanüstü bir şeyler döndüğünün işaretiydi.

Geçmişten farklı olarak Bedirhan önce kendi kafasında her şeyi tartıyor, planlıyor, kararlarını alıyor, sonrasında bu kararlarını göstermelik bir fikir alışverişinin ardından adeta Sema'ya dikte ediyordu. Son aylardaki tartışma ve kavgalarının temel nedeni de buydu. Bedirhan'ı artık tanıyamıyor, her geçen gün ondan biraz daha uzaklaştığını hissediyordu. Bu durumun giderek içinden çıkılmaz bir hal aldığını, Bedirhan'dan asla beklenmeyecek bağırıp çağırmalar nedeniyle de ondan soğumaya başladığını düşündükçe kahroluyordu. Bütün bunları hızla aklından geçirirken Bedirhan'ın o anki durgun halini daha da garipsedi. Kocasında bir tuhaflık vardı belli ki. Aylardır bir boşluk, mutsuzluk, çaresizlik duygusu içindeyken Celal'in aramasıyla birlikte nedense eski bir arkadaşa dert yanma isteği doğmuştu içinde. Ama iki defa görüşmelerine rağmen Celal'le doğru düzgün konuşmamıştı bile. En son dün akşam kısa bir süre görüşüp biraz öfkeli bir şekilde Celal'in yanından ayrılmıştı. Şimdi Bedirhan, Celal'le birlikte öğle yemeği ayarlayarak neyi anlatmaya, ne yapmaya çalışıyordu? Yıllardır Celal'le tek kelime konuşmayan, görüşmeyen adam, nasıl oluyordu da aniden bir yemekte, hem de üçü birlikte, buluşmaya karar veriyordu. Ancak bunun bir tesadüf de olabileceğini düşünen Sema:

– Benim için sakıncası yok, şaşırdım sadece. Celal'le epeydir küssünüz sonuçta. Ama aile meselelerimizi Celal'in yanında konuşmayı düşünmüyorsundur umarım, dedi.

– İstersen yemekte anlatayım. Merak etme, çözemeyeceğimiz hiçbir şey yok, her şeyin üstesinden geleceğiz, dedi Bedirhan düşünceli bir ses tonuyla.

Sema içinde bulundukları durumdan hiçbir şey anlamamış gibi tuhaf bir bakış attı Bedirhan'a:

– İyi bakalım, merak ettim senin şu konuşacaklarını, dedi. Birlikte arabaya doğru yürüdüler.

Karaköy'deki restorandan içeri girdiklerinde öğlen servisi bitmiş, içeride birkaç kişi kalmıştı. İki üç masada yemek sonrası sohbetini koyulaştırmış birkaç müşteri vardı. Köşedeki masada ise Celal tek başına oturuyordu. Kendilerine yer gösteren garsona teşekkür edip Celal'in oturduğu masaya yöneldiler. Sema, Celal'in yüz ifadesinden bir anlam yakalamaya çalışsa da bu ciddi surattan yansıyan donuk bakışlardan sadece tedirgin oldu. İki yıldır konuşmayan iki eski arkadaşın buluşması zaten başlı başına ilginç bir gelişmeyken, bir de dün akşam Celal'le konuşmalarının hemen ertesi günü kendisinin de buluşmaya dahil olması Sema'yı iyiden iyiye meraklandırmıştı.

Celal ayağa kalkıp önce Sema'yı yanaklarından öptü, sonra Bedirhan'la hızlıca tokalaştı. Yerlerine oturdular. Garson siparişleri alıp ayrıldı. Sema'nın stresten iştahı kaçmış olsa da bir şeyler yemek zorunda olduğunu guruldamaya başlayan midesinden anlıyordu. Masadaki gerilimi dışavuracak kadar uzayan bir sessizlik oldu. Sessizliği ilk bozan Bedirhan'ın iki kez hafifçe öksürdükten sonraki sözleriydi:

– İnsan bazen hayatta çok zorlanacağı konuşmalar yapmak durumunda kalır ya, bu da benim için öyle bir konuşma işte Sema. Öncelikle, ne söylersem söyleyeyim bunları sana çok geç anlatmış olmama kızacağını biliyorum ama yapacak bir şey yok, anlayış göstereceğinden eminim. Celal'e de kırmayıp geldiği için teşekkür ediyorum.

Celal eliyle ve başıyla "boş ver, buna gerek yok" dercesine bir hareket yaptı. Sema nefes alıp verişinin ve kalp atışlarının hızlandığının fark edilmemesi için sol eliyle ağzını kapatıp, sağ elini de sol koltuğunun altına soktu.

– Ben biraz hastayım galiba Sema, daha doğrusu, ilerlemiş bir hastalığım olduğunu öğrendim.

Bir beyin cerrahı olarak Sema böyle başlayan cümlelerin nereye gideceğini bilecek kadar deneyimliydi. Konuşmamak ve ilk tepkisini aniden dışavurmamak için kendini tuttu.

– Bir ay kadar oldu, diye devam etti Bedirhan. Sizin hastaneye, Çağlar Hocaya gittim.

Prof. Dr. Çağlar Serinoğlu Sema'nın çok değer verdiği nöroloji uzmanı saygın bir hekimdi. Sema'nın beyninde şimşekler çakmaya başladı.

– Başımdaki ağrılar henüz yeni başlamıştı. Aslında senin fikrini almak için hastaneye uğramıştım ama koridorda Çağlar Hocayla karşılaşınca "Gel, hem biraz sohbet eder hem de o baş belası kafanın içine bir bakarız," diye odasına davet etti. Biraz neler yaptığımdan, ülkenin içinde bulunduğu sefil durumdan konuşup çene çaldık. Sonra MR falan çektirip odaya, sohbete geri döndük. Çağlar Hoca MR sonuçlarını hemen istedi. Sonuçlar elindeyken bir yandan da şikayetlerimi dinleyip sorular soruyordu. Nihayetinde "Emin olmam için birkaç ileri tetkik daha yapacağız ama ciddi şüpheler uyandıracak şeyler var," dedi. Aynı gün bütün tetkikleri yaptık, akşama doğru hocanın odasında sessizce bütün sonuçları incelemesini izledim. Özetle şunu dedi: "Beyninde bir tümör var ve ileri bir aşama gibi görünüyor. İzlemeye ve tetkiklere devam ediyoruz ve seni derhal kontrol altına alıyorum."

Sema eliyle gizlediği alt dudağını ısırıyor, gözyaşıyla ağırlaştığını hissettiği göz kapaklarından aşağıya ilk damla süzülmesin diye kendini zorluyordu. İlk damladan sonra kontrolü kaybedip hüngür hüngür ağlayacağını biliyordu. Bir yandan da bunun bir eşek şakası olabileceğini düşünüp temkini elden bırakmamaya çalışıyordu.

Bedirhan iki elini masanın üstünde birleştirmiş halde, birbirine dokundurduğu başparmaklarına bakarak devam etti:

– Çağlar Hocadan bunu kimseyle paylaşmamasını özellikle rica ettim. Seninle paylaşmamızın iyi olacağını, bir hekim ve eşim olarak farklı önerilerinin olabileceğini söyledi ama ben kabul etmedim. Her şey netleşmeden seni üzmek istemedim. Zaten bu süre zarfında seninle hep kavgalıydık, pek konuşmuyorduk. Bu bir ay içerisinde birçok tetkik yapıldı. Tek seçenek, son derece riskli bir ameliyatmış. Bunu sana anlatacak değilim Sema, her gün girdiğin ameliyatlardan işte, ancak başarı şansı çok düşükmüş.

Bedirhan'ın ruh halinden ve ciddiyetinden bunun bir şaka olmadığını anlamıştı artık. Sema ağzına bastırdığı elinin gözyaşlarıyla ıslandığını fark ettiğinde geç kalmıştı. Gözlerinden akan yaşlar yanaklarından ağzına doğru süzülüyordu. Dudakları birbirine yapışmıştı sanki. Gene de güçlükle araladığı dudaklarından fısıltıyla ve bir umutla:

– Hayır Bedirhan, hayır, şaka yapıyorsun değil mi? diyebildi.

Bedirhan acı bir tebessümle baktı Sema'ya. Sema tanıdı bu bakışı, şaka değildi söyledikleri. Hastalara, hasta yakınlarına benzer haberleri yıllardır vermek durumunda kalan Dr. Sema beyin kanserine yakalanmış birini ilk defa görüyormuş ve o kişi de kocası Bedirhan'mış gibi donup kaldı. Bedirhan'ın ağzından dökülen her kelime boşlukta uzun bir yol kat ettikten sonra kulağına ulaşıyordu sanki. Bedirhan aynı monoton ses tonuyla devam etti:

– Şimdi ameliyat olup olmamaya karar vermemiz gerekiyor. Her halükarda birkaç ay sonra bütün beyin işlevsiz kalacak. Bunları sana anlatmak zorunda kalmayacağım bir sonucu elde etmek için elimden geleni yaptım Sema. Ben bunun gerçekten de iyi huylu bir tümör olduğuna inandım hep. Çağlar Hoca da bir türlü emin olamadı. Ama geçenlerde artık müdahale zamanı geldi geçiyor, durum çok ciddi, deyince sana anlatmaya karar verdim. Üç gün önce Celal'i arayıp önce ona anlattım, neyi nasıl yapabileceğim konusunda ondan fikir aldım. Ne de olsa bir psikolog olarak benden daha sağlıklı düşünebilirdi, tabii arkadaşım olarak da.

Celal derin bir iç çekip söze girmek için boğazını temizledi. Bedirhan buna fırsat vermeyerek kaldığı yerden devam etti:

– Hesapta önce Celal seninle konuşup psikolojini hazırlayacak, sonrasında birlikte oturup konuşacaktık. Dün ve önceki gün bunun için buluştunuz ama sen çok dolmuş olacaksın ki iki buluşmanızda da benim tuhaflıklarımı, ne kadar değiştiğimi, giderek benden uzaklaştığını anlatmışsın.

Celal özür diler gibi baktı Sema'ya. İki yıl aradan sonra Celal'in birdenbire ortaya çıkmasını şimdi anlıyordu. Sema Celal'e kızamadı, mimikleriyle "sorun değil" demeye çalıştı. Bedirhan sözlerini sürdürdü. Masaya artık tam bir matem havası hakimdi.

– Celal sözde bugün seninle daha detaylı bir hazırlık konuşması yapacaktı ama hem sen müsait olmadın hem de Çağlar Hoca arayıp yarın öğlen ameliyata alıyoruz deyince işte bu buluşmayı ayarladım. Ameliyatın bu kadar çabuk olacağını beklemiyordum. Birkaç günümüz daha olur sanıyordum.

Sema ne düşüneceğini, ne söyleyeceğini bilemedi, afallayıp kaldı oturduğu yerde. Yirmi beş yıllık hayat arkadaşının beyninde ur vardı, kendisi beyin cerrahıydı, bir aydır kendi çalıştığı hastanede kocası tedavi görüyordu ve bütün bunları bir restoranda iki yıldır küs olduğu arkadaşlarının yanında öğreniyordu. Hem de herkesten sonra. Birazdan gene ağlayacağından emindi ama bütün bunlardan hangisine ilk ağlayacağını bilemiyordu. İki eliyle yüzünü kapattı ve öncelik sırasını gözetmeden giderek artan bir gürültüyle ağlamaya başladı. Restorandaki müşteriler ve garsonlar dönüp onların masasına baktılar.

Restorandan yemek yemeden kalkmak zorunda kaldılar. Sema'nın ağlaması giderek bir krize dönüşüyordu. İki eski arkadaş, Bedirhan ve Celal, kaş yapayım derken göz çıkarmışlardı. Sema'nın iki yanından koluna girerek restorandan çıktılar. Arabanın yanına geldiklerinde Celal "Her şeyimle yanınızdayım, haberleşiriz," diyerek ayrıldı. İkisi arabaya binip eve doğru yola koyuldu. Yol boyunca tek kelime konuşmadan ağladı Sema. Bedirhan'a, Bedirhan'ın bunu kendisinden saklamış olmasına, kendine, çocuklarına ağlıyordu. Zaman zaman ağlamayı kesip bir şeyler söylemek istiyor ama ağzından çıkan ilk kelimeyle tekrar ağlıyordu. Eve yaklaştıklarında Bedirhan arabayı yavaşlatıp,

– Eve geliyoruz, çocuklar seni böyle görmese iyi olur, dedi. Sesinde hem hüzün hem de metanet vardı.

Sema iki eliyle yüzünü yelleyip serinlemeye çalıştı.

– Tamam canım benim, çok özür dilerim. Bu, hastalığın boyunca ilk ve son ağlamam olacak. Sadece senin en çok morale, desteğe ihtiyaç duyduğun anlarda yanında olamamak üzdü beni. Aksine son iki aydır kavga edip moralini bozdum ama ben nerden bilebilir...

Sözünü tamamlayamadan tekrar ağlamaya başladı. Arkasından hızla kendisini toparlayıp,

– Hayır hayır, bitti, dedi, bir yandan yanaklarını kurulayıp bir yandan gülümserken, gerçekten bak, bu son ataktı.

Binanın kapısından içeri girip merdivenden ikinci kata, evlerine çıktılar. Bedirhan kapı ziline elini uzattığında Sema:

– Bir dakika, diyerek Bedirhan'ın boynuna sarıldı. Uzun uzun koklayıp hasret giderdi. İki aydır Bedirhan'la birbirlerine dokunmamışlardı neredeyse.

Kapıyı çocukların bakıcısı açtı, çocuklar da salondan koşup geldiler, anne babalarına sarıldılar. Çocukların neşesi yerindeydi. Bakıcıları birkaç dakika içerisinde hazırlanıp çıktı. Şimdi Sema ve Bedirhan mutfakta neşeli bir sohbet eşliğinde birlikte yemek hazırlıyorlardı. Çocuklar salonda televizyon izliyordu; arada birbirleriyle şakalaşıyor, kahkaha atıyorlardı. Sema esas meseleyi unutmaya çabalıyor, Bedirhan'la yaşadıkları anın tadını çıkarmaya çalışıyordu. Ancak ikisi de zihinlerinin bir köşesinde dönüp duran düşüncenin farkındaydı. Bu şekilde akşam yemeğini çocuklarla birlikte yiyip onları yatmaya yolladıktan sonra baş başa kaldılar. Kanepede yan yana oturup hiç konuşmadan sessizce bakıştılar, birbirlerine sarıldılar. Söyleyecek çok şey vardı ancak buna gerek duymadılar. Yirmi beş yıldır birlikteydiler; inişli çıkışlı, acılı sevinçli, gürül gürül bir hayatı beraber yaşamış olmanın tanışıklığı vardı aralarında. Bedirhan Sema'nın, Sema da Bedirhan'ın neler hissettiğini, neler düşündüğünü çok iyi kestirebiliyordu. Bu yüzden tek kelime etmeden koklaştılar, öpüştüler. Sanki iki ayın değil, yılların hasreti birikmişti içlerinde. Sema Bedirhan'ı elinden tutup yatak odasına doğru çekerek götürdü. İlk sevişmelerin tutkusuyla dolandı çıplak bedenleri birbirine. İkisi de yarından sonra bir daha sevişemeyebileceklerini hissederek, hiçbir şeyi aceleye getirmeden, yeniden keşfeder gibi bedenlerini, sevişmenin de bir sonu yokmuş gibi, ölüme de severek sevişerek gitmek istercesine bıraktılar kendilerini birbirlerine.

Bedirhan uyuduğunda Sema dirseğini yastığa dayamış, başı avucunda, yirmi beş yıllık hayat arkadaşını, yoldaşını, aşkını, çocuklarının babasını seyrediyordu. Arada, uyandırmamaya dikkat ederek parmaklarını gezdiriyordu kıvırcık siyah saçlarının arasında. Bedirhan'ın yüzünde rahatlık, huzur vardı. Büyükçe burnu, kalın dudakları, esmer teni, masum yüz ifadesiyle her zamankinden çekici görünüyordu. Son iki aylarını düşündü Sema. Bu yüzden kızgındı, önce Bedirhan'a sonra kendine. Demek tüm aksiliğinin, tuhaflığının, anlaşılmaz davranışlarının nedeni buydu. Yanlış yapmıştı Bedirhan. Durumu hemen söylemeli, o da ilk tedavi sürecinde mutlaka kocasının yanında olmalıydı. Geçen haftalarda hastanede kendisini bir iki defa ziyaret etmiş olması da bununla bağlantılıydı demek ki. "Geçerken uğradım," demişti oysa. Hem sevinmiş hem de tuhaf karşılamıştı Bedirhan'ın bu beklenmedik ziyaretlerini. Aralarındaki soğukluk nedeniyle evde de bu konuyu hiç açmamıştı Bedirhan. Hastane personeli de her şeyi saklamıştı kendisinden. Çağlar Hocanın talimatıyla muhtemelen, hasta mahremiyeti gerekçesiyle. Kendisi Hocanın yerinde olsa galiba aynısını yapardı. Ameliyata yarın büyük olasılıkla Cüneyt Hoca girecekti; iyi bir cerrahtı, ekibi de çok deneyimliydi. Birazdan Çağlar Hocayı arayıp detaylı bilgi aldıktan sonra Cüneyt Hocayla konuşup operasyona girmek istediğini söylemeyi geçirdi içinden. Bu talebini anlayışla karşılayacağını biliyordu. Ama asıl kendisi ne hissedecekti ameliyat esnasında. Bugüne kadar hep profesyonel davrandığını, ameliyathanede açtığı kafataslarının içindeki beynin kime ait olduğunu düşünmeden elinden gelenin en iyisini yapmaya çalıştığını düşündü. Ancak yarın göreceği beyin kendisini yirmi beş yıldır seven adamın, Bedirhan'ın, biricik aşkının, kocasının beyni olacaktı. Elini Bedirhan'ın saçlarında gezdirirken burnunun üstüne dikkatlice bir öpücük kondurdu.

Aklı yirmi beş yıl öncesine, üniversite yıllarına gitti. Geçmişi düşündü uzun uzun. Bedirhan'la üniversitenin ilk yılında tanışmışlardı. Bedirhan Nusaybin'den, Sema Tarsus'tan gelmişti İstanbul'a. Bedirhan tarih bölümündeydi, kendisi tıpta. Ders sonrası sürekli gittikleri bir kafede ortak arkadaş grubu sayesinde tanışmışlar, sonra da birbirlerinden hiç kopmamışlardı. Bedirhan okul yıllarında birkaç defa gözaltına alınmasına rağmen devrimci mücadeleden asla vazgeçmemişti. Nerde bir gösteri, nerde bir eylem varsa Bedirhan hep en öndeydi. Kendisi tıp derslerinin ağırlığı nedeniyle Bedirhan'la gün içerisinde görüşemese de önemli protestoları kaçırmıyordu. 90'lı yıllarda Türkiye'de yaşanan köy yakmalar, faili gizlenen siyasi cinayetler, işkence ve gözaltında kaybedilmeler nedeniyle üniversiteler her daim hareketliydi. Protesto gösterilerinin yaşanmadığı gün yoktu neredeyse. Gözaltına alınan herkesin kaybedilme ihtimali vardı, işkence ise sistematikti. Terörle mücadele adı altında hükümet terörünün her yerde kol gezdiği yıllardı. PKK'ye yardım ettikleri iddiasıyla binlerce Kürt köyü zorla boşaltılmış, milyonlarca insan göçe zorlanmıştı. Silahlı gruplar ile hükümet güçleri arasında dağlarda süren çatışmalar şehirlere yayılmış, sivilleri hedef almaya başlamıştı. Gazete ve parti merkezleri bombalanıyor, gün ortasında, sokakta insanlar tek kurşunla enselerinden infaz ediliyordu. Evlerinden, işyerlerinden alınıp gözaltı merkezlerine götürülen binlerce insandan bir daha haber alınamıyordu. O zorlu yılları hatırladıkça Sema'nın içi daraldı. Gerçi şu an ülkenin hali yine iç açıcı değildi ama 90'lı yılların zulmü de direnişi de başkaydı, diye düşündü.

Bedirhan ve Celal o yıllarda ev arkadaşıydılar. Tatvan'dan gelmişti Celal, psikoloji okuyordu. Bedirhan'la yedikleri içtikleri ayrı gitmezdi. Okulda, öğrenci eylemlerinde, evde sürekli beraberlerdi. Sema bu yüzden zaman zaman Celal'i kıskanır, hatta öfkelenirdi ona. Ama Celal gibi gözüpek birinin Bedirhan'ın yanında olmasından da içten içe mutluluk duyuyordu. Onlar okulu beş yılda bitirdiler, Sema normal süresinde, altı yılda. Sema girdiği ihtisas sınavında beyin cerrahisini kazanıp uzmanlık eğitimine başladı, onlarsa üniversitede yüksek lisansa başlayıp akademik yaşamı tercih ettiler. Aynı yıl Sema ile Bedirhan evlendiler. Sema uzmanlık eğitimini tamamlayıp kısa süreli eğitim için Kanada'ya gittiğinde diğer ikisi artık yardımcı doçenttiler. Aynı üniversitenin akademik kadrosunda doçentliği de aldılar ama muhalif kimlikleri nedeniyle profesörlük hakları asla teslim edilmedi. İki yıl öncesine kadar da Bedirhan ve Celal hep iki iyi arkadaş, yoldaş olarak kaldılar. İki yıl önce yine ülkenin bir kısmında sokaklarda, caddelerde savaş sahnelerini aratmayan bir yıkım ve trajedi yaşanır, her dakika katliam haberleri gelirken, akademisyenler bu suça ortak olmak istemediklerini ortak bir bildiriyle ilan etmişlerdi. Ölü çocuk bedenlerinin bile defnedilemeyip buzdolabında bekletildiği bir atmosferde nefes almak işkence gibiyken vicdanlardan yükselen sese Bedirhan ve Celal'in katılmaması beklenemezdi. Hükümetin savaş politikalarına karşı akademisyenlerin imzaladığı barış bildirisinde onların da imzası vardı. Ancak sonrasında imzacı akademisyenlere karşı terörü destekledikleri iddiasıyla hükümet eliyle ve medya aracılığıyla linç kampanyası başlatılınca adli ve idari soruşturmalar da peş peşe geldi. Bu esnada Celal herkesi şaşırtan bir davranışla üniversite yönetimine başvurup imzasını geri çektiğini bildirmiş, Bedirhan bunu duyunca Celal'le bütün ilişkisini kesmişti. Celal'in bunu yapabildiğine bir türlü inanamıyor, öfkeden kuduruyordu. Celal'in bu korkaklığını, attığı geri adımı bir türlü hazmedemiyordu Bedirhan. O günden sonra, üç gün öncesine kadar, Celal'le bir daha ne görüşmüş ne de konuşmuştu. Bedirhan'ın Celal'e olan öfkesini bildiğinden Sema da aramamıştı Celal'i. Ama Celal üç gün önce arayıp "Önemli bir konuda görüşmeliyiz," dediğinde onunla Bedirhan'dan gizli iki defa görüşmüştü, ikisinde de kendi sorunlarını anlatıp Bedirhan'dan dert yanmıştı. Celal'in asıl konuya girmesine bir türlü fırsat vermemişti. Şimdi Sema bunu düşününce ayrıca pişmanlık ve mahcubiyet duyuyordu.

Geçip giden yıllarda Celal bekar kalmayı tercih etmiş, Sema ve Bedirhan'ın ise biri kız biri oğlan iki çocukları olmuştu. Deniz yedi yaşında, Mazlum dört yaşındaydı. Geçkin yaşta ebeveyn olmanın yarattığı aşırı titizlikle ikisi de titriyordu çocukların üstüne. Bu arada barış bildirisi nedeniyle Bedirhan yüzlerce akademisyenle birlikte üniversitedeki işinden atılmış, hakkında ceza davası açılmıştı. Bedirhan geri adım atmak yerine mücadeleye devam edebilmeleri için öncülük etmeye çalışmıştı. İşsiz kalan akademisyenlere destek amacıyla bir fon oluşturmaya çabalamış fakat toplumun genelindeki korku, sinmişlik nedeniyle bunda başarılı olamamıştı. Yine de inancından, cesaretinden ve kararlılığından hiçbir şey yitirmeden koşturmaya devam ediyordu. Bunları hatırlamak hem hüzünlendirmiş hem de güç vermişti Sema'ya. Sancılı, zorlu, zahmetli zamanlardan geçmiş olsalar da birbirlerine destek vererek bütün zorlukları aşmayı başarmışlardı. Elbet bunu da aşacağız diye düşünürken yüreği umutla doldu Sema'nın. Bu arada Bedirhan işten atılınca boş durmamış, oturdukları evin altındaki kafe-restoranı devralıp işletmeye başlamıştı. İstanbul'daki devrimci, demokrat, aydınların uğrak yerlerinden biri haline gelen bu kafe Bedirhan'ın azmiyle ve yarattığı cazibeyle kısa sürede sembol bir mekâna dönüşmüştü. Artık sabahları Deniz'i okula, Mazlum'u kreşe bıraktıktan sonra bütün gününü bu kafede dostlarının, müşterilerinin arasında geçiriyor, yaptığı işlerden ve yarattığı etkiden memnun bir halde mücadeleye devam ediyordu. Öğlenleri Sema müsaitse çocukları o okuldan alıyor, değilse kendisi alıp eve, bakıcılarının yanına bırakıyordu. Mir Kafe onun için yeni bir örgütleme mekânıydı artık.

8

Sema yataktan kalktığında hava henüz aydınlanmamıştı. Gece boyunca gözünü kırpmamış, geçmişi düşünmek uykusunu kaçırmıştı. Uzandığı yerde bir o yana bir bu yana dönüp durmuştu. Bedirhan'ı uyandırmamaya çalışarak sessiz adımlarla banyoya gitti. Yüzünü yıkadı, aynada kendine baktı. Omzuna kadar düşen açık kahve saçlarının arasındaki gri teller iyice artmış, zümrüt yeşili gözlerinin kenarındaki kırışıklıklar iyice belirginleşmişti. Uykusuz geçen bir geceden kalan bitkin yüz ifadesinin aynadaki yansımasından rahatsız oldu. Sanki bütün bu izleri silip götürecekmiş gibi bir kere daha yıkadı yüzünü. Tekrar doğrulup aynaya baktığında irkildi. İstemsizce "Ahh!" diye küçük bir çığlık attı. Bedirhan da uyanmış, banyoda arkasında duruyor, güleç bir yüzle Sema'yı izliyordu.

– Sen de uyuyamadın galiba, dedi Sema, yüzünü dönmeden, aynadan bakarak. Bedirhan karısının beline sarıldı, yüzünü saçlarına gömerek konuştu:

– Ben uyudum da sen hiç uyumamışsın sanırım.

– Evet, uyku tutmadı. Doktor olmak kolaymış, asıl zor olan hasta yakını olmakmış, dedi tebessümle. Bedirhan'ın beline doladığı kollarının arasından dönerek kocasına sarıldı.

– Sen duş al istersen, sonra kahvaltıyı hazırlayalım yavaş yavaş, dedi Sema.

Mutfakta birlikte kahvaltı hazırlarken çocukları uyandırmamak için olabildiğince sessiz ve dikkatli hareket ediyorlardı.

– İçimde tuhaf bir his var, dedi Bedirhan.

– Tabii ki kolay bir ameliyat olmayacak ama birkaç gün sonra gıcır gıcır bir beyinle uyanmış olacaksın canım. Her şeyin üstesinden geleceğiz, merak etme. Bütün tedavi süreci artık benim kontrolümde olacak. Ameliyatta da yanında olacağım. İçin rahat olsun. Tabii beyninin içinde görmemi istemediğin bir şeyler varsa bilemem, dedi Sema gülerek.

– Yok ya, ne gizli saklısı olacak ki beynimin, ama yine de kıyıda köşede unuttuğum bir şeye rastlarsan ameliyathaneyi birbirine katmazsın umarım.

– Bilemem vallahi, göreceğim şeylere bağlı; beni çileden çıkaracak şeyler olursa "Hemen kapatın kafatasını, her şey içinde kalsın," falan da diyebilirim yani.

– Yok artık, yeminle sen yaparsın Sema, dedi gülerek Bedirhan.

Sema da:

– Yok be Bedirhan. Ben senin beynini olduğu gibi sevdim. Ama bak, yine de değişik bir şeylere rastlarsam uyandığında hesap sorarım, dedi hınzırca.

Keyifli sohbetin havası Bedirhan'ın ciddi ses tonuyla değişti.

– Bana tuhaf gelen ve tedirgin eden şey ameliyat değil Sema. Bu kadar hayat deneyimi, bilgi, birikim, okuma yazmayla geçen yıllara rağmen ölüm kavramını bir kez dahi kendim için düşünmemiştim. Ölüm yaşam kadar eski bir kavramken, yaşam kadar doğal ve kaçınılmazken, yaşamı hep kendimize, ölümü başkalarına yakın görürüz. Nedense ölüm hep dışımızda, bizden uzak ve yabancıdır. "Ölen" her zaman başkasıdır, bizzat kendimiz ölmeyiz. Zaten öldüğümüzde de artık o biz değiliz. O yüzden sanırım ölüme hazırlanma, kendi ölümünü normalleştirme gibi bir şey pek mümkün olmuyor. İstisnaları var elbette, tarihte bile isteye ölüme gidenlerin sayısı az değil, ama dikkat ettiysen onlara da "öldü" denmiyor "ölümsüzleşti" deniyor. Demem o ki ölüm bizim gibi faniler için kaçınılmaz sonken bile asla ona yaklaşmak istemiyoruz. Oysa ölümden uzaklaşmak için harcadığımız her saniye bizi ölüme biraz daha yaklaştırmış oluyor. Velhasıl ölmek garip şey. Bak aklıma Nevzat Çelik'in Şafak Türküsü geldi. Ahmet Kaya söylemişti yıllar önce:

...Toprak olmak ne garip şey anne
Ölmek ne garip şey anne
Uçurumlar ki sende büyür
Dağdır ki sende göçer
Ben yaprak derim çiçek derim
Çam diplerine açmış kanatlarını kozalak derim
Gül yanaklı çocuğa benzer
Yine de
Oğlunu yitirmek kim bilir
Ne garip şey anne

Sema:

– Dur ya Bedirhan! Konuyu nerden ölüme getirdin şimdi. Tamam, hepimiz bir gün öleceğiz ama o gün bugün olmayacak. Şimdi moral lazım sana, bana, hepimize. Ölümden değil yaşamdan konuşalım sadece. Ameliyattan sonra bol bol felsefe paralarsın, merak etme, diyerek ağırlaşmış havayı dağıtmaya çalıştı.

Bu arada Mazlum gözlerini ovalayıp ayaklarını sürüyerek mutfağın kapısında belirdi. Sema diz çöküp oğlunu kucakladı.

– Uyanmış mı benim oğlum?

– Hı hıı.

– Yüzünü yıkadın mı peki?

– Hı hıı.

– Ne zaman?

– Dün.

– O sayılmaz ama, uyanınca her sabah yüzümüzü yıkıyorduk, unuttun mu?

– Tamam ama...

– Ama ne?

– Ama… Ama... Selvi kreşte oyun hamurumu alıyor hep.

– Bak sen yaramaz Selvi'ye, şimdi kreşe gittiğimizde öğretmenine söyleriz, ona da bir oyun hamuru versin.

– Hayır! Onunki var zaten, hep yalancıktan benimkini alıyor.

– E hani, oyuncaklarımızı paylaşmayı öğreniyorduk oğlum?

– Tamam ben paylaşıyorum da… Selvi… Selvi… beni sevmiyor. Aaaaa, babam da uyanmış.

– Gel bakalım, ben de bir sarılayım oğluma.

Küçük çocuk, kollarını babasının boynuna dolamış halde, heyecanla,

– Baba senin araban var ya, Selvi'nin annesinin arabasından daha hızlı, dedi bir solukta.

Babası gülerek:

– Selvi'ye takıntılıyız biraz galiba, ha oğlum? Hadi bakalım, doğru banyoya, dedi.

– Tamam, baba.

Az sonra Deniz de sessizce mutfağa gelip annesine sarıldı.

– Sen de uyandın mı kızım? Hadi, elini yüzünü yıka, hep birlikte kahvaltı yapalım.

– Mazlum hiç uyutmadı ki anne! Uyandığından beri Selvi de Selvi, kafam şişti.

– E biraz idare et kızım, küçük o daha. Ablasına anlatmak istemiş işte, ne var yani. Hadi hadi, banyoya.

– Gel bakalım, ben de güzel kızıma bi sarılayım, dedi Bedirhan.

– Günaydın baba.

– Günaydın prensesim.

– Kahvaltıyı niye birlikte hazırlıyorsunuz baba?

Sema'yla Bedirhan birbirine baktılar. Birlikte kahvaltı hazırlamayalı o kadar zaman olmuştu ki Deniz bile şaşırmıştı.

– Bugün fazla işimiz yok kızım, birlikte kahvaltı hazırlayalım istedik, dedi Sema.

– İyi o zaman, ben yüzümü yıkayayım, deyip banyoya yürüdü Deniz.

Sema birden hatırlamış gibi Bedirhan'a döndü:

– Annenin haberi var mı, aradın mı sen?

– Aradım, önemli bir şey yok, dedim. Küçük bir ameliyat işte, Nusaybin'den kalkıp da buralara gelmesin diye bayağı bir dil döktüm.

– İyi bari, sonra niye bana haber vermediniz deyip acısını benden çıkarır, sana kıyamaz ne de olsa Sakine Hatun!

Salondaki büyük yemek masasının bir köşesine kahvaltılıkları yerleştirdiler. Mazlum ve Deniz pijamalarıyla gelip oturdular masaya. İkisinin de o saatte iştahları olmamasına rağmen ailecek kahvaltı masasına oturuyor olmanın neşesiyle içleri kıpır kıpırdı. Sema ve Bedirhan kafalarındaki asıl meseleyi hatırlamamaya çalışırcasına kendilerini çocuklara kaptırmıştı.

Kahvaltıdan sonra çocuklar okul için hazırlanmak üzere odalarına giderken, Sema'yla Bedirhan bulaşıkları makineye yerleştirdiler. Mutfakta bulaşlıklarla uğraşırken Bedirhan:

– Sema?

– Evet canım?

– Bu işin şakası yok, değil mi? Ameliyat masasından kalkamamak da var.

– Böyle şeyleri düşünme ne olur. Çağlar Hocayla detaylı konuştum, ameliyat kararı çok yerinde ve ne kadar çabuk yapılırsa o kadar iyi olur. Aksi durumda risk daha fazla olacak.

– Hayır, ben ameliyat kararı yanlıştı falan demiyorum. Birkaç saat sonra artık sonsuza kadar birbirimizi göremeyebiliriz; düşündükçe içim bir tuhaf oluyor, bir yumruk gelip boğazıma oturmuş gibi hissediyorum. Ne bileyim işte, sen ve çocuklar... Her şeye rağmen iyi bir yaşamdı be gülüm.

Sema ıslak ellerini havluyla kurutup Bedirhan'ın iki elini tuttu, kocasının gözlerinin içine bakarak,

– Kesinlikle iyi bir hayattı Bedo ama daha bitmedi, senle daha yapacak çok şeyimiz var. Ölüme değil yaşama odaklanman lazım. Seni çok iyi anlıyorum, çok da normal tabii ki, fakat ölümü düşünmenin sana hiçbir yararı olmayacak. Sen o ameliyattan sağ salim çıkacaksın, bundan eminim, ta yüreğimden hissediyorum bunu.

– Olsun, yine de bilmek istiyorum, yaşamının en azından benimle geçen kısmında mutlu muydun?

Sema kısa bir an tereddüt ettikten sonra:

– Tabii ki mutluydum, ya sen?

Bedirhan Sema'daki tereddütü fark etmişti.

– Ben de mutluydum Sema, ama elbette daha iyisi olabilirdi. Yaptıklarımdan çok yapamadıklarıma dair pişmanlıklarım var. Biraz daha yaşama şansım olsa geri kalan kısmında seni daha mutlu edebilmeyi öylesine isterim ki.

– Et o zaman, bu ameliyattan güçlü çık, ölümü düşünme ve ben de mutlu olayım, bak bu kadar basit işte.

– Gerçekten bu kadar basit mi? Ameliyattan sağ çıkmam seni mutlu etmeye yeter mi?

– Yeter de artar bile.

– Benim yine de, sonrası için, yani bunu atlatırsam, kafamda yepyeni şeyler var. Hayatı o kadar çok ıskaladığımızı düşünüyorum ki. Hayata anlam katmaya çalışırken hayatın kendisini yaşamayı unutuyoruz. Anlamlı bir yaşam uğruna mücadele ederken bazen işin öznesini, yani yaşamın kendisini araçsallaştırıyoruz. Mutlu olmayı ya unutuyoruz ya da mutluluğu anlamlı bir hayatın "büyüsünü, kutsiyetini" bozacak olan gamsızlık olarak düşünüp olabildiğince uzak durmaya çalışıyoruz. Kronik mutsuzluklarımıza umarsızca çözüm arayıp duruyoruz sonra. Anlam ile mutluluğun bağını koparıp çırpına çırpına boğuluyoruz bunalımlarımızda.

– Benzer şeyleri defalarca konuştuk Bedirhan. Tek başına ne yaparsan yap, ne kadar uğraşırsan uğraş toplumsal yaşamın muazzam devinimi bir anafor gibi çekiyor insanı içine. Bu koşturmaca içerisinde mutlu olduğun kısacık anları ne kadar artırabilmişsen o kadar işte, ötesi yok, kesintisiz bir mutluluk hali yok. Ya Budha'nın dediği gibi zevk peşinde koşmayı bırakarak mutlu olmayı öğreneceğiz, ya da şehir denen bu cangılda küçük şeylerle mutlu olmaya alışacağız. Ne de olsa insan beyni mükemmel bir uyum yeteneğine sahip, küçük şeylerle mutlu olmasını öğretirsen hemen öğreniyor.

Çocukların içerden gelen gürültüsü böldü konuşmalarını.

– Hadi çocuklar, didişmeyi bırakın da hazırlanın, birazdan çıkıyoruz, diye seslendi Sema. Sonrasında da kocasına uzun uzun sarıldı.

– Hepsini atlatacağız, çok daha güzel günlerimiz olacak Bedirhan, konuşacak çok zamanımız olacak daha.

– Olacak, olacak elbet. Ama en kötüsüne hazır olmanız lazım, hayat da devam ediyor olacak, sen ve çocuklar kaldığınız yer...

Sema parmağıyla Bedirhan'ın dudaklarına dokunup susturdu.

– Tamam, bu konuyu kapatıyoruz, bu kadar duygusallık yeter, dedi.

Bedirhan Sema'nın parmağını öperek,

– Peki, biz de hazırlanalım o zaman, dedi.

Apartmandan çıktıklarında Mir Kafe'nin garsonu iki beslenme çantasıyla kafenin kapısında bekliyordu. Bedirhan çantaları alıp çocuklara verdi, "Meyve sularını da koydun mu?" diye sordu. Garson "Evet Bedirhan abi, taze sıktım," diye karşılık verdi. "Murat içerde mi?" diye kafenin kapısından içeri bakarak garsona tekrar sordu. "İçerde abi, çağırayım mı?" "Hayır, sen çocukları arabaya bindirip kemerlerini bağla, ben geliyorum," dedi Bedirhan, arabanın anahtarlarını garsona uzattı. İçeri geçip kasadaki Murat'a ameliyatla ilgili bilgi verdi, kendisi yokken kafede yapılması gerekenlere dair tekrar hızlıca konuştu. Çıktığında Sema da inmişti.

– Ben önden hastaneye gidiyorum hemen, sen geldiğinde bütün hazırlıkları tamamlamış olurum. Senle gelmemi istemediğinden emin misin Bedirhan? Bu şekilde araba kullanman bile doğru değil aslında.

– Sorun değil, sen git, ben çocukları okula bıraktıktan sonra bankaya uğrayıp birkaç ödemeyi halledeceğim. Sen demiyor musun hayat devam ediyor diye. Biz de normal günümüzü yaşamaya devam edelim, bir ara hastaneye uğrar ameliyat olurum artık, merak etme bizi, dedi gülerek.

– Peki o zaman, en geç birde hastanede olman lazım.

– Tamam, görüşürüz.

Bu esnada garson geri gelip anahtarları Bedirhan'a uzattı. Bedirhan elini garsonun omzuna koyarak:

– Kafe size emanet Oktay, beni mahcup etmeyin, hadi göreyim sizi gözüm, diyerek arabaya yürüdü.

Oktay gözleri dolu dolu seslendi Bedirhan'ın arkasından.

– Merak etme abi, sen rahat ol, geçmiş olsun şimdiden, diyebildi. Bu esnada Murat da kafenin kapısına çıkmış, Bedirhan'a ve arka koltukta oturan çocuklara el sallıyordu.

Bedirhan arabayı çalıştırıp hareket etmeden geriye dönüp çocukları tekrar kontrol etti.

– Kemerleriniz bağlı, değil mi?

– Evet, bağladık baba, dedi Deniz.

– Oktay abi benimkini hep çok sıkıyor, diye mızmızlandı Mazlum.

– Şikâyet yok, diyerek arabayı hareket ettirdi Bedirhan.

Yol boyunca çocuklarıyla şakalaştı, birkaç gün hastanede yatacağını da araya sıkıştırdı.

– Annemin hastanesi mi? dedi Deniz.

– Evet kızım, ara sıra anneniz sizi de getirebilir ziyaretime, tabii hastane uygun olursa. Başhekim çocukların hastaneye girmesini yasaklayabiliyor bazen. Gelemeseniz de üzülmeyin, anneniz hep yanınızda olacak zaten.

Bedirhan gözlerinin dolduğunu, sesinin titrediğini fark edince kapattı konuyu. Çocuklar da bu tatsız konu hakkında başkaca bir şey sormadılar. Önce Mazlum'u kreşe bıraktı; sıkı sıkı, uzunca sarılıp doyasıya öptü, kokladı oğlunu. Mazlum hiç şikayetçi olmadan bu anın tadını çıkardı. Bir kadın da aynı yaşlardaki kız çocuğunu kreşe bırakıyordu. Sınıf arkadaşını gören Mazlum hemen babasından ayrılıp kızın yanına gitti.

– Selvi, istersen sana oyun hamurumu verebilirim, dedi.

Selvi saçlarını iki eliyle havalandırıp,

– Hiç de bilem, benim oyun hamurum var, hem ben senle küsüm, dedi, yürüyüp kreşten içeri girdi. Mazlum da dönüp babasına bile bakmadan Selvi'nin peşinden koştu.

Koşarken arkasından bağırıyor, bir yandan da elinde sallanan beslenme çantasını zaptetmeye çalışıyordu:

– Tamam Selvi, o zaman gel barışalım, hadi!

Bedirhan ile Selvi'nin annesi gülümseyerek birbirlerine baktılar. Selvi'nin annesi muzip bir edayla,

– Başlarda hep böyle peşlerinden koşuyorsunuz, kavuşunca da işin büyüsü bozuluyor, cılkını çıkarıyorsunuz, dedi. Bedirhan cevap vermek için ağzını açtı ama ne diyeceğini bilemedi. Zaten kadın arabasına binmek üzereydi. O da arabasına binip Deniz'in okuluna doğru hareket etti. Deniz'in okulu iki sokak ötedeydi. Onu okula bırakıp bankaya uğrayacak, oradan hastaneye geçecekti. Son bir aydır Sema'dan ve tüm arkadaşlarından sakladığı hastalığının artık ölümcül bir noktaya geldiğini hissedebiliyordu. İlkgençlik yıllarından beri fırtınalı bir hayatın içinde her an öldürülme riskiyle yaşamaya alışmış olan Bedirhan için "ölme" ihtimalinden çok "hastalıktan ölme" düşüncesi kahrediciydi. Teşhis konulduğu andan itibaren hayata dair önünde duran koca bir zamanın bir anda tükendiğini, geleceğe dair bütün kurgularının, hayallerinin asla tamamlanamayacak şekilde yarım kaldığını yüreği acıyarak hissetmişti. Birazdan yatacağı ameliyat masasından sağ çıkma ihtimali de, çıksa bile sonrasında yaşama ihtimali de düşüktü. Geride bıraktığı yıllarda yapmadığı, yapamadığı, yapmak istediği her şey son bir aydır kafasında dönüp durmuştu. Biraz daha zamanım olsa belki birçoğunu yapabilecektim diye düşünüyordu. Ne kadar zaman? Bilemiyordu, belki bir yıl, belki on yıl. Ya sonrası... yine yetmezse ne olacaktı? Belki de her insan bedeni tamamlanmamış anlamlar mezarlığıydı. Kaçınılmaz olana doğru her saniye biraz daha yaklaşırken bir yandan tamamlanır diğer yandan eksiliriz diye geçiriyordu içinden.

Akasya ağaçlarının gölgelediği caddede düşünceli bir şekilde ilerlerken bir yandan da göz ucuyla dikiz aynasından Deniz'e bakıyordu: dünyaya gelişiyle birlikte tek şeritli hayatını koca bir otobana dönüştüren o mucizeye... Doğumhanede Sema'nın başucunda heyecan ve korkudan titrerken izlemişti Deniz'in o en güvenli yuvadan tekin olmayan dünyaya ilk geçiş ânını. Ve daha o an hissetmişti eski Bedirhan olamayacağını. Bu dünyayı çocuklar için daha güvenli bir hale getirmek adına çok daha somut bir sebebi vardı artık. O minik, pörsük, pembe somut sebebi orada kucağına verdiklerinde, ellerindeki değil ama omuzlarındaki ağırlıktan yıkılacak gibi olmuştu. Deniz'le de, Mazlum'la da, diğer bütün çocuklarla da henüz tamamlanmamış çok şey vardı aralarında. "Ah, biraz daha zamanımız olsaydı," diye geçirdi içinden.

Okula doğru döneceği kavşağa geldiğinde sağ tarafından bir yük kamyonetinin hızla üstlerine geldiğini fark etti. Hızlanmakla fren yapmak arasında tereddüt yaşadığı o kısacık anda sağ tarafından büyük bir gürültü ve çarpma sesiyle birlikte arabasının sürüklendiğini hissetti. "Deniz!" diye bağırmasıyla kafasını yan cama çarpması bir oldu. Kızının çığlıkları kulağına ulaşan son sesti. Bir anda kulağındaki uğultu dışında hiçbir şey duyamadığını anladı. Kapıyı açıp çıkmayı düşündü ama hareket edemiyordu. Dönüp arka koltuğa, kızına bakmak istiyor fakat boynunu çeviremiyordu. Arabanın etrafına insanların doluşmaya başladığını görebiliyor ama hiçbir şey duyamıyor, bağırmak istiyor ancak bağırmak bir yana nefesini bile güçlükle alabiliyordu. Birkaç kişinin kendisini dışarı çekip yere uzattığını anladı. Gözleriyle Deniz'i arıyor, bir ses, bir nefes duymaya çalışıyordu. Elleri, ayakları, boynu, bütün vücudu kasılmıştı, hareket ettiremiyordu. Yaşadığı şokun etkisiyle tek kelime konuşamıyordu. Ağzını açıp kapamaya, dudaklarını oynatmaya, "Kızımı kurtarın, lütfen, ne olursunuz," demeye çalışıyor ancak dışardan duyulup duyulmadığından emin olamıyordu. Kalabalık giderek artıyor, sesleri bir uğultu şeklinde duyuyordu. "Ambulans çağırdınız mı?" diye sordu biri. Sesler giderek daha da netleşmeye başladı. Çok uzaktan gelen ve giderek yakınlaşan bir ambulansın siren sesini işitti. Kalabalığın bir kısmı kendisinin başına toplandığından gözlerini devirmeye çalışsa da kızını göremiyordu. Az ilerde birikmiş başka bir kalabalık daha vardı sanki. Deniz'in onların arasında olabileceğini düşündü. Her kafadan bir ses çıkıyordu. Birileri kalabalığı dağıtmaya, çemberi genişletmeye uğraşıyordu. Ancak kimsenin onları dinlediği yoktu. İlerideki kalabalıktan birinin "Çocuk iyi sanırım," dediğini duyar gibi oldu. Hemen arkasından başka birisinin "Hayır abi, çocuk ölmüş ya, görmüyor musun?" dediğini duydu. Birkaç ses de onu teyit etti: "Evet, çocuk ölmüş ya."

Bedirhan hırıltılar çıkarak bağırmaya çalışıyor, ayağa kalkmak istiyordu. Giderek bilincinin zayıfladığını, seslerin uzaklaştığını hissediyordu. Ağzına dolmuş köpükler yüzünden nefes alamıyordu artık. Kalan bütün gücüyle "Deniiiizzz!" diye bağırdı, dışardan duyulduğundan emin değildi. Dışardaki sesler tümden kesilmişti, Bedirhan'ın gözleri kapandı, bir uzay boşluğundaymış gibi hafif hissetti kendini, sonra kopkoyu bir karanlığa yuvarlandı.

9

Sema taksi şoförüne adeta yalvarıyordu:

– Lütfen daha hızlı, daha hızlı, daha hızlı!

Üstünde beyaz doktor önlüğüyle, sadece cep telefonunu yanına alıp hastane bahçesindeki taksilerden birine atlamıştı. Taksi durağındaki bütün şoförler Dr. Sema'yı tanır ve severdi. Doktorun telaşı, paniği, sesindeki ağlamaklı hal ve çaresizlik şoförü de panikletmişti. Hiçbir trafik kuralına uymadan hızla Taksim İlkyardım Hastanesi'ne doğru giderken, arada yarım yamalak doktorun ağzından paniğin nedenini öğrenebilmişti: eşi ve kızı trafik kazası geçirmişti, acil servisteydiler.

Sema bir yandan sesli bir şekilde bildiği bütün duaları –ki çok fazla sayılmazdı– okuyor, bir yandan cep telefonuyla Taksim İlkyardım Acil Servisi'nin sürekli meşgul çalan telefonunu düşürmeye çalışıyordu. Çalıştığı hastanedeki meslektaşlarından Taksim İlkyardım'daki nöbetçi doktorun adını ve telefonunu kendisine iletmelerini istemiş, arada Tabip Odası'nı aramıştı. Bir an için sinir krizi geçirir gibi oluyor, şoförün telkiniyle tekrar toparlanıyordu. Klinik sekreteri Nezahat vermişti acı haberi. Onu da Taksim İlkyardım Acil'inden arayıp bilgilendirmişlerdi. Sema ilk duyduğunda Nezahat'ın yüzüne donuk gözlerle bakmış, sekreterin bu yanlış bilgiyi düzeltmesini beklemişti. Sema her gün birkaç defa hastalar hakkında bilgilendirilirdi, aralarında trafik kazası geçirenler de olurdu tabii ki. Ama Nezahat; Deniz ve Bedirhan demişti sanki. Bunu idrak etmesi birkaç saniye sürdü. Nezahat bu tür bilgileri böylesine panikle vermezdi ki. Bütün vücudunun titrediğini hissetti, eli ayağı boşaldı, yere düşmemek için Nezahat'a tutundu. Nezahat klinikteki diğer görevlilere seslenip yardım istedi. Kliniğin içinde aniden bir koşturmaca başladı. Sema yıllardır her gün zamanının büyük kısmını geçirdiği bu hastane koridorunda ilk defa bir hasta yakını pozisyonunda ve ne yapacağını bilemez halde donup kalmıştı. Sanki kaza geçiren kendisiydi ve ezilmiş bir arabanın içinde sıkışıp kalmıştı, kıpırdayamıyordu. Durumu anlaması fazla uzun sürmedi. Birden Nezahat'i bırakıp odasına koştu, cep telefonunu aldı, yine koşarak hastaneden çıktı. Klinikteki bütün personel de arkasından koşuyor, "Sema Hanım, bekleyin!" diye bağırıyorlardı. Sema'nın ne onları ne kapıdaki güvenlik görevlisinin söylediklerini duyacak hali vardı. Taksiye binene kadar nefes nefese koşmaya devam etti.

Taksim İlkyardım'ın acil girişinde taksinin kapısını açıp dışarı atladığında araba henüz tam durmamıştı, bu nedenle öne doğru tökezleyip düşer gibi oldu ama hızla toparlandı. Şoför kapının açıldığını anlayınca frene asılmıştı; arabayı kenara çekip Sema'nın arkasından o da acile daldı. Acil servis her zamanki gibi kalabalıktı. Doktor önlüğüyle ve panikle koşturan Sema'ya herkes yol açtı. Sema acil servisin müdahale odasına girdiğinde,

– Kızım nerede, kızım nerede? diye bağırdı.

Acil servisin bütün personeli aynı anda dönüp bu sesin sahibine baktılar ve gelenin kim olabileceğini anladılar. Doktorlardan biri hemen Sema'nın yanına gelip kendini tanıttı.

– Merak etmeyin, iyiler, doktor hanım; gelin, şuradalar, deyip geniş odanın sonuna doğru yürüdü. Sema hızlıca doktorun peşine takıldı. Hemşire ve stajyerlerin etrafına toplandığı yatakta önce küçük ayakları, sonra da kalabalığın arasından Deniz'in kendisine bakan kara gözlerini gördü ve ardından dünyada o ana kadar duyduğu en güzel ses ulaştı kulaklarına:

– Anne!

Deniz yataktan doğrulmaya çalıştı ama hemşireler ona engel oldular. Sema ağlamamak için avucuyla ağzını ve burnunu kapattı. Kızına sarılmaması gerektiğini biliyor ama kendini zor zaptediyordu. Deniz'in minik ellerini avuçlayıp öptü, kızına teselli vermek için kendisini bile şaşırtan hızda sevgi cümleleri döküldü ağzından. Bu arada doktor, Deniz'in sağlık durumuna dair bilgi veriyordu. Hafif birkaç çizik, çarpmadan kaynaklı bir iki küçük travma ve geçici şok; şimdi durumu gayet iyi ve stabildi. Bedirhan Bey ise yoğun bakım ünitesine alınmıştı. Sema bu son cümleyle birlikte eğildiği yataktan doğruldu,

– Yoğun bakım mı? dedi.

Nedense kaza haberini aldığından beri Bedirhan'ın durumunun iyi, Deniz'inkinin ağır olduğunu düşünmüştü.

– Görebilir miyim? diye sordu telaşla.

– Tabii ki, birlikte gidelim isterseniz, dedi doktor.

Sema, Deniz'e hemen döneceğini söyleyip doktorun peşi sıra acil müdahale odasından çıktı. Yoğun bakım odası koridorun sonundaydı. Birlikte oraya doğru yürürlerken arkadan duyduğu "Sema!" seslenişine dönüp baktı. Çağlar Hoca ve kendi hastanesinden birkaç personel onlara doğru hızlı adımlarla yürüyorlardı. Çağlar Hoca acil uzmanından ayaküstü bilgi aldı. Bedirhan'ı ambulanstan indirilirken gören acil hekimi, "RES odasına alın!" diye talimat vermişti. Bilinci kapalıydı Bedirhan'ın. Durum belli ki ciddiydi. Hemşire ve acil tıp teknisyenleri hızlıca Bedirhan'ı RES odasının ortasındaki acil müdahale yatağına almışlardı. Bir çırpıda monitöre bağlamış, iki kolundan damar yolu açmışlardı. Hızlıca tüm acil rutinleri yapılmış, röntgenleri çekilmiş ve beyin travmasından şüphelenildiği için beyin tomografisi de alınmıştı. Acil hekimi, beyin cerrahı ve ortopedi-travmatoloji uzmanlarından görüş istemişti. Konsültan hekimler gelip bakmışlardı. Tüm sonuçlar karşılıklı ve kolektif olarak hızla değerlendiriliyordu. Beyin travmasına bağlı bilinç kaybı üzerinde duruyorlardı. Bunun üzerine Çağlar Hoca Bedirhan'ın sağlık durumuna ve bugün ameliyat için hazırlık yapmakta olduklarına dair bilgileri acil uzmanı doktorla paylaştı. Sema bu arada önden yoğun bakım ünitesine gitmiş, önlük giyip galoş ve bone taktıktan sonra ünitenin girişindeki hemşirelere kendini tanıtıp içeriye girmişti bile. Bedirhan, göğsüne yapıştırılmış elektrotlar, başparmağına mandallanmış puls oksimetri aleti ile baygın yatıyordu. Sema dünden beri kendini bu görüntüye hazırlamaya çalışmıştı ama onun hazırlandığı şey bir trafik kazası değildi. Ağlamamak için zor tuttu kendini. Hasta yatağının ayak kısmında asılı olan hasta dosyasını alıp hızlıca bir göz gezdirdi. Kafasını toparlamaya, dosyaya doktor gözüyle bakmaya çalıştı. Vücutta kırık çıkık yok, tansiyon, kan değerleri normal, beyinde kanama tespit edilmemiş, kafatasının sol kulak üstünde çarpmaya dayalı morarma tespit edilmiş ama çatlak yok. Geldiğinden beri hastanın bilinci kapalı.

Bu sırada Çağlar Hoca ve acil hekimi de içeri girdiler. Çağlar Hoca hiç uzatmadan,

– Doktor Beyle konuştum, Bedirhan'ı hemen bizim hastaneye nakilediyoruz, dedi.

Sema bir şey sormaya gerek duymadı. Artık Bedirhan onların hastasıydı. Döndü ve yatağında her şeyden habersiz yatan Bedirhan'a baktı, içinden "Burdayım Bedo, burdayım, yanındayım aşkım, hiç acele etme, bir yere gitmene izin vermiyorum," dedi.

Deniz'in en az yirmi dört saat gözlem altında kalması gerekiyordu. Bu nedenle Sema onu da kendi çalıştığı hastaneye sevk ettirdi. On beş dakika sonra sirenlerini açmış iki ambulansla yola koyuldular.

Hastaneye vardıklarında Sema, Deniz'i kendi kliniğinde özel bir odaya yatırdı, hemşireler ve Nezahat onunla ilgilendiler. Bedirhan'ı yine yoğun bakım ünitesine aldılar. Çağlar Hoca, ameliyatı yapacak olan Dr. Cüneyt ve Sema, Bedirhan'ın hasta dosyalarıyla birlikte toplantı odasında durum değerlendirmesi yaptılar. Bedirhan'ın bilinci kapalıydı ve ne zaman kendine geleceği belirsizdi. Kafasına aldığı darbe ve şok nedeniyle beyni dış dünyayla bağlantısını kesmişti. Bu haliyle ameliyata başlayıp tümörü temizlemek birtakım riskler taşısa da Bedirhan'ın bilincinin açılmasını beklemekle kaybedilecek zaman daha büyük risklerin ortaya çıkmasına yol açacaktı. Nihayetinde görüş birliğiyle derhal ameliyata başlamanın daha uygun olduğuna karar verdiler. Zaten bütün hazırlıklar tamamlanmak üzereydi, daha fazla beklemenin bir anlamı yoktu. Toplantıyı bitirip ameliyat ekibinin hazırlanması için talimat verdiler. Sema, Mazlum'un kreşten alınması işini halletmek için kendi odasına geçti. İlk olarak çocukların bakıcısını arayacak, kafeden Oktay'ın gelip onu alacağını kadına bildirecek, sonra da ikisinden birlikte kreşe gidip Mazlum'la beraber eve dönmelerini isteyecekti; kadına gece yatıya kalması gerektiğini de söylemesi gerekiyordu. Cep telefonunu çıkarıp bakıcının numarasını buldu ve aradı. Birkaç defa çaldıktan sonra bakıcı cevap verdi:

– Merhaba Sema abla, buyur.

– Merhaba Zeliha, dedi Sema ve yaşananları sakince anlatıp ne yapması gerektiğini sıraladı. Sonra da Oktay'ı arayıp gerekenleri anlattı. Derin bir nefes aldıktan sonra ameliyathaneye doğru yürüdü.

10

Ameliyathaneye doğru daha birkaç adım atmışken sekreteri Nezahat'in arkasından seslenmesiyle durup geriye baktı.

– Sema Hanım bir dakika, size bir şey iletmem gerekiyor.

Sema koridorun başındaki Nezahat'i yanına gelene dek meraklı gözlerle izledi. Kadın nihayet nefes nefese,

– Efendim, dedi, bir avukat geldi. Bedirhan Bey ameliyata alınmadan önce mutlaka kendisiyle görüşmesi gerekiyormuş. Kazadan haberi yokmuş, ben söyleyince öğrendi. Ama ikna edemedim. Bedirhan Bey bu saatte mutlaka hastanede görüşmemiz lazım, demiş kendisine. Ona Bedirhan Bey'in durumunu anlattım, bu defa sizinle görüşmek için ısrar etti, ben de önemli olabilir diye size iletmek istedim.

– Kimmiş avukat? Ne istiyormuş?

– Bilmiyorum efendim, ısrarla görüşmek istiyor.

– İlginç, şimdi ameliyatı bırakıp avukatla mı görüşeyim yani? Öyle şey mi olur? Söyle beklesin, ya da başka zaman gelsin.

– Tamam, nasıl isterseniz. Bu arada Celal Bey diye biri de geldi, Bedirhan Bey'in arkadaşıymış, onu da bekleme salonuna aldım.

– İyi yapmışsın Nezahat, başka gelen olursa bekleme salonunda ya da kafeteryada ilgilenirsin hepsiyle. Ameliyat uzun sürecek, bekleyenlere çay, kahve falan ikram edersin.

– Tabii ki Sema Hanım, siz merak etmeyin. Kolay gelsin, Allah yardımcınız olsun, inşallah iyi geçer.

– Sağ ol Nezahat, sağ ol, inşallah.

Sema tekrar dönüp ameliyathaneye yürüdü. Ameliyathane personeli son hazırlıkları yapıyordu. Doktor Cüneyt henüz gelmemişti. Sema bütün hazırlıkları bizzat gözden geçirdikten sonra Bedirhan'a eşlik etmek üzere yoğun bakıma döndü. Hemşireler ve hastabakıcılar Bedirhan'ı ameliyata hazırlamak için dikkatli bir şekilde çalışıyorlardı. Bedirhan'ın saçını tamamen kazımışlardı. Sema kocasını ilk defa saçsız görüyordu. Kocası olduğunu bilmese tanımayabilirdi Bedirhan'ı.

Hastabakıcılar Sema'nın refakatinde hastayı özenle kaldırıp sedyeye yatırdılar. Üstünde sadece yeşil ameliyat örtüsü vardı. Ağzında oksijen maskesi, solgun ama huzurlu yüz ifadesiyle, saçsız bu adamın Bedirhan olduğunu düşündükçe içi daralıyor, gözleri doluyordu Sema'nın. Birlikte hasta asansörüne binip alt kattaki ameliyathaneye indiler.

Sekiz saate yakın süren ameliyat boyunca bütün ekip her zamankinden daha dikkatli, daha özenli çalışmıştı. Sema ameliyat boyunca hiçbir şeye müdahale etmeden sadece izlemiş, arada bir Cüneyt'in isteği üzerine yardımcı olmuş veya görüş belirtmişti. Kendini ameliyat masasındaki hastanın kocası olduğunu unutmaya zorlayarak mümkün olduğunca profesyonel gözle izlemeye çalışmıştı her şeyi. Yine de arada bir masadan uzaklaşıp kimseye fark ettirmeden akıttığı gözyaşlarına engel olamamıştı. Bütün ekip elinden gelenin en iyisini yapmış, ameliyat sorunsuz tamamlanmış, tümör tamamen temizlenmişti. Bundan sonrası iyi bir bakıma ve Bedirhan'ın vücut direncine bağlıydı. Bu gibi ameliyatlar sonrasında farklı komplikasyonlar olabilirdi. Beyin gibi karmaşık ve henüz büyük oranda çözülmemiş bir organın ne tür sürprizler yapacağı kestirilemezdi.

Bedirhan'ı tekrar yoğun bakım odasına aldılar. Bütün doktorlar narkozun etkisi geçince ayılma anında orada olmak istiyorlardı. Bu nedenle hemşireleri uyarıp dinlenmek için odalarına gittiler. Sema ise serviste yatan kızı Deniz'e bakmaya gitti. Deniz gayet iyiydi, uyuyordu. Tekrar yoğun bakıma, Bedirhan'ın yanına döndü. Onun da bütün değerleri normal görünüyordu. Bedirhan'ın kafası tamamen sarılıydı, narkozun etkisiyle yüzü ifadesiz bir hal almıştı. Sema uzun uzun kocasının yüzüne baktı, birazdan narkozun etkisi azalacak ve göz kapakları hafifçe kıpırdayacaktı, öyle olması gerekiyordu. Ama diğer doktorlar gibi Sema da ameliyat öncesi bilinç kaybının ameliyat sonrasına nasıl etki edeceğini kestiremiyordu. Bu ihtimali aklına getirmek bile istemedi. Geçici bilinç kaybının kalıcı bir hasar yaratmayacağını düşünmüşlerdi. O nedenle en geç bir saat içinde Bedirhan'ın kendine gelmesi öngörülüyordu. Çok yorgun hissediyordu kendini Sema, ayakta durmakta zorlanıyordu. Hemşirelerin de ısrarıyla biraz dinlenmenin iyi geleceğini düşündü. Bedirhan'da en küçük bir hareketlenme olursa hemen haber vereceklerdi. Bunun üzerine yoğun bakımdan ayrılıp odasına yürüdü. Koridorun çift kanatlı kapısından girer girmez Nezahat karşıladı onu. Sema dinlenmek için odasına gideceğini söyleyince Nezahat bekleme salonunun iyice kalabalıklaştığını, herkesin kendisinden iyi bir haber beklediğini hatırlattı. Sema bunu tamamen unutmuştu. Her ameliyat sonrası bekleme salonuna gider, hasta yakınlarına bilgi verirdi. Ama bu defaki hastanın tek yakını kendisiymiş gibi düşünmüştü. Biraz da mahcup bir tavırla,

– Tabii ya, dedi, tamamen unutmuşum, ilgilenebildin mi bari?

– Evet evet, ne gerekiyorsa yaptık Sema Hanım.

Ama Sema yine de önce odasına gidip Zeliha'yı aradı, Mazlum'la ilgili bilgi aldı, sorun olmadığını öğrenince rahatladı. Telefonda biraz konuştu oğluyla. Küçük çocuk azıcık mızmızlansa da annesinin sesini duyması sakinleşmesine yetmişti. Deniz de o gece hastanede kalacaktı. Bu durumda Zeliha ve Mazlum evde yalnız olacaklardı. Deniz'in küçüklüğünden beri Zeliha yanlarında yarı zamanlı bakıcı olarak çalışıyordu. Artık çocukların ablası gibi olmuştu. Sema'nın en azından bu konuda içi rahattı. Aynada kendine baktı, oldukça bitkin görünüyordu. Saat akşam 7.30'du ve midesinin kazındığını hissetse de hiç iştahı yoktu. Hızlıca kendine çekidüzen verip bekleme salonuna gitti.

Bekleme salonu gerçekten de kalabalıktı. "Buradaki herkes Bedirhan'ı bekliyor olamaz," diye düşündü. Başka hasta yakınları da vardı muhtemelen. Sema'nın içeri girdiğini gören birkaç kişi hızlıca ayağa kalkıp "Doktor geldi!" diye diğerlerine seslendi. Kimi ayakta, kimi koltuğa kıvrılmış, kimi çömelmiş, kimi duvara yaslanmış insanlar aniden hareketlendi, herkes Sema'nın önünde birikti. Aralarından bazılarını tanıyordu tabii ki. Kafeden Murat, üniversiteden akademisyenler, sendikadan arkadaşlar ve esnaf komşularından bazılarını hemen tanıdı. Kalabalığın büyük kısmının kim olduğunu çıkaramadı. Tanıdıklarına "İsterseniz şöyle geçelim," diyerek bekleme salonunun bir köşesini işaret etti. Murat hemen öne çıkarak,

– Buradaki herkes Bedirhan Abi'yi bekliyor Sema Hanım, dedi.

Sema biraz şaşırarak biraz da sevinerek,

– Öyle mi? dedi. Zahmet ettiniz hepiniz, çok teşekkür ediyorum. Ameliyattan şimdi çıktık, ameliyat... Sema sözünü tamamlayamadan Murat araya girdi.

– Sema Hanım, kafeteryada bekleyen çok kişi var, isterseniz hep birlikte oraya gidelim, bir defada herkes duysun söyleyeceklerinizi, dedi heyecanla. Sema önce bir duraksadı, ardından,

– Tamam, peki o zaman, öyle yapalım, dedi. Hastanenin dışında, giriş kapısının hemen yanındaki kafeteryaya doğru hep birlikte yürüdüler. Kafeteryaya önce Sema girdi, girer girmez de şaşırarak durdu. Dönüp arkasında bekleyen Murat'a alçak sesle sordu:

– Buradaki herkes mi?

– Evet, herkes Bedirhan Abi'yi bekliyor, dedi Murat.

Sema gözlerine inanamadı. Kafeteryadaki bütün masalar doluydu, çok sayıda insan da pencere kenarlarında, ellerinde karton bardaklarla duruyordu. Bu esnada kafeterya dışından da bir kalabalığın hareketlenip onlara doğru geldiğini fark etti. Bekleme salonundan gelenler ve bahçede bekleyenlerle birlikte kafeterya tıka basa doldu. Sema, birçoğunu tanımadığı bu insanlar karşısında hem heyecandan hem sevinçten bir müddet ne diyeceğini bilemedi. Bedirhan elbette sevilen, saygı duyulan bir insandı. Ama yine de bu kadarını beklemiyordu. Yüzlerce kişi kafeteryanın içinde, kapısında ve dışında birikmişti. Hepsi de sessizce, pür dikkat Sema'nın ağzından çıkacak kelimeleri bekliyordu. Birçoğu belli ki yoksul işçilerdi; genç yaşlı, kadın erkek yüzlerce tedirgin göz Sema'nın üzerindeydi. Son yıllarda kendini işine iyice kaptırdığı için Bedirhan'ın sendika ve üniversite çalışmalarının sonuçlarını göremediğini işte o anda fark etti. Sema önce "Hepinize çok teşekkür ediyorum," dedi. Sesinin herkesin duyabileceği kadar yüksek olmadığını fark etmişti, üstelik sesi titriyordu. Çok duygulandı. Ağlamamak için zor tuttu kendini. Dudaklarını ısırıp birkaç saniye toparlanmaya çalıştı. Derin bir nefes alıp daha yüksek ve kendinden emin bir tonda,

– Arkadaşlar, dedi, hepinize gerçekten çok teşekkür ediyorum. Kendini bir anda üniversite kantininde konuşma yapan öğrenci temsilcisi gibi hissetti. Gerçi bu işleri Bedirhan daha iyi yapardı ama bugün roller değişmişti. Şimdi bu insanlara moral konuşması yapması gereken kendisiydi. Daha bir cesaretle devam etti konuşmasına:

– Bugün burada olmanız inanın ki bizim için çok anlamlı. Ameliyat gayet iyi geçti, başarılı bir ameliyat oldu. Bedirhan'ın durumu, bütün değerleri gayet iyi ve normal görünüyor şimdilik.

Kalabalıktan "Allahıma şükürler olsun", "Ah çok sevindim", "Oh yarabbi şükür", "Ezgori"*, "Şikir ji Xwedayê rebil alemîn re"** sözleriyle birlikte tek tük alkış sesi duyuldu. Alkışlar giderek büyüdü ve herkes bütün coşkusuyla alkışlamaya başladı. Sema bu içten dayanışmanın yaydığı enerjiyi yüreğinde hissetti. Öğlen Bedirhan'ın tek yakını olarak girdiği ameliyattan sonra şimdi yüzlerce yakınının arasında olmanın verdiği mutlulukla sözlerini sürdürdü:

– Eminim Bedirhan da şu an sizlerin bu güzel dayanışmasını, sevgisini yüreğinde hissediyordur. Onu hayata bağlayacak olan şey sizlerin bu sevgisidir. Bu zor gününde Bedir-

---

* Kurban olduğum.

** Âlemlerin rabbi Allah'a şükürler olsun.

han'ın ve bizim yanımızda olmanızdan mutluluk duydum. Bedirhan'ın en kısa zamanda aramıza dönmesi için elimizden geleni yapıyoruz. Saatlerdir burda bekliyor olmanız beni gerçekten çok duygulandırdı. Hepiniz sağ olun, var olun.

Murat, Sema'nın kulağına eğilerek "Burada daha fazla beklemelerine gerek olmadığını da söyleyin isterseniz," dedi. Sema bunu unutmuş olmanın verdiği telaşla hemen tekrar sesini yükseltip uğultunun dinmesini bekledi.

– Evet, tekrar teşekkür ediyorum ve burda böyle bekleyerek yorulmamanızı rica ediyorum. Bundan sonrası uzun bir tedavi süreci olacak, iyi haberleri mutlaka hepinize ulaştıracağız, çok teşekkür ediyorum.

Kalabalıktan büyük bir alkış koptu tekrar. Alkışların dinmesiyle kafeterya yavaş yavaş boşalmaya başladı. Sema'nın yanından geçen herkes ya elini sıkıyor ya da omuzuna dokunarak "Derbas buyî bê, xêr û silamet", "Geçmiş olsun, hayırlı şifalar" diyordu. Birkaç dakika sonra kafeterya iyice boşalmış, sadece birkaç kişi kalmıştı. Bunlardan biri pencereye yaslanmış Celal'di. Tanımadığı birkaç kişi dağınık bir şekilde masalarda oturuyordu. Celal, Sema'nın yanına gelip ona sarıldı, "Geçmiş olsun," dedi. Sesi ağlamaklıydı, o da yorgun ve bitkin görünüyordu. Eliyle kafeteryanın bahçesini işaret ederek "Oturalım istersen, sen de çok yorgun görünüyorsun Sema," dedi. Sema, başını "olur" anlamında sallayarak Murat'tan kendilerine iki kahve getirmesini rica etti. Bahçede, ağaçların arasındaki bir masada oturdular. Celal iki elini masanın üzerinde birleştirip, başını öne eğerek:

– Ne diyeceğimi bilemiyorum Sema, dedi, insanın inanası gelmiyor. Hastalığa mı yanayım, kazaya mı? Akıl alır gibi değil gerçekten. Neyse ki Deniz'in durumu iyiymiş.

Sema derin bir ah çekip:

– Evet, şükür ki kazada ikisi de ciddi yara almamışlar. Şansızlık mı diyeyim, kader mi bilemiyorum. Geldikçe üst üste geliyor işte.

– Bedirhan'ın durumu gerçekten iyi, değil mi Sema?

– İyi görünüyor şimdilik, birazdan ayılmasını bekliyoruz. Narkozun etkisi daha geçmedi, ben de kahvemi içip içeri geçeyim, kendine gelince yanında olayım en azından.

– Kendine gelince bana da haber verirsin, uygun olduğunda gelip görmek istiyorum. Aslında ameliyat öncesi burda buluşacaktık, bana çok önemli bir şey açıklayacağını söylemişti. Bedirhan'ı bilirsin, hep gizemli bir tarafı vardır. Öğrenciliğinden kalma; her zaman bir yanı illegaldir Bedirhan'ın. Ama ameliyattan önce mutlaka konuşmamız gerek, demişti, sonra da bu kaza işte. Sesi boğazında düğümlendi Celal'in.

Bu esnada yanlarına yaklaşan birinin sesiyle ikisi de aynı anda hafiften irkildi.

– Sema Hanım, merhaba.

Sema arkasına dönüp sesin sahibine bakınca şaşırdı. Yirmili yaşlarda, kısa kesilmiş düzgün siyah saçları, siyah güneş gözlüğü, siyah ceketinin altında boğazına kadar iliklenmiş düğmeleriyle beyaz gömleği, bileğe kadar uzanan geniş gri eteği ve elinde bastonuyla kör olduğu anlaşılan bir kadın duruyordu. Kadının oldukça düzgün yüz hatları makyajsız olmasına rağmen güzelliğini vurguluyordu. Yüzünden aynı anda hem hüzün hem de mutluluk okunabiliyordu. Kadın elini uzatıp Sema'nın sıkmasını bekledi. Sema kısa bir bocalamadan sonra telaşla ayağa kalkarak kadının elini sıktı. Bedirhan'ın arkadaşlarından biridir muhtemelen, diye düşündü.

– Merhaba, çok sağ olun, zahmet ettiniz buraya kadar, dedi Sema.

– Zahmet olur mu? dedi kadın. Aslında ameliyat öncesi size ulaşmaya çalıştım ama sanırım müsait değildiniz.

Sema hafızasını yokladı bir an, ancak hatırlayamadı. Kadın devam etti bunun üzerine:

– Bedirhan Hoca ameliyat öncesi mutlaka konuşmamız lazım diyerek beni hastaneye çağırmıştı; çok önemli bir şey açıklayacakmış. Ama maalesef şu kaza yaşanmış, ben de belki ameliyat öncesi görüşebilirim diye sekreterinizle size haber yolladım.

Sema ve Celal soran gözlerle birbirine baktılar. Sonra Sema kadına dönüp,

– Yoksa benimle görüşmek isteyen avukat siz misiniz? diye sordu.

– Ah evet, dedi kadın gülümseyerek, kendimi tanıtmayı unuttum. Adım Mutlu, avukat Mutlu Açıkgöz.

11

“Oturmaz mısınız?” diyerek yan taraftan bir sandalyeyi masanın yanına çekti Sema. Kadın bir eliyle sandalyeye dokunarak oturdu. Celal büyük bir şaşkınlıkla kadına bakıyordu. Kadın bunu fark etmiş gibi Celal’e dönerek,

– Özür dilerim, sizinle tanışmadık, dedi.

Celal geveleyerek,

– Ben… ben Celal, dedi.

– Celal Hoca mı, Celal Karakuş mu? dedi kadın.

Celal hayretle,

– Tanışıyor muyuz? diye sordu.

– Ben sizi tanıyorum, meslekten atılan bir grup akademisyenin davasında avukatlık yapıyorum, haliyle bazı dosyalarda isminiz geçiyor, dedi imalı bir tonda.

Celal bir anda kızardığını hissetti, ne diyeceğini bilemedi. Sadece “Anladım,” diye mırıldandı. Ancak ilginç bir şekilde kadının yüzü çok tanıdık geliyordu. Birine benzetiyor ama bir türlü çıkaramıyordu. Kadın tekrar Sema’ya döndü:

– Çok geçmiş olsun, kafeteryada dinledim sizi. Umarım Bedirhan Hoca tez zamanda iyileşir.

– İyileşecek, bundan eminim, Bedirhan çok güçlüdür, kısa sürede toparlayacak, göreceksiniz. Siz Bedirhan’ın da mı avukatısınız? Sizden hiç bahsetmemişti.

– Evet Sema Hanım, bir avukat grubuyla birlikte bu davalara bakıyoruz, Bedirhan Hocanın dosyasıyla özel olarak ben ilgileniyorum. Benden bahsetmemiş olmasını anlıyorum ama biz çok daha uzun süredir tanışıyoruz. Aslında bugün belki bu konuya dair konuşacağını umut ederek buraya gelmiştim ama büyük talihsizlik işte. Belki ameliyata girmeden önce size bir şeyler söylemiş olabilir diye düşünmüştüm. Çünkü ameliyat öncesi bazı şeyleri açıklayacağım, demişti. Sanırım zaten bilinci kapalıymış.

– Öyleydi, dedi Sema, anlamaya çalışarak.

Üçü de konuşmadan oturdular bir müddet. Sonra kadın ayağa kalkarak,

– Ben sizi daha fazla rahatsız etmeyeyim, dedi. Bedirhan Hoca kendine gelince uğrarım tekrar. Çok geçmiş olsun hepimize, görüşmek üzere. Elini sıktı ikisinin de, sustalı bastonunu tek harekette çırparak açtı, geldiği yöne yürüyüp gitti. Sema ve Celal bir müddet arkasından baktılar. Kadın, bastonunun da yardımıyla son derece rahat adımlarla yürüyüp gözden kayboldu.

Murat elinde plastik kafeterya tepsisiyle geldi, kahveleri masaya bırakıp gitti. Sema kahvesini yudumlarken, Celal,

– Bu avukatı hiç duymadım, dedi. Son iki yılda tanışmışlarsa bilemem tabii, biliyorsun görüşmüyorduk Bedirhan'la. Ama yüzü çok tanıdık geldi bana.

Sema:

– Baksana kadın çok uzun süredir tanışıyoruz, dedi. Yani iki yıldan da önce herhalde. Neyse, Bedirhan'ın birçok arkadaşı, tanıdığı var benim bilmediğim. Görmedin mi az önceki kalabalığı? Birçoğunu da tanımıyorum. Eminim hepsi bir şekilde Bedirhan'la yolu kesişmiş yoksul emekçilerdi.

– Ona ne şüphe. İşten atıldığından beri hem sendikada hem de kafede harıl harıl fiili örgütlenme ve propaganda çalışmaları yürüttüğünü ben bile duyuyorum. Bedirhan bu, asla pes etmeyen, vazgeçmeyen, devrimin asi çocuğu işte, dedi Celal, biraz da küçümseyerek ve alayla. Sonra kendini hızla toparlayıp sözlerinden pişmanlık duyarcasına ekledi:

– Aslında yaptığı şeye saygı duymuyor değilim, yanlış anlama. Gel gör ki bizden geçti artık böyle şeyler Sema. Az önce seni kafeteryada öyle hararetle konuşurken görünce öğrencilik yıllarımızı hatırladım. Bedo da ben de çok nutuk atmışızdır öyle.

Sema gülümseyerek,

– Tuhaf ama benim de konuşurken aklımdan bunlar geçti. Unutulması mümkün olmayan yıllar. Şimdi hangimizden o yıllara dair eser kaldı ki? Bedo biraz daha sağlam durdu bu konuda. Herkes bir yerlere savrulup yaşamın çarkları içerisinde bir dişli olmayı benimsedi. Bedirhan bir türlü bunu hazmedemedi, kabullenmedi. Bilmiyorum; belki yapısı, karakteri böyle onun, onu hayatta tutan şey bu mücadeleci kişiliği sanırım. Her şey o kadar yoğun bir sisle kaplanmış durumda ki kafamdakileri uzun süredir derleyip toplayıp bir yerlere oturtamıyorum. Son yıllar herkes açısından çok zorlu geçti, sonrasında bu işten atmalar. Bir ara tutuklanacağını düşündük, son aylarda tam bir açmaza girip birbirimizden iyice uzaklaştık, arkasından bu kahrolası hastalık ve bugün de bu kaza. Gerçekten inanılmaz, kâbus gibi her şey. Bütün irademi yitirmiş, dağılmış gibi hissediyorum. Ne doğru, ne yanlış, nerede hata yaptık, ilişkimiz ne zaman bu hale geldi, artık bilemez durumdayım. Emin olduğum tek şey Bedo'yu halen çok sevdiğim ve iyileşmesi dışında hiçbir şey istemediğim. O iyileşsin, bütün bunları bir hal yoluna koyarız. Ya işte seni yakalar yakalamaz böyle derdimi, içimi döküyorum Celal, sen de kusura bakma lütfen.

– Hayır hayır, olur mu öyle şey? Dertler paylaşıldıkça azalırmış.

– Azalır mı gerçekten sevgili psikoloğumuz?

– Ya ne diyeyim şimdi, öylesine beylik bir laf işte. Paylaşmakla azalan dert mi var? Konuşarak içimizi rahatlatıyoruz sadece. Dertlere deva bulmadan azalmayacağını da, bazı dertlerin dermanının olmadığını da biliyoruz yoksa. Aslında Bedirhan üç gün önce beni aradığında çok şaşırdım. Sesi yumuşak ve öfkeden uzaktı. Buluşup görüşmek isteyince açıkçası biraz tedirgin oldum. Bildiğimiz Bedirhan öyle durup dururken geri adım atmaz. Zaten görüştüğümüzde geri adım atmaya niyetinin olmadığını anladım. Tam tersine, bana geri adım attırmaya çalıştı. Hastalığından ve durumun ciddiyetinden söz etti. Sanki ölüyormuş da vasiyetini bildiriyormuş gibi konuşunca...

Celal'in sesi çatallaştı, ağlamaklı oldu. Biraz soluklanıp devam etti:

– İşte öyle konuşunca beni perişan etti. O anda kalkıp ortalığı yıkmak geldi içimden. Bu dünyadaki en iyi arkadaşımı, tanıdığım en dürüst, en korkusuz adamı öyle çaresiz ve duygusallaşmış halde görünce kendime lanet ettim. Erken bir ölümü hak eden biri varsa o bendim, Bedirhan olamazdı. Üstelik iki yıldır konuşmuyorduk, onu feci kırmıştım. Doğrusu o zamana kadar, yaptığım şeyin çok yanlış olduğunu düşünmüyordum.

Sema araya girerek,

– Zaten Bedirhan'ı en çok öfkelendiren de yaptığının yanlış olduğunu kabul etmemendi Celal. Bazen senden söz açılınca bağıra bağıra, "Ulan korktum de, işten atılmayı göze alamadım de, ama yaptığım yanlış değildi deme," diyordu. Yani bayağı bi küfür yedin bu iki yılda, seni çok yad ettik çoook, dedi gülerek.

– Tahmin edebiliyorum, dedi Celal gülümseyerek, sonra devam etti:

– Yaptığım bu yanlışı düzeltmem konusunda söz vermemi istedi. Bir de seninle önden biraz konuşup seni psikolojik olarak hazırlamamı istedi sözde. Ama bunun bahane olduğunu biliyordum, amacı biz yan yanayken benden o sözü almaktı, senin tanıklığında yani. Sonra sen restoranda öyle kötü olunca konuya falan giremedi tabii. Bugün ameliyat öncesi mutlaka konuşmak ve bazı şeyleri açıklamak istiyorum, demişti. Bana öyle geliyor ki söyleyecekleri şu lanet imzayı geri çekme meselesinin ötesinde bir şeydi. Şimdi bu avukat kadına da benzer bir şey için aynı şekilde randevu verdiğini duyunca kafam iyice karıştı. Neyi kastettiğini bilemiyorum doğrusu.

– Vardır Bedirhan'ın bir bildiği, hele bir kendine gelsin, öğreniriz her şeyi, merak etme.

Celal kısa bir suskunluktan sonra,

– Biliyor musun Sema? dedi. Aslında kendime bile itiraf edemesem de bu iki yıl hayatımın en berbat dönemiydi. Bazen düşünüyorum, imzamı geri çekmeseydim de başıma gelecekler bundan daha kötü olamazdı. Ben kendimi bitirdim resmen. Ruhumun kirlendiğini, bir hiçe dönüştüğümü hissederek geçirdim her ânımı. Aynada bile kendimle göz göze gelmemeye çalıştım. İnsan herkesi aldatabilse bile kendini kandıramıyor. Eskilerden tek bir arkadaşım kalmadı. Üniversiteyi tamamen iktidar yanlısı sözde akademisyenlerle doldurdular. Hiçbiriyle tek bir ortak noktam yok, koridorlarda karşılaşınca başımla selamlayıp geçiyorum yanlarından. Derslerde öğrencilerin gözlerinin içine bakmamaya çabalıyorum; yine de suçlayan, yargılayan, mahkûm eden bakışları hissedebiliyorum. Yani ne camiye yaranabildim, ne kiliseye. Hiç bu kadar batacağımı tahmin etmemiştim. Sonuçta herkesin kendine göre bir tavrı var; imza atanlara ben ne kadar saygı duyuyorsam, onlar da benim fikrime saygı duymak zorundadırlar, diye düşünüyordum. Bir müddet sonra konunun kapanacağına, unutulup gideceğine inanıyordum. Oysa bunca yıldır yaşadıklarımdan, okuduklarımdan, gördüklerimden bir ders çıkarmış olmam gerekirdi. Sanırım dengemi kaybedip temel meseleyi ıskaladım: Zulmün, sömürünün, savaşın olduğu yerde tarafsızlık diye bir şey yoktur. Ya ezenden yanasındır ya ezilenden, ortası yoktur. Faşizme yaranmaya çalışarak onunla baş edemezsin. Faşizm kimseyle uzlaşma aramaz, sadece biat ister veya yok eder. Bu nedenle faşizme karşı ancak direnerek ayakta kalabilirsin. Ben bunları unutmayı, yokmuş gibi davranmayı tercih ettim Sema. Ayakta kalamadım o yüzden, diz çöktüm. Bunun başkaca izahı yok. İki yıldır bunun farkında olarak ama kendime bile itiraf etmeye çekinerek yaşadım. İşten atılan, tutuklanan, yargılanan arkadaşlarımın yanında olabilmeyi istedim; yapamadım ama, iş işten geçti Sema.

Celal'in gözleri dolmuştu konuşurken. Sanki Sema'ya değil de kendine anlatır, kendiyle konuşur gibiydi. İçinde biriktirdiklerini kusup rahatlamak ister gibi cümleleri peş peşe dizmiş, hızla çıkarmıştı ağzından. Konuşmasını tamamlamak üzere olduğunu belirtir şekilde sandalyede geriye yaslanıp daha kararlı bir sesle,

– Sonuçta buradayız işte, dedi. Ben burada can çekişiyorum, Bedo içeride. Şimdi onun yerinde olabilseydim keşke. Ölüm döşeğinde, ama onurlu; ölüme çok yakın, ama dimdik.

Benim açımdan geri dönüşü mümkün değil, biliyorum. Dedim ya, bazı dertlerin dermanı yok. Ama yine de bir noktadan sonra doğru olan neyse onu yapmak lazım. Hiçbir şey kazandırmasa bile iç huzuruma kavuşabilirim belki. Sanırım Bedirhan da bunun farkındaydı, ne kadar zorlandığımı tahmin edebiliyordu, onun da çok ağırına gidiyordu. Bunca yıllık yoldaşlığımız, arkadaşlığımız var, kolay kolay bir kenara atılamıyor. Hem beni hem kendini bu konuda rahatlatmak istiyordu. Yaptıklarımızın, yaşadıklarımızın yanlış olmadığını, yanlış olamayacağını benden duymak istiyor ve bunun gereğini yapmam için söz vermemi istiyordu. Çünkü bu onun yaşamının anlamıyla ilgili bir mevzu. Yaşadıklarımızın anlamının benim tavrım nedeniyle sorgulanır hale gelmesinden müthiş rahatsızlık duyuyordu. Giderayak bunun düzeltilmesini istiyordu, bundan eminim, tanıyorum Bedirhan'ı. Ama merak etme Sema, hem o bir yere gitmeyecek hem de ben düzelteceğim bu yanlış iliklenmiş düğmeyi. Of ya! Üstüne bir de beni profesör yaptıkları aklıma gelince nasıl utanıyorum. Oysa beş yıldır ikimiz de hak ettiğimiz halde profesörlük kadromuz onaylanmıyordu. Ayrıca söylemeye çekiniyorum ama sanırım bugünlerde beni fakülteye dekan olarak atayacaklar: "İhanetin büyük ödülü". Dur bakalım, yapacağız bir şeyler.

Celal son kelimeleri söylerken Sema'nın telefonu çaldı. Nezahat arıyordu. Bedirhan'ın kendine gelmeye başladığını haber verecekti muhtemelen. Ama telefondaki ses başka bir şey söylüyordu:

– Hemen gelmeniz lazım Sema Hanım, çabuk. Bedirhan Bey... Nezahat telefonda ağlamaya başlamıştı. Sema hiçbir şey düşünmedi, konuşmadı. Masadan kalkıp hızla koşmaya başladı, Celal de arkasından.

12

Sema yoğun bakım odasından içeri koşarak girdiğinde sağlık ekibi Bedirhan'ın etrafında toplanmıştı, doktorlardan biri kalp masajı yapıyordu. Sema o ana kadar koruduğu bütün serinkanlılığını yitirdi. O esnada artık bir doktor değil, hasta yakınıydı, kalbi durmuş bir hastanın yakını. Onu bu hayatta en çok seven kalp, Bedirhan'ın kalbi, durmuştu. Dünya durmuştu, herkes durmuştu, Sema dizlerinin üstünde yere çökmüş, öylece kalakalmıştı. Yok hayır, herkes durmamıştı, doktor kalp masajı yapmaya devam ediyordu, vazgeçmemişti, vazgeçmek için daha çok erkendi, böyle öğrenmişlerdi okulda. Sema bütün vücudunun titrediğini, buz gibi olduğunu hissetti, yine de toparladı kendini, ayağa kalktı, yatağın başına kadar geldi. Sağlık ekibi soğukkanlı bir şekilde ve ciddiyetle yapıyordu işini. Sema bütün hekimlik bilgisini unutmuş gibiydi, monitöre bakıyor ama hiçbir şey anlamıyordu, anlamak istemiyordu. Ekranda akıp duran düzensiz dalga ona hiçbir şey ifade etmiyordu. Bu çizgiyle Bedirhan arasında hiçbir ilişki olamazdı, bir yerde yanlışlık olmalıydı. Konuşulanları anlamıyor, derin bir uğultu içerisinden kelimeleri seçmeye çalışıyordu. Biri "elektroşok" demişti sanki. Evet demişti, Bedirhan'ın bütün bedeni şok aletinin etkisiyle sarsılıyordu. Bir daha, bir daha, daha güçlü. Bedirhan'ın sarsılmasıyla Sema da sarsılıyor, kalbi daha hızlı atıyordu. Konuşmak istiyordu ancak bütün kasları tutulmuş gibiydi; ağzını açamıyor, dudaklarını kıpırdatamıyordu. Burnundan aldığı yarım yarım nefesler yetmiyordu artık, bilincini kaybedeceğini anladığında bir eliyle yatağa tutundu, diğer eliyle Bedirhan'ın omuzuna. Uğultunun içinden "Nabız aldık," cümlesini seçip aldı beyni. Hemen monitöre baktı ve orada kısa aralıklı üçgenleri gördü. "Geri döndü!" diye bağırdı hemşirelerden biri. Doktor elektroşok aletini bıraktı, Sema'yla göz göze geldiler, doktor gülümsedi. Sema yere yığıldı.

Kendine geldiğinde hastane yatağındaydı, yanıbaşında çalışma arkadaşları vardı. Şimdi kendini daha iyi hissediyordu; profesyonelliğini unutup kendini kaybetmiş olmanın mahcubiyeti vardı yüzünde. Yavaşça yatakta doğruldu, Bedirhan'ı sordu hemen. "Gayet iyi, durumu stabil, bilinci kapalı ama," dediler. "Artık toparlanma zamanın geldi Sema," dedi içinden. "Bu şekilde kime ne yararın oluyor ki? Personel bir de benimle ilgilenmek zorunda kalıyor, Allah kahretsin," diye kızdı kendine. Yataktan inip üstüne başına çekidüzen verdi, iki eliyle saçlarını düzeltti. "İyiyim arkadaşlar, merak etmeyin, sağ olun," dedi. Hemşirelerden biri "Biraz daha dinlenseydiniz, Sema Hanım," dedi. Sema gerek olmadığını söyledi; doğruca yoğun bakıma, Bedirhan'ın yanına döndü. Aynı şekilde sessizce uyuyordu Bedirhan. Ameliyatın üzerinden neredeyse iki saat geçmiş, ama en küçük bir ayılma belirtisi göstermemişti. Bir doktor ve hemşire sürekli olarak yanında bekliyorlardı. Çağlar Hoca ve Doktor Cüneyt de yoğun bakım servisinin doktor odasındaydılar. Sema onların yanına gitti, birlikte durum değerlendirmesi yaptılar. Çok kritik bir aşamadaydılar. Trafik kazası geçirip bilincini kaybetmiş hastaya ağır beyin ameliyatı yapmak zorunda kalmışlardı, hasta halen ayılmamıştı ve üstelik bir defa da nabzı durmuştu. Yapılabilecek tıbbi müdahaleleri, alabilecekleri riskleri, olası bütün kötü ihtimalleri tek tek gözden geçirdiler. Bir tedavi tablosu belirlediler. Nöbetçi doktor ve hemşire sürekli hastanın yanıbaşında olacaktı. Sema da sürekli kalacağını söyledi, itirazlara rağmen geri adım atmadı. Zaten Deniz bu gece hastanede kalıyordu, o nedenle eve falan gitmeyi kabul etmedi.

Sema kendi odasına gidip Zeliha'yı aradı, en azından evde her şeyin yolunda gitmesine sevindi. Bedirhan'ın annesini arayıp fazla detaya girmeden olanları anlattı. Kadının "Hemen İstanbul'a geliyorum," demesine itiraz edemedi, o da bir anneydi ve oğlunun yanında bulunmaya herkesten çok hakkı vardı. Kayınvalidesine uçakta yer ayırtacağını ve onu havaalanından aldıracağını söyledi. Kendi annesi ve babası Tarsus'ta yaşıyorlardı ama onları arayıp aramamakta kararsız kaldı. Yine de annesini arayıp konuştu. Onlar da uçakla geleceklerdi. Başka da araması gereken çok yakın akrabaları yoktu. Uzak akrabalar bir şekilde duyardı nasıl olsa.

Sonra Deniz'in yattığı odaya gitti. Neyse ki kızının sağlık durumu iyiydi. Uzun uzun seyretti uyuyan kızını. Saçlarını okşadı, ateşini kontrol etti. Alnına hafif bir öpücük kondurdu. Dünden bu yana yaşadıkları inanılır gibi değildi. İyi kötü akıp giden hayatları bir anda başka bir yöne çevirmişti rotasını. Kocasını ve kızını bugün kaybedebilirdi, bunun düşüncesi bile ürpermesine yol açtı. Ama her şey bitmemişti daha, belki de yeni başlıyordu asıl mücadele. Bedirhan hâlâ uyanmamıştı ve bu hayra alamet değildi. Koma durumundan çıkamayabilir, bitkisel hayatta kalabilirdi. Bu yüzden kendini hızla toparlaması ve işe koyulması gerekiyordu. Zayıf olmanın zamanı değildi. Bunları düşünürken kızının yanına kıvrılıp uzandı. Yorgunluktan ayakta duracak hali yoktu artık. Deniz de yarı uykulu bir halde gözlerini aralayıp annesine sokuldu. Anne kız birbirlerine sarılıp uyudular.

Uyandığında saat gece yarısını geçmişti. Kızı halen mışıl mışıl uyuyordu. Ateşini, nabzını ölçtü, her şey normal görünüyordu. Deniz'i uyandırmamaya gayret ederek sessizce odadan çıktı, tekrar yoğun bakım ünitesine gitti. Doktor ve hemşire odada, Bedirhan'ın yanında oturuyordu. Onlardan son duruma dair bilgi aldı, hasta kontrol çizelgesini inceledi, en azından nabzında herhangi bir problem yaşanmamıştı. Elinin tersiyle Bedirhan'ın alnına ve yanaklarına dokundu, ateşini bir de böyle anlamaya çalıştı. Bedirhan'ın yüzünde en küçük bir ifade yoktu: ne acı, ne üzüntü, ne mutluluk. Ameliyattan beri aynı ifadesizlik donup kalmıştı sanki. Sema eğilip yanağından öptü kocasını, elini hafifçe tutup okşadı, bir tepki bekledi, ama Bedirhan'dan ses yoktu henüz. Tekrar kızının yanına dönüp yatağa uzandı; sabaha kadar gözünü kırpmadan düşündü, olanları, olacakları.

Ertesi gün taburcu edilen Deniz'i eve gönderdi. Bu esnada Bedirhan'ın annesi ile kendi anne ve babası havaalanından doğruca hastaneye gelmişlerdi. Yoğun bakım odasının camlı bölmesinden Bedirhan'a bakmalarına izin vermiş, ısrarlarına rağmen hastanede kalmalarını kabul etmemiş, onları da eve göndermişti. En azından çocukların yanında dede ve ninelerinin olması biraz içini rahatlatacaktı.

Gün boyunca Bedirhan'ın bütün vücut değerlerini yakından takip etmiş, ayılması için gerekli bütün müdahaleleri yapmışlardı. MR ve EEG değerlendirmesi sonrasında bir anormallik tespit etmemişlerdi. Bedirhan'ın bilincinin açık olması gerekiyordu ama bir türlü kendine gelmiyordu. Eldeki tek mantıklı ihtimal kaza esnasında yaşadığı şokun yol açtığı bilinç kaybının devam ediyor olmasıydı. Nöroloji ve nöropsikoloji uzmanı hekim arkadaşları da bu ihtimalin kuvvetli olduğunu teyit etmişlerdi. İstanbul'daki en iyi uzman hekimler gün içinde hastaneye uğramış, hem Sema'ya geçmiş olsun dileklerini iletmiş hem de kendi uzmanlık alanlarının kapsamına girdiği kadarıyla Bedirhan'la ilgili görüşlerini belirtmişlerdi. Bedirhan'ın arkadaşları da gün boyunca hastaneye uğrayıp Bedirhan'ın durumunu sormuşlardı. Kafeterya gene kalabalıktı. Celal gece eve gidip sabah erkenden hastaneye gelmiş, Sema'yı yalnız bırakmamıştı. Sema bir yandan diğer hastalarıyla ilgileniyor, işini aksatmamaya çalışıyor, diğer yandan Bedirhan'la ilgili gelişmeleri anbean takip ediyordu. Bedirhan'ın durumunda hiçbir değişiklik olmamıştı, koma hali aynen devam ediyordu.

Günler günleri kovaladı. Sema evle hastane arasında mekik dokuyor, bitmek tükenmek bilmeyen bir enerjiyle koşturuyordu. Bedirhan'ın annesiyle kendi anne babası onu bu halde bırakıp gitmek istememişler, eve yerleşip kalmışlardı. Üç yaşlının kendi aralarında zaman zaman oluşan gerilime rağmen Sema bu durumdan memnundu. Böylece aklı çocuklarda kalmıyor, kendini de yalnız hissetmiyordu.

Bu şekilde iki aya yakın süre geçti. Bedirhan artık bitkisel hayattaydı. Her geçen gün umutlar azalmış, denenmedik tek bir yöntem bile bırakmadıklarından her şey adeta bir mucizeye kalmıştı. Umudunu ve kararlılığını yitirmeyen tek kişi Sema'ydı. Daha önce de benzer durumda olan hastalarla karşılaşmıştı. Gerçi hiçbiri ameliyat öncesi bilinç kaybına uğramamış olsa da ameliyattan sonra günlerce ayılmayan hastaları olmuştu. Kaybettiği hastalarını aklına bile getirmek istemiyordu. Üstelik Bedirhan'ı en iyi tanıyan kendisiydi ve tanıdığı Bedirhan kesinlikle yaşama tutunmaktan vazgeçmezdi. Kendisinin de burada mücadeleyi bırakmaya hiç niyeti yoktu. Bedirhan ordan, o buradan kazanacaklardı bu mücadeleyi. Başka ihtimali aklına bile getirmemişti.

Yurtiçinden ve yurtdışından tanıdığı, iletişime geçebileceği bütün meslektaşlarıyla, hastanelerle, üniversitelerle görüşmüş, onlara Bedirhan'ın dosyasının bir özetini göndermiş, görüşlerini, önerilerini almaya çalışmıştı. Tıp dünyasında özellikle son yirmi yılda yaşanan gelişmeler o kadar hızlıydı ki hepsini takip edebilmek bir hekim açısından bile imkansızdı. Bu nedenle dünyanın çeşitli yerlerinde halen araştırma ve deneme aşamasında olan tedavi yöntemlerine, geliştirilmeye çalışılan tıbbi cihazlara dair her bilginin peşine düşüyor, en küçük umut kırıntısını bile ciddiyetle araştırıyordu. ABD'de Arkansas Üniversitesi Beyin Cerrahisi Merkezi'nden Almanya'da Bonn Üniversitesi'ne, Kanada'ya kadar bütün önemli beyin araştırmaları merkezleri ile temasa geçmişti. Oralardan gelen her bilginin, her önerinin Bedirhan'ın durumuna uygun olup olmayacağını doktor ekibi olarak defalarca tartışmışlar, bazı önerileri uygulamalarına rağmen sonuç alamamışlardı. Bütün bu süre zarfında Sema kendini Azrail'le çetin bir mücadeleye girmiş gibi hissediyor, umutsuzluğu asla kabullenmiyordu.

Bu arada Bedirhan'ın ameliyat yeri iyileşmiş, kafasındaki sargılar açılmış, ancak beyin dalgalarının takibi için takılacak elektrotlar nedeniyle saçı sürekli kazınmış, uzamasına fırsat verilmemişti. Sema hastabakıcılara iki günde bir Bedirhan'ın sakal tıraşını yaptırıyordu. Diğer kişisel bakımını bizzat kendisi üstleniyor, personele bırakmıyordu. Kocasını her an bakımlı, temiz ve hijyenik ortam içerisinde tutmak Sema'yı da diri tutuyor, kendini daha iyi hissetmesine yardımcı oluyordu. Bedirhan her an uyanabilirdi ve tabii ki uyandığında kendini iyi görmeliydi.

Sema, yaptığı araştırmaları sürdürdüğü günlerde İsviçre Zürih Üniversitesi'nden bir mail aldı. Zürih Üniversitesi Beyin Araştırmaları Merkezi'nden Sema'ya gönderilen bu mailde merkezdekilerin Bedirhan'dan haberdar oldukları ve hasta dosyasını incelemek istedikleri belirtiliyordu. Beyin cerrahisi ve nöroloji alanlarında araştırmalar yapan bu merkezin çalışanları, bilinç kaybı yaşayan hastalarla ilgili olarak uzun süredir yeni bir metot üzerinde çalıştıklarını, bitkisel hayattaki hastanın bilincini açma konusunda yardımcı olmak istediklerini bildiriyorlardı. Sema bilgisayara kayıtlı olan ve her gün güncellediği hasta dosyasını hiç düşünmeden bu merkeze gönderdi, altına da cevaplarını tez zamanda bildirmeleri dilediğini ekledi.

Sema'nın iki aydır verdiği mücadeleyi bütün hastane personeli, Bedirhan'ın arkadaşları ve ailesi yakından izliyor ve takdir ediyorlardı. Celal gün içerisinde mutlaka telefon açıyor, iki günde bir mesai sonrası hastaneye uğruyordu. Bedirhan'ın avukatı Mutlu Hanım da Sema'yı yalnız bırakmayanlardandı. O da hem telefonla arıyor hem de sık sık hastaneye uğruyordu. Sema bu kadının gösterdiği yakınlığın avukatlığın çok ötesinde bir nedene dayandığının farkındaydı ama bu konuyu kurcalayacak gücü yoktu. Kadın Bedirhan'la geçmişlerine dair hiçbir şey anlatmıyor, ama Sema'yı da asla rahatsız etmiyordu. Tuhaftı belki ama avukat Mutlu, Sema'ya en çok moral destek veren insanlardan biri olmuştu. Sema bir defasında onun Bedirhan'la olan geçmişini deşmeyi düşünmüş ama duymaya hazır olmadığı bir cevaptan ya da bariz bir yalandan korktuğu için bundan vazgeçmişti. Avukat Mutlu bu haliyle iyi bir kadındı, bu da Sema'ya yetiyordu.

Zürih Üniversitesi'ne gönderdiği yazının cevabının hemen bir gün sonra geldiğini şaşırarak gördü. Hastanede öğlen molasındaydı, kafeteryada yemeğini yemiş, elinde karton bardakta kahvesiyle odasına dönmüştü. Zaten fırsatını bulduğu her anda bilgisayar başında araştırmasını sürdürüyordu, Zürih'ten gelen cevabı da bu esnada fark etmişti. Sema ekrandan okumaktansa bir çıktısını alıp kâğıttan okumayı tercih etti. Aslında cevap oldukça kısaydı: "Hastayla ve durumuyla ilgili gerekli incelemenin yapıldığını, beyin araştırmaları merkezi olarak hastanın durumunun şu anda yürütttükleri araştırmanın konusuyla çok fazla örtüştüğünü tespit ettiklerini, onaylamaları halinde bütün masrafları kendilerince karşılanmak üzere hastayı bir an önce Zürih'e aldırmayı istediklerini, araştırmanın ve önerilen tedavinin bir özetinin ekte olduğunu, verilecek cevabı sabırsızlıkla beklediklerini" yazıyordu. Sema, en azından başka bir tedavi merkezinde, birilerinin Bedirhan'ın durumuna gerçekten kafa yormuş olmalarından duyduğu sevinçle hemen ekteki belgelerin çıktısını aldı. Altı sayfalık belgenin her satırını dikkatle okudu, bitirdikten sonra büyük bir şaşkınlıkla "Olabilir mi böyle bir şey? Olabilir elbette, niye olmasın? Belki de gerçekten yapmayı başardılar bu cihazı," dedi kendi kendine.

Bütün belgelerle birlikte hızlıca odasından çıkıp Çağlar Hocanın odasına koştu. Heyecanla odaya dalıp Çağlar Hocaya okuttu gelen cevapları. Çağlar Hoca da aynı şekilde "Olabilir mi ya? Gerçekten yaptılar mı bunu yani?" dedi. Sema şaşkınlığını gizleme gereği duymadan "Baksana hocam, oldukça net belirtmişler, iki ayrı beynin birbirine bağlanmasını sağlayıp çoklu bilinç ortamı yaratmayı başardıklarından söz ediyorlar," dedi. Sema ve Çağlar Hoca birbirlerine bakıp "Tabii ya, niye olmasın, bu sayede bitkisel hayattan çıkma ihtimali olabilir," dediler. Sonunda küçük de olsa bir umut ışığı yakalamışlar, bazı riskler içerse bile alternatif bir tedavi metoduna ulaşmışlardı. Hemen diğer doktorları çağırtıp bir durum değerlendirmesi yaptılar ve Bedirhan'ın Zürih'e nakledilmesine karar verdiler.

ÜÇÜNCÜ BÖLÜM

13

Ambulans uçak Zürih Havaalanı'na indiğinde hava kararmak üzereydi. Rahat bir yolculuk olmuştu. Sema'yla birlikte bir de hemşire eşlik etmişti Bedirhan'a. Bağlı olduğu cihazlarla birlikte bindirildiği ambulans uçakta yolculuk süresince Bedirhan'ın sağlık durumunda hiçbir değişiklik olmamıştı. Kimse durumda bir iyileşme beklemiyordu ama nakil sırasında herhangi bir olumsuzluğun yaşanmamış olması da şans sayılırdı. Zürih'ten aldıkları haberin ertesi günü tüm hazırlıkları tamamlamış ve fazla gecikmeden nakli gerçekleştirmeye karar vermişlerdi. İstanbul'dan havalandıklarında Sema, Bedirhan'ı sağ salim bu şehre geri getirip getiremeyeceğini düşünmüş, avuçlarında Bedirhan'ın eli, pencereden Boğaziçi'ne bakıp hüzünlenmişti. Yol boyunca Zürih'te deneyecekleri tedavi yöntemi üzerine kafa yormuştu. Belki bu son şansları olacaktı. Sema bunu düşündükçe geriliyor ama bunun kendini koyvermek için doğru bir zaman olmadığını biliyordu. Şimdi bu yeni tedaviye odaklanmak en iyisiydi. Üstelik bu tedavi yönteminde tıbbi teknik kadar kendisine de önemli bir rol düşüyordu.

Havaalanında kendilerini karşılayan sağlık ekibiyle birlikte hemen üniversite hastanesine geçmişler, Bedirhan'ı kliniğin özel araştırmalar yapılan bölümünde yoğun bakım odasına almışlardı. Hem ameliyatı yapacak ekiple hem de ameliyat sonrası "seansları" yürüteceklerle uzun bir toplantı yapmışlar, tedavi yöntemi ve özellikle Sema'nın tedavideki rolü üzerine kapsamlı değerlendirmelerde bulunmuşlardı. Deneysel bir tedavi olması nedeniyle, Sema'dan her türlü riski gönüllü olarak kabul ettiğine dair çok sayıda belge imzalaması istenmişti. Aslında her ameliyat öncesi hastaya veya yakınlarına buna benzer belgeleri Sema da imzalatırdı. Fakat bu defaki farklıydı; nihayetinde bu belgeyi imzalamakla Bedirhan'ın ve kendisinin deneme aşamasındaki bir cihaza bağlanmayı yani bir deneyde kobay olmayı kabul edecekti. Doğrusu Sema Bedirhan'ın iki aydır çıkamadığı koma ve bitkisel hayat nedeniyle bu kararı almakta zorlanmamıştı. Fakat bu kararı alırken onu vicdanen asıl rahatlatan şey kendisinin de deneye dahil olmasıydı. Yani açıkça kendi hayatını da riske atacak, Bedirhan'ınki kadar olmasa bile kendisi de bu tedavi yönteminde risk alacaktı. Üstelik yeni geliştirilen bu cihaz bir hasta üzerinde ilk defa doğrudan kullanılacaktı. Tedavide başarı sağlanırsa bilim adına önemli bir gelişmeye katkı sunmuş olacaklardı. Sema kadar, bu cihazı ve tedavi yöntemini geliştiren bilim insanları da çok heyecanlıydılar. Tabii hiçbirinin heyecanı bu araştırmayı finanse eden ve cihazı bütün dünyaya pazarlamak için sabırsızlıkla bekleyen sağlık şirketinin yetkilileri kadar olamazdı. Ancak Sema bütün bunları kabullenmek dışında bir seçeneğinin olmadığının farkındaydı. Bu nedenle belgeleri imzalarken bir yandan da içinden "Hey gidinin Bedirhan'ı, ömrün anti-kapitalist mücadeleyle geçti, yıllarca herkese ücretsiz sağlık hizmetini savundun ama böyle giderse sağlık piyasasına yeni girecek ve muhtemelen ilk etapta sadece zenginlerin yararlanacakları bir cihazın sektöre kazandırılmasına bayağı katkı yapmış olacaksın. Bak Bedo, gerçekten de kapitalizm en çok solcuların beynini kullanarak büyüyor," diye düşünürken gülümsemeden edemedi.

Bütün prosedür tamamlandıktan sonra Sema'yı dinlenmesi için ayrı bir odaya aldılar. Hastane odasından çok otel odasına benziyordu burası. Odasının ormana bakan küçük balkonunda oturan Sema iki aydan beridir ilk defa kendini bu kadar rahat ve huzurlu hissediyordu. Nihayet Bedirhan için ciddi bir şans elde etmeyi başarmış, onun için kendi hayatını da ortaya koymuştu. Bu şekilde dalgın dalgın düşünürken odanının kapısının hafifçe çalındığını duydu, gidip açtı. Az önceki toplantıda yer alan sağlık ekibinden, kendi yaşlarında bir kadın, beyaz önlüğü ve elinde iki kahve kupasıyla kapıdaydı.

Kadın aksanlı ama anlaşılır bir Türkçeyle,

– Belki bir kahve içmek istersiniz diye düşündüm, dedi. Sema biraz da şaşırarak kupalardan birini aldı, sonra kadının sırf kahve servisi için gelmediğini geç anlamış olmanın verdiği mahcubiyetle kenara çekilip,

– Çok teşekkür ederim. İçeri gelmez misiniz? diye sordu. Kadın,

– Rahatsız etmek istemem, dedi usulen.

– Hayır hayır, lütfen buyrun, ben de balkonda oturuyordum zaten, kahvelerimizi birlikte içeriz, dedi Sema. Kadınla beraber balkona geçtiler.

Yaz olmasına rağmen hava serindi. Orman koyu bir karanlık şeklinde karşılarında duruyor, hafiften esen rüzgâr ortalığa bir uğultu yayıyor ve yoğun çam kokusunu odaya dolduruyordu. Kadın son derece sıcak bir gülümsemeyle Sema'ya baktı ve,

– Geçmiş olsun tekrar, dedi.

– Teşekkür ediyorum, sizlere minnettarım, dedi Sema.

– Asıl biz size minnettarız, bu araştırmaya insanlık adına çok cesur bir katkı sağlamış olacaksınız ve umarım Bedirhan sağlığına kavuşacak.

Kadının Bedirhan'ın adını kusursuzca ve samimi bir edayla telaffuz etmesine şaşırdı Sema. Türkçe konuşan yabancılar için "Bedirhan" telaffuzu zor bir isimdi nihayetinde. Ama bu kadında bir farklılık, farklı bir yakınlık olduğunu toplantı esnasında da hissetmişti. Üstelik kadın onları karşılamak üzere havaalanına kadar gelmiş, sıcak bir ilgi göstermişti. İlk andan itibaren Sema'nın dikkatini çeken bu kadının yüzü de tanıdık geliyordu şimdi.

Kadın aynı sıcak ve gülümseyen tavırla,

– Beni tanımadınız, değil mi Sema Hanım? dedi. Elbette hatırlamanız çok zor, tam yirmi beş yıl oldu. Ben Linda, Linda Cliff. Yirmi beş yıl önce öğrenci değişim programı çerçevesinde İstanbul'a gelmiştim. Sizinle, Bedirhan'la ve tabii ki Celal'le orada tanışmıştık.

Sema hayal meyal hatırladığı o genç kadının şimdi karşısında duran kadın olduğuna inanamadı. Ancak kesinlikle bu oydu, Linda'ydı. O zamanki uzun kumral saçlarının yerini şimdi kısa kesilmiş, kızıla boyalı saçlar almıştı ama uzun boyu, ince ve düzgün vücudu, griye çalan yeşil gözleriyle yanındaki kişi kesinlikle Linda'ydı. Sema iki eliyle Linda'nın elini avuçlarının arasına aldı, mahcubiyetle karışık bir sevinçle,

– İnanamıyorum, dedi, gerçekten sen osun, tanıyamadığım için affet lütfen, çok şaşkınım şu anda. Aradan çok zaman geçti, son zamanlarda aklım pek yerinde değil doğrusu. Seni gördüğüme çok sevindim Linda.

– Ben de öyle Sema, gerçekten ben de seni gördüğüme çok sevindim; tabii bu şekilde görüşmüş olmaktan çok üzgünüm. Başka koşullarda seni görseydim tanıyamazdım muhtemelen. Bir müddet bizim merkezde çalıştıktan sonra şu anda İzmir'de doktorluk yapan ortak bir arkadaşımızdan öğrendim Bedirhan'ın durumunu. Dr. Nilgün Ceylan'dan söz ediyorum. O da belki bir umut olur diye bizimle temasa geçti, aslında araştırmadan onun da haberi yok. Yani tesadüfen öğrendim Bedirhan'ın durumunu. Sonra dosyasını senden istedik, dosya bizim merkeze ulaştığında doğal olarak ben de değerlendirmeye katılan ekibin arasındaydım. Bedirhan'ın buraya getirilmesi konusunda araştırma ekibini ikna etmem zor olmadı.

– Demek bu nedenle bu kadar hızlı onaylandı naklimiz. Nilgün'ün ve senin çabalarınız olmasa burada olmayabilirdik, o da sağ olsun.

– Nilgün buna vesile oldu tabii, yoksa haberimiz olmayabilirdi. Bedirhan'ın sağlık durumu araştırmamıza çok uygundu zaten, ben süreci biraz hızlandırdım sadece. Araştırmadan çok, Bedirhan'ın sağlığı için önemsedim bunu. Bedirhan benim için çok özel bir insan, onun çok yardımını gördüm. Kendimi hep ona borçlu hissetmişimdir, şimdi belki benim de ona birazcık yararım dokunabilirse mutlu olacağım.

Sema, Bedirhan'ın Linda'dan kendisine söz ettiğini hatırlamıyordu. Linda aslında üniversitenin son senesinde kısa bir dönem Celal'le beraber olmuştu. Celal'le Linda başlangıçta çok iyi sevgiliydiler diye hatırlıyordu Sema. O günlerde birkaç kez hep birlikte yemeğe falan gitmişlerdi. Ama bir müddet sonra Celal'le Linda ayrılmış, Linda da ortadan kaybolmuştu. İrlanda'ya, memleketine geri döndüğünü söylemişti Celal. Hatırladığı kadarıyla bu ayrılık meselesi Celal'le Bedirhan'ın arasını açmış, yine uzun süre küs kalmışlardı. Sema olan bitenlerden bir şey çıkaramasa da bir tuhaflık sezmişti o zamanlar ama kimse kendisine bir şey anlatmamıştı. Linda gidince bir süre sonra mesele unutulmuştu zaten. Acaba Linda'yla Bedirhan bu geçen yıllarda görüşmüş olabilirler miydi? Bedirhan'ın Linda'ya ne tür bir yardım etmiş olabileceğine dair en ufak bir fikri yoktu çünkü. Fakat şimdi bu konuyu da deşmenin sırası değil diye düşündü, önemli olan Linda'nın orada bulunmasıydı ve bu Bedirhan için çok iyi olacaktı. Linda konuşmasına devam etmeden önce kahvesinden bir yudum daha aldı ve

– İstanbul'dan sonra Londra'da tıp eğitimime devam ettim, dedi. Bir müddet Berlin'de nöroanatomi uzmanlığı eğitimi aldıktan sonra Dublin'e döndüm. Son iki yıla kadar orda doktorluk yapıyordum. Ancak Zürih'te bu araştırma ekibine katılma teklifi alınca hemen kabul ettim ve şimdi burdayım işte.

– Senin adına çok sevindim Linda. İstanbul'da olduğun zaman seninle pek fazla görüşemedik ancak hep güzel hatıralarla kalmışsın aklımda.

– Ah çok sevindim, benim için de farklı bir deneyimdi. Seni ve Bedirhan'ı hep iyi andım.

Celal'i saymamış olmasını normal karşıladı Sema.

– Ben de nöroşirurji uzmanlığımı tamamladım, sonrasında kısa bir süre Kanada'da eğitim aldım ve hep İstanbul'da çalıştım. Şimdi de böyle işte, dedi Sema gülümseyerek.

– Peki, ben seni daha fazla yormayayım, konuşacak çok zamanımız olacak nasılsa. Sen şimdi iyice dinlen. Sabaha hepimiz yoğun bir güne başlayacağız. Ben çok umutluyum Sema, sonuç alacağımıza inanıyorum.

– Umarım dediğin gibi olur, ben de ilk defa bu kadar umutluyum.

– Hadi bakalım, ben şimdi gidiyorum, birazdan oda servisi yemeğini getirecek ama istersen aşağıda güzel bir kafeteryamız var, orda da yiyebilirsin.

– Teşekkür ederim, odada kalmayı tercih ederim.

– O halde görüşürüz yarın.

– Görüşürüz Linda.

Sema odasında yemeğini yedikten sonra yoğun bakım servisine gidip Bedirhan'ı kontrol etti, durum normal görünüyordu. Bedirhan her şeyden habersiz derin uykusundaydı yine. Gerçi Sema onun beyninin dış dünyayı kısmen algılıyor ama tepki vermiyor olabileceğini de her zaman hesaba katıyordu. Kimbilir belki Bedirhan iki aydır bütün olup bitenlerin farkındaydı. "Yarın bunu net olarak anlayacağım," diye düşündü. Heyecan verici bir deneyim olacaktı; kendi beyni ile Bedirhan'ın beyni birbirine bağlanacaktı. Kendi bilinç dünyası Bedirhan'ın bilinç dünyası ile birleşecekti. Bedirhan'ın aklından geçen ne varsa –tabii eğer varsa– görebilecek ve tek beyinmiş gibi hareket edebileceklerdi. Bedirhan'ın bilincinin açılması için onunla aynı hayal dünyasının içinde kalıp ona yardım etmeye, sorunların kaynağını bulup onları çözmeye çalışacaktı. Görünürde Bedirhan'ın beyninde organik bir sorun kalmamıştı. Geriye sadece nöropsikolojik ihtimaller kalıyordu. Bunu da beynin içine, hafıza merkezine girerek kendisi bulmaya çalışacaktı.

Odasına dönmeden önce kocasına bir daha baktı, kulağına eğilerek "Bekle Bedo, yarın görüşüyoruz aşkım, yanına geliyorum," dedi.

14

Sema hastane odasında geceyi iyi uyuyamadan geçirdi. Sabaha kadar birkaç defa uyanmış, içindeki tedirginliği atmaya çalışarak her seferinde yeniden uyumaya zorlamıştı kendini. En son telefonunun alarmıyla uyandığında Zürih'in gri aydınlığı odasının turuncu stor perdelerinden içeri sızıyor, oda bir fotoğraf stüdyosunun karanlığını andırıyordu. Hızlıca duş aldıktan sonra beraberinde getirdiği rahat kıyafetlerinden birini üstüne geçirip dışarı çıktı. Bir kat aşağı inip bahçeden kliniğe giden cam tünelden yan binaya geçti. Toplantı odasına vardığında kapı açıktı, içeri girdi. Sağlık ekibinin tamamı gelmişti. Linda'yla ve diğerleriyle selamlaştıktan sonra kendisine uzatılan bir bardak suyla birlikte toplantı masasının kenarındaki boş sandalyelerden birine oturdu. Altı kişilik ekibin proje şefi İsviçreli profesör hafifçe öksürerek toplantının başlayacağını haber verdi. Sema diğer doktorların önündeki kupalardan yayılan taze kahve kokusunu ciğerlerine çekti, midesinin kazındığını hissetti ama ameliyat öncesi bir şey yememesi gerekiyordu. Önündeki bardaktan bir yudum su içip geriye yaslandı.

Profesörün işaretiyle doktorlardan biri ışığı kapattı. Şimdi sadece duvara yansıyan slaytın aydınlattığı odada ameliyatın ve sonrasında yapılacak olan seansların detaylarını konuşacaklardı. Profesör araştırmanın geçmişini ve geldiği aşamayı bir kez daha özetledikten sonra duvara yansıyan görüntüler eşliğinde operasyonun detaylarını anlatmaya başladı. Sema projeyi kabaca zaten biliyordu, yöntemin nasıl uygulanacağına daha ilk andan itibaren hakimdi. Ancak ameliyat öncesi son bir defa bütün ekiple birlikte detayları gözden geçirmek yararlı olacaktı.

Profesör ilk olarak ameliyat aşamasında yapılacaklara değindi. Sema'nın da beyin cerrahı olması nedeniyle tıbbi terimler kullanarak yapılacakları kısaca anlattı. Buna göre, Bedirhan ve Sema'nın kafatasının üzerine organik olarak üretilmiş kıkırdak dokulu yarı saydam bir kask yerleştirilecekti. Bu şekilde beynin içindeki nöronal aktivitelerin ölçülmesi ve beyne dışarıdan biyoelektriksel uyarılar gönderilmesi çok daha kolay olacaktı. Böylelikle hasta ve donör arasındaki biyoelektrik etkileşim eşzamanlı gerçekleşebilecekti. Bedirhan ve Sema aynı anda ameliyata alınacak, iki farklı ameliyat ekibinin gerçekleştireceği operasyon yaklaşık üç saat sürecekti. Ameliyat sonrasında hastanın bilincinin açılması beklenmiyordu ama her halükarda Sema'nın uyanması için beklenecekti. Normal koşullarda en geç iki saat içinde Sema kendine gelmiş olmalıydı. Bu aşamadan sonra yapılacak tetkikler sonucunda bütün değerlerin normal olduğu anlaşılırsa zaman kaybetmeden seanslara geçilecekti. Hastayı ve Sema'yı üç günden fazla yapay kaskla tutmak riskliydi, bu süre sonunda sonuç alınmamış olsa dahi operasyona son verilmesi gerekiyordu. Dolayısıyla seanslar için önlerinde üç gün olacaktı. Her seans en fazla bir saat sürecek, seanslar arasında değerlendirme, dinlenme ve kontrol süreleri olacaktı. Bir gün içerisinde azami üç seans yapılacak, üç gün sonunda Bedirhan ve

Sema'nın beyinleri toplam dokuz defa birbirine bağlanacaktı. İki beyni birbirine bağlayacak cihaz yan yana duran iki MR cihazını andırıyordu. Bedirhan ve Sema bitişik yataklara yatırılacak, küre şeklindeki iki ayrı cihazın ortasındaki delikten kafaları omuzlarına kadar içeri sokulacaktı. Bütün ekip, aktiviteleri seansın yapılacağı odanın camdan duvarının arkasından ve önlerindeki gelişmiş bilgisayarlardan takip edecek, Sema'yla karşılıklı diyalog içerisinde seansa yön vermeye çalışacaktı. Bu nedenle ekipte cerrahların yanı sıra bir nöropsikolog, bir psikolog, bir nörofizyolog ve anestezi uzmanı vardı. İki beyin cihazlarla birbirine bağlandıktan sonra Bedirhan'ın beynine dışarıdan gönderilecek uyarıcı elektriksel sinyaller sayesinde hastanın hayal kurmaya başlaması sağlanacak, bu esnada Sema da Bedirhan'ın beyninde gerçekleşen bütün nöronal faaliyetleri cihaz sayesinde algılayacak ve böylece Bedirhan'ın kurduğu hayali ve düşündüğü her şeyi kendi beyninde gerçekleşiyormuş gibi görecekti. Bedirhan'ın hayal kurup kuramayacağı, kurarsa nasıl bir hayal kuracağı önceden kestirilemeyeceği için burada Sema'ya önemli bir rol düşüyordu. Sema'nın Bedirhan'ın bilincinde oluşan düşüncelere ilk etapta çok fazla müdahale etme şansı olmayabilirdi. Bedirhan kendi hayalinde normal olarak özgür ve sınır tanımaz olacak, Sema sadece küçük müdahalelerle bu düşüncelere yön vermeye çalışacaktı. Bedirhan hayal gördüğünün farkında bile olmayacaktı; uyanıkken kurulan gündüz düşünden bile daha gerçekçi olacağından, rüyadan farklı bir süreçle karşılaşılacaktı. Seanslar boyunca bilinçteki sorunları tespit etmeye, araştırma ekibinin yardımıyla Bedirhan'ı dışardan telkinle yönlendirmeye, bilincini açmaya çalışacaklardı. Her seans sonrasında Sema yaşadıklarını bütün ekibe anlatacak ve ortaya çıkan sorunları çözmek için yeni yöntemler denenecekti. İlk seans sonrasında Bedirhan'ın gerçek zaman ile hayal dünyasındaki zaman akışında süre farkları da hesaplanabilecekti. Hayal kurarken beyin çok daha hızlı çalışıp gerçek zamanla kendini sınırlamadığından, hayal süresince geçen bir gün, gerçek zamanda 5 ila 7 dakikaya tekabül ediyor olacaktı. Seans sırasında karşılaşılabilecek herhangi bir komplikasyona karşı ameliyat ekibi ve ameliyathane sürekli hazır bekletilecekti. Seansın herhangi bir aşamasında Sema hiçbir gerekçe belirtmeden işlemin sonlandırılmasını isteme hakkına sahipti. Hayati bulgularda bir anormallik tespit edilirse sağlık ekibi işleme son verebilecekti.

Buna benzer birçok detay toplantı boyunca ele alındı, tartışıldı. Her halükarda belli riskler içeren bu deneysel operasyonun başarısı için bütün ekibin motive olduğunu görmek Sema'yı biraz daha rahatlatmıştı. Bedirhan için her türlü riski almaya kararlı olan Sema'nın tavrı, araştırma ekibinde kendisine karşı büyük bir saygı ve sempati oluşturmuştu. Toplantı bittiğinde ortamdaki resmiyet ve gerilimin yerini sıcak bir dostluk havası aldı. Sema'yla bütün ekip kader birliği etmişçesine bir anda yakınlaştılar. Sema artık ameliyata her açıdan hazır olduğunu hissediyordu. Toplantıyı bitirip Sema'nın yarım saat kadar dinlenmesine imkân verdiler; sonrasında hemen operasyon hazırlıklarına başlanacaktı.

Sema'nın saçları kazındı. Sonra ameliyat önlüğü giydirilip sedyeye yatırıldı. Ameliyathaneye götürülürken, koridor boyunca tavandaki lambaları sayarak üzerindeki tedirginliği atmaya çalıştı Sema, bu şekilde kendi ellerine teslim edilen yüzlerce hastayı düşündü. Ameliyat masasına doğru götürülürken onların da aklından benzer şeyler geçmişti muhtemelen;

onlar da her saniye ölüme biraz daha yaklaşıyor olma duygusunu yüreklerinde hissetmişlerdi muhakkak. Aslında hastalarının tümüne iyi davrandığını düşündü Sema. Ama şimdi ameliyat odasının soğukluğunu bütün vücudunda hissedince bu noktada tam da emin olamadı. Çünkü doktorlardan birinin gelip elini tutmasını ve "Korkacak bir şey yok," demesini, elini okşayıp teselli vermesini bekliyordu ki kendisi hiç yapmamıştı bunu. Anestezinin etkisiyle kendinden geçinceye kadar bu beklentisi devam etti. Ameliyathanenin ışıkları bulanıklaştı, Sema derin bir uykuya daldığını fark edemeden gözleri kapandı.

Gözünü açtığında sislerin arasındaki flu görüntülerin ne olduğunu seçmeye çalıştı. Birkaç saniye sonra bu görüntünün yatağın etrafında dizilmiş sağlık personeli olduğunu anladı. Ameliyat başarılı geçmiş, kendisine ve Bedirhan'a yapay kask nakli sorunsuz bir şekilde gerçekleştirilmişti. Şimdi biraz dinlendikten sonra zaman kaybetmeden seanslara başlamaları gerekiyordu. Doktorun sesi derinden geliyor gibiydi ama yine de bunları duymak çok güzeldi Sema için.

Beş saat sonra seans odasına götürüldüğünde göz ucuyla yan tarafında uzanan Bedirhan'ı görebiliyordu. Organik kask yarı saydam bir kıkırdaktan oluşuyordu, üzerine elektrotlar yerleştirilmişti. Kendini göremiyordu ama aynı durumda olduğunu biliyordu. İkisi de cihazın içine kafaları tümden yerleşecek şekilde konumlandırıldılar. Vücutlarının her yerine çok sayıda elektrot bağlıydı. Odanın tüm ışıkları kapandı, ortam şimdi zifiri karanlıktı. İçeride sadece cihazların çıkardığı hafif bir vınlama sesi vardı. Birazdan işlem başlatılacaktı. Sema odadaki hoparlörden profesörün güven veren sesini duydu. Sema'ya "Hazır mısın?" diye soruyordu. "Hazırım," dedi Sema ve cihazın vınlaması giderek artmaya başladı. Sema başının döndüğünü, midesinin bulanmaya başladığını hissetti. Zihninde bir görüntü belirdiğinde şu anda bunu düşünüyor olmak tuhafına gitti. Ama bu düşüncenin kendine ait olmadığını anladığında hafiften bir çığlık atarak "Aman Allah'ım, Bedirhan!" dedi heyecanla.

DÖRDÜNCÜ BÖLÜM

15

Sema ilk etapta düşüncelerini toparlamakta zorlandı. Kocasını kaybetme korkusuyla, stresle, umutsuzlukla, kederle geçen zorlu iki ayın sonrasında Bedirhan'ın beyninin içinde olmak bir anda aşırı heyecanlanmasına yol açmış ve daha ne olduğunu doğru dürüst anlayamadan refleks olarak sesli konuşmuş, bu da bağlantının başlar başlamaz kopmasına neden olmuştu. Oysa hiçbir şekilde konuşmayacak, sadece düşünceleriyle sürece dahil olacaktı. Sema'nın ilk algıladığı görüntü kendisinin yirmili yaşlardaki haliydi ve bir yolcu otobüsünde seyahat ediyordu. Otobüste kendisine tanıdık gelen kimse yoktu. Görüntüde Bedirhan'ı da görememişti. Bedirhan Sema'nın yirmili yaşlardaki genç halini hayal ediyordu. Bu görüntüleri araştırma ekibiyle paylaştıktan sonra cihazı yeniden çalıştırıp yeni bir seansa geçtiler. Bu defa Sema daha dikkatli bir şekilde ve müdahale etmeden izlemeye başladı. Görüntü aynı şekilde otobüsün içinden devam ediyordu. Bu düşüncelerin ne kadarının kendisine, ne kadarının Bedirhan'a ait olduğunu bilemiyor, bunları birbirinden ayırt edemiyordu. Ama hayal gücünün bütün akışının Bedirhan'ın beyninde cereyan ettiğini, kendisinin bir izleyici gibi buna dışarıdan baktığını tahmin edebiliyordu. Görüntüde Sema cam kenarında oturuyor, dışarıyı seyrediyordu. Bir an görüntüdeki Sema'nın başını çevirdiğini hayal etti ama hayaldeki Sema dışarıya bakmaya devam ediyordu. Demek ki buna tek başına kendi beyni karar veremiyordu. Buna benzer birkaç deneme daha yaptı ancak Bedirhan'ın düşünceleri kendi akışı içerisinde bildiği gibi devam ediyordu. Böylelikle doğrudan müdahale şansının olmadığını anladı. Hayale dahil olmanın başka yollarını bulmak zorundaydı. Bir an, "Uyan Bedirhan, bak ben yanındayım," dememek için zor tuttu kendini. Bu şekilde kendi zihninden başka şeyler geçirince konsantrasyonunu kaybetti; görüntü bir anda bulanıklaştı, sonrasında da bağlantı koptu.

Sema bu seansta gördüklerini ve yaşadıklarını ekibe aktardı. Birlikte yaptıkları değerlendirmeler sonrasında Bedirhan'ın düşünce akışına müdahale etmeden bir süre izlemeye ve hayale başka karakterlerin de aktif olarak dahil olması halinde onlar aracılığıyla müdahale etmeye karar verdiler. Üçüncü seansta cihaz açılır açılmaz kendini gene otobüsün içinde buldu Sema. Otobüs durmuştu, bir otogardaydılar ve muavin son durağa geldiklerini bildiriyordu. İstanbul Esenler Otogarı'ydı burası. Sonrasında yazıhanedeki adamla konuşuyor ve sosyal yardım merkezini aramak için otogardan çıkıyordu. Sema'nın yolda adres sorduğu adam Bedirhan'ın genç haliydi. Ancak nedense Bedirhan kendini, tanımadığı, yabancı, kör bir adam olarak hayal etmişti. Ayrıca Bedirhan, hayalindeki Sema'yı Zeliha olarak isimlendirmeyi tercih etmişti. Yani Bedirhan kendi hayalinde karısının yirmi yaşındaki haline Zeliha diyordu. Kendini de kör bir avukat olarak görüyordu. Sema bu aşamada seansa ara verilmesini istedi çünkü tam olarak ne yapacağını kestiremiyordu. Gördüğü şeyleri ekiple paylaştı, hep birlikte Bedirhan'ın hayalini yorumlamaya çalıştılar. Görünüşe bakılırsa Bedirhan'ın hafızasında bir karışıklık söz konusuydu. İsimleri ve kişileri birbirine karıştırıyor olabilirdi. Ancak Bedirhan'ın, hayalinde hedef olarak Zeliha'nın bir an önce mutlu olmasını belirlediğini fark edince bunun üzerinde ayrıca durdular. Sağlık ekibinin yorumu, bunun bir takıntıdan kaynaklanmış olabileceği şeklindeydi. Hayal süresince buna benzer takıntılarla karşılaştıkça sorunu bir an önce aşmak açısından Bedirhan'a yardımcı olması için Sema'ya bazı önerilerde bulundular. Sema Bedirhan'a hayalindeki amacı konusunda yardım edecek, bunu da hayaldeki kör adam aracılığıyla gerçekleştirecekti. Yine nöropsikologun yaptığı yoruma göre Bedirhan'ın beyninin hayal kurmaya başladığı ilk anda hedef olarak mutlu olmayı belirlemesi bir tesadüf değildi. Çünkü Bedirhan'ın beyni uzun süredir serotonin* salgılamayı azaltmıştı. Açığı gidermek için de bu hormonu salgılamaya odaklanmıştı. Bedirhan'ın uyanabilmesi için bu önemli bir noktaydı.

Seans sırasında seratonin aktivitesini arttırmaya karar verdiler ama bunun beyin tarafından algılanıp kabul edilme ihtimali zayıftı. Asıl Bedirhan'ın beyninin kendi serotoninini üretmesi sağlanmalıydı. Yeterli miktarda serotonin üretebilirse nöronlar vasıtasıyla bu mesajlar beynin ve vücudun diğer bölgelerine iletilebilirdi. Bu durumda beyindeki biyoelektriksel aktiviteler yeniden bir düzene girerek bilinç ve hareket kaybını giderebilirdi. Ayrıca Bedirhan'ın mutlu olmak için Zeliha'yı yani aslında Sema'yı seçmiş olması da muhtemelen

---

* Serotonin: Sinir hücreleri tarafından salgılanan, bu hücreler arasındaki sinyal akışında rol alan, aynı zamanda vücudun çeşitli sistemlerinde de üretilen, kişiye mutluluk ve canlılık veren bir hormon. Mutluluk hormonu.

tesadüf değildi. Bu, geçmişten kaynaklı bir takıntıyla ilgili olabilirdi. Bedirhan hayalinde Sema'nın mutlu olmasını istiyordu, belki de Sema'yı yeterince mutlu edemediğini düşünmesi onu böyle bir hayale itmişti. Yine Sema'ya neden Zeliha dediğini de tespit etmeleri gerekecekti. Özcesi, Bedirhan'ın beyninin mutluluk hormonu salgılayabilmesi için hayalindeki Zeliha'nın yani Sema'nın mutlu olması gerekiyordu. Bu çok kolay da olabilirdi, imkânsız da; her şey tümüyle Bedirhan'ın bilinçaltına bağlıydı. Tabii Sema da seans sırasında kolaylaştırıcı olmaya, yardım etmeye çalışacaktı. Sema bütün söylenenleri kafasında yeniden değerlendirdi. Kendini bir an çok çaresiz hissetti. Yine de sonraki seans için hazırlıklara başladılar.

Bir sonraki seansta Zeliha kör adamla tanıştı, kör adamı avukat Mutlu olarak bildi. Sema burdaki karışıklığı da anlıyordu. Ama düzeltmek için vakit erkendi. Onun yerine Mutlu aracılığıyla Zeliha'yı yönlendirmeye, ona yardım etmeye çalıştı. İlk seferinde Zeliha'yı Mir Kafe'ye ve evlerine kadar götürmeyi başardı. Burda Bedirhan'ın gerçek kimliğini hatırlaması için bazı müdahaleler yaptı ama Bedirhan çocukların fotoğrafını görür görmez şoka girip bağlantıyı kesti. Sonraki denemede televizyon ekranından Sema'nın ve çocukların görüntüsünü izlerken tekrar şoka girdi ve seans sonra erdi. Ekip yaptığı değerlendirmede Bedirhan'ın çocuklara ve özellikle Deniz'e dair ciddi bir travma yaşadığını ve muhtemelen bunun trafik kazası esnasında oluştuğunu tespit etti. Bedirhan zaten o andan itibaren bilincini kaybetmiş ve bir daha uyan-mamıştı. Muhtemelen Deniz'in öldüğüne inanıyor ve bununla yüzleşmek istemiyordu. Bu da aşılması gereken sorunlardan biriydi. Bu durumda başka yöntemler üzerinde çalışmak ve yoğunlaşmak gerekecekti. Bedirhan'ın uyanabilmesi için kafasında takılıp kalmış veya karmaşaya yol açmış bütün çelişkilerin çözülmesi de gerekebilirdi ayrıca.

İlk günün yorgunluğu nedeniyle seanslara ara verip dinlenmeye karar verdiler. Bedirhan ve Sema ayrı ayrı yoğun bakım odasına alındılar. Linda Sema'nın yattığı odaya gelerek elini tuttu ve her şeyin iyiye gittiğini görmekten memnun olduğunu söyleyerek ona moral vermeye çalıştı. Biraz dinlenmesi için şimdi gideceğini ama seansta yaşanan bazı şeylerle ilgili olarak kendisiyle baş başa konuşmak istediğini belirtti. Sema da bekleyeceğini söyleyip Linda'ya teşekkür etti. Birkaç dakika sonra uykuya daldı.

Uyandığında duvardaki saate baktı: Üç saate yakın uyumuştu. Linda da odanın cam kapısından görünen dışarıdaki koltukta kıvrılıp dalmıştı. Hemşireler Sema'nın uyandığını fark edince Linda'yı da uyandırdılar. Linda hemen içeri girip,

– Nasılsın, kendini iyi hissediyor musun? diye sordu.

– Evet, dedi Sema, biraz dinlenmiş gibiyim.

– Çok iyi, o halde seans odasına geçmeden önce sana anlatmam gereken önemli bir şey var. Çünkü Bedirhan'ın hayalindeki karmaşayı giderebilmen için doğru bilgilere sahip olman lazım.

– Doğru bilgilere sahip olmadığımı mı düşünüyorsun? diye şaşırarak sordu Sema.

– Sanırım öyle. Avukat Mutlu'nun kim olduğunu biliyor musun?

– Evet tanışmıştım. Bedirhan kaza yaptığı gün hastaneye gelmişti. Bedirhan'ın avukatıymış, yirmi beş yaşlarında genç bir kadın, kör bir avukat. Bedirhan hayalinde kendini onun ismiyle ve kör olarak tanımladı nedense.

– Mutlu'yla tanıştığını bilmiyordum. Tanışmış olmana sevindim ama, dedi Linda.

– Sen biliyor musun Mutlu'yu, tanıyor musun yani?

– Nasıl söylesem bilmiyorum, uzun bir hikâye aslında.

– Seanstan önce anlatamayacağın kadar uzun mu?

– Yok değil, sana mutlaka anlatmam lazım.

Linda bir an sessiz kaldı, gözlerinde derin bir keder, yüzünde o ana kadar görülmeyen bir hüzün belirdi. Arkasından titreyen bir sesle,

– Şey..., dedi, Mutlu benim kızım.

16

Sema yanlış anladığını düşünerek,

– Kızım mı dedin? diye sordu şaşkınlıkla.

– Evet, kızım. Bunu anlatabilmek benim için kolay değil Sema. Yıllarca bunun acısı ve utancıyla yaşadım. Zamanla alışacağımı, normalleşeceğimi düşündüm hep. Ama öyle olmadı, bunu tarif etmek gerçekten çok zor. Geçmişte yaşadıklarımı ne kadar yok saymaya çalışsam da içimde bir yerlerde hep vardı. İkili bir hayat yaşadım bu süre boyunca, iki kişilikli hissettim kendimi. Bir tarafım hep karanlık ve lanetlenmiş gibiydi. Asla huzur bulamayacağımı biliyordum zaten. Senin Bedirhan'ı buraya getirmeye karar verdiğini duyduğumdan beri bu gerçekle yüzleşmek zorunda kalacağımı hissetmiştim. İnsan geçmişini gittiği her yere beraberinde götürüyor, kaçış mümkün değil. Bedirhan'ın kurduğu hayalde Mutlu'nun da olması benim için bir mesajdır aslında, artık bununla yüzleşmenin zamanı geldi. Hiç kimse için değilse bile Bedirhan için bunu yapmalıyım Sema. Benim için ne gibi sonuçlar doğuracağının hiç önemi yok.

Linda ayağa kalkıp koltuğu Sema'nın yatağına iyice yaklaştırdı. Yüzü bembeyaz olmuştu. Sema da soluk alıp verişinin hızlandığını hissediyordu. Bu konunun dönüp dolaşıp Bedirhan'a gelmiş olması tedirginliğini arttırmıştı. Yine de Bedirhan'ın sağlığı için her şeyi öğrenmeye ve yapmaya hazırdı. Linda derin bir iç çekip devam etti:

– Okul için İstanbul'a geldikten bir müddet sonra Türkiyeli öğrencilerle tanışmaya, onlarla kaynaşmaya başladım. Zaten değişim programının bir amacı da o ülkenin kültürünü tanımaktı. Bu nedenle büyük bir hevesle olabildiğince çok insanla tanışmaya gayret ediyordum. O zamanlar sizin üniversitelerde çok sık öğrenci eylemleri yaşanıyordu. Bir İrlandalı olarak bu eylemler ilgimi çekiyor, uzaktan da olsa izleyerek anlamaya çalışıyordum. Yine üniversite kampüsündeki bir eylem sırasında polisle çatışma yaşandı, öğrenciler sağa sola kaçışmaya başladılar. Ben ve bir arkadaşım az ileride bankta oturmuş, olanları izliyorduk. Öğrencilerden ikisi bize doğru kaçıyordu. Polisten kurtulabilmek için aniden banka, bizim yanımıza oturdular. İkisi de nefes nefeseydiler. Gözleriyle adeta bizden yardım istiyorlardı. Az ilerden bir grup polis koşarak geliyordu. Bir an kalkıp tekrar kaçmaya yeltenseler de geç kalmışlardı artık. Ben o anda fazlaca düşünmeden yanıma oturan çocuğu öpmeye başladım. İlk anda afalladı ama gözlerime bakınca hemen anladı. Biz bu şekilde öpüşürken arkadaşım diğer çocuğa sarıldı, onlar da öpüştüler. Polisler yanımızdan geçerken biraz durakladılar, sonra geçip gittiler. Evet benim o gün öptüğüm ve polisten kurtardığım çocuk Celal'di, yanındaki arkadaşı da Bedirhan. İkisi bize çok saygılı bir şekilde teşekkür edip gittiler. Celal ertesi gün gelip beni buldu, tanışıp çıkmaya başladık. Hatırlarsan sizlerle bir iki defa yemek yedik ama seninle çok fazla konuşmadık. Zaten Bedirhan da Celal'le ilişkimizi uygun bulmuyordu. Ben bir yıllığına İstanbul'a gelmiştim, sonrasında dönecektim. Sanırım Bedirhan sonu baştan belli bir ilişkiye girdiği için Celal'e kızgındı. O zamanlar bile ikisinin birbirine ne kadar bağlı olduğunu fark edebiliyordum. Celal'i tanıdıkça daha çok sevdim, âşık oldum. Onunla bir ömür geçirecek kadar bağlandım. İrlanda'ya geri dönmeme bir ay kala hamile olduğumu öğrendim. Doğrusu önce dünyam yıkılır gibi oldu ama bunun Celal'le aramızdaki ilişkinin ömür boyu sürmesini sağlayacağını düşünerek rahatladım. Utana sıkıla bunu Celal'e söyledim. İşte o anda bütün hayatım değişti, başka bir yöne akmaya başladı. Ben safça Celal'in çok sevineceğini düşünüyordum, ama Celal'in tepkisi bambaşka oldu. Önce şaka yaptığımı, sonra yalan söylediğimi iddia etti. Öfkesi, bağırıp çağırması halen kulaklarımda. Deliye dönmüştü, öyle ki "Bu çocuğun benden olduğu ne belli?" diyecek kadar ileri gitti. En son, gözlerini belertip "Bu çocuğu aldıracaksın," dedi.

Anlatırken Linda'nın gözleri dolmuştu, o anı yeniden yaşıyormuşçasına koltukta bir ileri bir geri sallanıyordu. Sema duyduklarına inanamıyor, yirmi beş yıldır Bedirhan ve Celal'in bunu kendisinden saklamış olmasına da içten içe öfkeleniyordu.

– O gün Celal kafede beni öylece bırakıp gitti, arkasına bile bakmadan. Kendimi o anda çok kötü hissettim, bir hiç gibi, hatta hiç bile değil. Kadın olduğum için lanet ettim kendime. Erkek olunca öylece çıkıp gidebiliyorlardı işte, hiçbir şey olmamış gibi yepyeni bir hayata başlayabiliyorlardı. Yolda yürürken kimse onların bir kadını hamile bırakıp terk ettiğini anlamıyordu tabii ki, ne büyük rahatlıktı bu. Benim için durum o kadar kolay değildi. Nereye gidersem gideyim çocuğum karnımdaydı ve bir süre sonra karnım büyüyecekti. Tahmin edebileceğin gibi büyük adaletsizlikti bu. Günlerce eve kapanıp ağladım. Çocuğu aldırmak bir an bile aklımdam geçmedi. Ben Katolik bir ailede büyüdüm. Bizim inancımızda ve kültürümüzde kürtaj yoktur. İnancım bir yana, çocuğumu aldırmayı asla düşünmedim. Birkaç gün sonra kendimi toparlayıp bir plan yaptım. İstanbul'da kalış süremi biraz daha uzatıp çocuğu doğurduktan sonra İrlanda'ya dönmeye karar verdim. Geçici bir iş buldum ve çalışmaya başladım. Okulu mazeret izni alarak bıraktım. Celal'i asla ama asla bir daha görmeyecektim. Bana ve çocuğuma ne olduğunu öğrenemeyecekti. Buna hakkı yoktu, hiçbir şekilde onu affetmeyecektim. Çocuk doğduktan sonra bir yetimhaneye bırakacaktım; başka çarem yoktu, kucağımda babasız bir bebekle eve dönemezdim. Sonunda her şey planladığım gibi gitti. Ama doğum yaklaşınca kaygılarım ve korkularım da arttı. Çok gençtim, yardım isteyebileceğim kimsem yoktu. İşte o anda Bedirhan geldi aklıma. Çok iyi yürekli ve güvenilir biri olduğunu biliyordum. Gittim buldum onu. Her şeyi anlattım ve söz vermesini istedim. Olanları kimse bilmeyecekti, özellikle Celal'e asla söylemeyecekti. Biliyorum, şimdi düşününce aptallık gibi geliyor ya, o anda Celal'in çocuğumu bilmesini kesinlikle istemiyordum ki haklı gerekçelerim vardı. Hatta Celal'in bir şekilde çocuğuma kötülük yapabileceğini bile düşünüyordum. Bedirhan çok öfkelendi haliyle. Celal anlaşamayıp ayrıldığımızı, benim de ülkeme döndüğümü söylemişmiş ona. Hiç şaşırmadım tabii ki, ne de olsa her geçen gün karnı şişip yalanı ortaya çıkmayacaktı. Dünya erkekler için avantajlarla, avantalarla doluyken kendine devrimci diyen bir erkeğin de bunlardan faydalanması onun en doğal hakkıydı!

Bedirhan bana çok yardımcı oldu Sema. Doğum anıma kadar yakından ilgilendi. Doğduğunda çocuğumu kucağıma almak istemedim, kokusu bir defa ciğerlerime dolarsa bir daha çıkmaz diyordum. Ama yanıldım, o koku zaten hep içimdeydi, tek bir gün bile unutamadım onu.

Bedirhan benim önceden hastanede imzaladığım belgelerin de yardımıyla çocuğumu alıp yetimhaneye yerleştirdi. Birkaç hafta sonra da ben İrlanda'ya döndüm. Bedirhan beni yolculamaya geldi. Çocuğumla ilgileneceğine, onu sürekli gözeteceğine ve hayatı boyunca takip edip yardımcı olacağına söz verdi. Ona yürekten inandım, nitekim öyle de oldu. Yıllar içinde kızıma hep kol kanat gerdi. Biraz büyüyünce onu yetimhaneden aldırıp yaşlı bir çiftin yanına evlatlık olarak verdi. Mutlu onu hep amcası gibi bildi. Bedirhan onun okul hayatıyla, eğitimiyle yakından ilgilendi. Her yıl benim gönderdiğim hediyeleri kendisine ulaştırdı ama sırrımızı da korudu. Ona ne benden ne Celal'den söz etti. Mutlu yetim olduğuna inanarak büyüdü.

Evet, kızım doğuştan kördü, bunu ben çok sonraları öğrendim. İlk beş yıl arayıp sormaya cesaret edemedim. Bedirhan'la yeniden temasa geçtiğimde kızım artık beş yaşındaydı. Sonra Bedirhan her yıl fotoğraflarını gönderdi. Kızıma adını da Bedirhan koydu. Kör olduğunu öğrenince inadına nüfusa Mutlu Açıkgöz diye kaydettirdi. Mutlu'nun sonraki bütün fotoğrafları halen evimde gizli bir kutudadır.

Anlatırken Linda'nın gözlerinde yaş birikmiş, dökülmeye hazır gibi titreşiyordu. Eliyle ıslak gözlerini kuruttu, derin bir nefes aldıktan sonra devam etti:

– Bu arada ben İrlanda'ya dönüp eğitimimi tamamladım ve doktorluğa başladım. Evlendim, bir oğlum oldu, şimdi on altı yaşında. Babasıyla birlikte Londra'dalar. Bu proje için Zürih'e gelince ayrı düştük. Fırsat buldukça gidiyorum yanlarına. Tabii onların da bu sırrımdan haberleri yok. İnsan bir defa düğmeyi yanlış ilikleyince gerisi de öyle gidiyor. İstanbul'da yaşadıklarımı ailemden hep sakladım, söylemeye cesaret edemedim hiçbir zaman.

Böyle işte Sema. Mutlu'nun Bedirhan için önemini, anlamını tam olarak bilmen gerekiyor. Aksi takdirde hayalinde kurduğu dünyadan çekip çıkaramazsın onu. Mutlu da onun zihnine takılan konulardan biri. Tabii, Bedirhan'ın Mutlu'ya olan bağlılığı bununla sınırlı değil. Benim babam İrlanda Kurtuluş Ordusu direnişçilerindendi.

Ben daha dört yaşındayken babam hapse girdi. O dönemde İrlanda cezaevlerinde büyük açlık grevleri ve direnişler vardı. Bobby Sands ve arkadaşları açlık grevinde direnirken babam da aralarındaydı. Kısa bir süre sonra babam serbest bırakıldı. İçerde açlık grevi devam ediyordu. Açlık grevleri ve işkenceler nedeniyle içerde direnişçiler katledilince babam ve arkadaşları dışarıda eylem yaptılar. Bu eylemlerden birinde babam vurulduğunda ben altı yaşındaydım. Sonrasında büyük zorluklar içerisinde bir yaşamımız oldu. İşte, Bedirhan bundan dolayı da bana ve Mutlu'ya çok saygı duydu, sevgi besledi. Mutlu'yu bir devrimcinin torunu olarak ayrı sevdi. Ona hiçbir zaman Celal'in kızı olarak bakmadı. Ve ben şimdi Bedirhan'a olan borcumu azıcık da olsa ödeme fırsatı bulduğum için çok mutluyum. Bu bilgiler seans sırasında işine yarayabilir diye anlatmak zorundaydım Sema.

Sema pür dikkat dinlediği bu hikâyenin sonunda nemlenmiş gözlerini Linda'ya dikip minnetle,

– Hiç şüphen olmasın, çok işime yarayacak, dedi. Mutlu'nun hayaldeki karakterlerden biri olmasının nedeni şimdi daha iyi anlaşılıyor. Bedirhan ameliyat olacağı gün Celal ve Mutlu'yu ayrı ayrı hastaneye çağırmış, ikisine de çok önemli bir şey söylemesi gerektiğini iletmiş. Ama o gün trafik kazası olunca bunu söyleyemedi, bu kafasında bir sorun olarak takılıp kaldı. Aslında sana verdiği sözden caymak gibi bir durumda kalmayacaktı çünkü ölene kadar sırrını saklamış olacaktı. Ama o ameliyattan çıkmama ihtimalini düşününce bu sırla birlikte gitmek istemedi galiba. Şimdi her şey daha iyi anlaşılıyor. Tesadüfler hayatlarımıza yön vermeye devam ediyor Linda. Bedirhan hayalde Mutlu'ya bu sırrı açıklamak ve onu Celal'le tanıştırmak zorunda, yoksa zihnindeki bu travma çözülmeyecek. Ama bunu nasıl yapacağım? Hayalinde Celal'e hiç yer vermiyor ki.

Linda:

– Sanırım Celal'e olan öfkesi yüzünden onu yok sayıyor. Zihninin derinlerine gönderdi onu. Celal'i bir şekilde hayaline dahil etmesini sağlamamız gerekiyor Sema.

Sema biraz düşündükten sonra,

– Haklısın, dedi. Dur bakalım, bunun yolunu biliyorum galiba. Bedirhan Celal'dan bir söz almıştı, Celal'in önce onu yerine getirmesi gerekecek.

17

Sema seans için tekrar odaya alındığında iyice dinlenmişti. Kendini daha dinç ve zinde hissediyordu. Araştırma ekibiyle yaptıkları değerlendirmede bu defaki seansta Bedirhan'ın hayaline hiç müdahale etmeden işi oluruna ve akışına bırakıp izlemeye karar verdiler. Eğer hayaldeki Zeliha kendi sorunlarıyla baş edemezse bu durumda Sema tekrar devreye girecekti. Her takıntıyı ve travmayı tek tek tespit edip onları belli bir düzen içerisinde çözmeleri gerekecekti. Şimdilik Zeliha üzerinde yoğunlaşmaya ve hayalinde Zeliha ismine neden takıldığına odaklanmaya karar verdiler. Ayrıca, Bedirhan'ın hayalde mutlu olma çabasının da serotonin salgısı açısından hayati derecede önemli olduğunu unutmamaları gerekiyordu. Fırsatını buldukça mutluluk üzerine konuşmalarının yararlı olacağını, bu şekilde sırayla giderlerse taşların yerine oturabileceğini düşünüyorlardı. Sema ve Linda, Mutlu meselesini ekibe açmadılar; sadece Sema bu konuyu çözebileceğini belirtmekle yetindi. İkisi de cihaza yerleştirildikten sonra cihaz çalıştırıldı, vınlama sesi giderek arttı.

Zeliha gözlerini açtığında kaldırımda dikilmiş, caddenin karşı tarafındaki sosyal yardım merkezinin tabelasına bakıyordu. Otogardan buraya yürümüş ve aradığı yeri nihayet bulmuştu. Sema hiçbir müdahalede bulunmadan olacakları izlemeye koyuldu. Hayalde bu defa farklı bir seyir vardı. Zeliha caddenin karşısına geçip küçük kafeden içeri girdi. Girişteki kasada siyah güneş gözlüklü bir adam oturuyordu. İçerde müşteri yoktu. Taze börek kokuları Zeliha'nın midesini guruldatacak kadar iştah açıcıydı.

– Merhaba, dedi Zeliha, sesini inceltebildiği kadarıyla.

Kasadaki adam başını kaldırıp,

– Merhaba hanımefendi, buyrun, dedi.

Zeliha adamın siyah gözlüklerinden gözlerini görmese de kendisine baktığını fark edebiliyordu.

– Sosyal hizmet merkezi ne zaman açılıyor, biliyor musunuz acaba?

Adam bir elini dikkatlice diğer bileğindeki saatin üstünde gezdirdi.

– Saat şu anda 7.25, bir saat kadar sonra açılır.

Zeliha o anda adamın kör olabileceğini düşündü. Mahcup bir edayla,

– Peki, rahatsız ettim, teşekkür ederim, dedi. Buralarda oturup bekleyebileceğim bir yer var mı? İstanbul'un yabancısıyım da.

– Burda bekleyebilirsiniz, geçin oturun lütfen.

Zeliha kafenin küçük salonuna baktı. İnce uzun salonda bir duvar kenarına sıralanmış dört masa vardı. İçerde müşteri yoktu. Börek, pasta tezgahının arkasında önlüklü genç bir garson duruyordu. Garson tezgâhın arkasından çıktı, sandalyelerden birini masanın altından çekerek Zeliha'ya yer gösterdi. Zeliha kasadaki adama dönerek,

– Ben bir şey yiyip içemeyeceğim ama, dedi.

– Nasıl arzu ederseniz, mecbur değilsiniz tabii ki.

– Teşekkür ederim.

– Rica ederim.

Zeliha geçip oturdu. Şimdi kasadaki adamı karşıdan görüyordu. Adam hiç kıpırdamadan oturuyor, önüne bakıyordu. Bir müddet sonra başını kaldırıp Zeliha'ya,

– Yine de size ikram niyetine bir çay ısmarlayabiliriz, dedi.

Zeliha adama bakarken aniden yakalanmış gibi telaşla,

– Yok, sağ olun, diye cevap verdi.

Bir müşteri içeri girip börek istedi, garson böreği paketleyip poşete koydu, müşteri parayı garsona uzattı. Garson tezgâhın arkasından çıkıp kasaya gitti.

– Mutlu Abi, şu elli liradan bir kıymalı börek, bir de meyve suyu al.

Adam kasaya bakmadan eliyle çekmecelerden para üstünü seçerek aldı ve uzattı. Zeliha adamın görmediğinden emin oldu. Biraz da şaşırarak,

– Galiba siz görmüyorsunuz, dedi.

– Evet, ben körüm.

– Bravo vallahi, kasiyerlik yapıyorsunuz ama.

– Çok da zor değil, alışıyor insan.

– İnsanların sizi kandırabileceğini düşünmüyor musunuz?

– Kandırmak isteyen insan gözüm açıkken de bunu yapabilir.

– Doğru tabii, haklısınız.

– Çay içmek istemediğinizden emin misiniz?

– Valla acayip açım aslında ama hiç param yok, ne yalan söyleyeyim.

– Size börek de ısmarlayayım o halde.

– Yok demem artık.

Adamın işareti üzerine garson bir tabakta bolca su böreği ve kıymalı börek ile meyve suyunu Zeliha'nın önüne koydu. Zeliha iştahla böreği yerken adam,

– Buraya yabancısınız galiba? dedi.

Zeliha ağzındaki büyük lokmayı aceleyle çiğneyip yuttuktan sonra,

– Evet, bugün geldim İstanbul'a, dedi. Burada yaşayacağım artık.

– Kimseniz var mı bari?

– Yok, hiç kimsem yok, ama bulacağız bir çaresini.

– Umarım her şey gönlünüzce olur.

– İnşallah, fazla bir şey istemiyorum zaten, mutlu olayım yeter.

Adam kasadan kalktı, gelip Zeliha'nın karşısına oturdu.

– Rahatsız etmiyorum umarım, dedi.

– Yok canım, dükkan sizin, diye karşılık verdi Zeliha.

Adam gülümsedi:

– Nasıl mutlu olmayı düşünüyorsunuz peki?

– Normal bir mutluluk işte. Kendime bir iş bulsam, kalacak bir yer falan, yeter bana.

– Mutlu olmanız için yani?

– Evet, ne olacak ki, ben azla yetinmesini bilen bir insanım, küçük şeylerle de mutlu olabilirim.

– Ne güzel, keşke herkes böyle olabilse. Herkes genelde sizin gibi başlar ama bir müddet sonra küçük şeyler yetmez artık. Giderek daha fazlasını isterler.

– Yok yok, ben öylelerinden değilim.

– Bence bunu şimdiden bilemezsiniz. Ancak o arzu ettiğiniz küçük şeylere kavuşunca böyle olup olmadığınız ortaya çıkar.

– İnsan kendini bilir ya, ben fazla bir şey istemem.

– Ama mutluluğu ulaşılması gereken bir hedef olarak belirleyen herkesin karşılaşacağı kaçınılmaz son budur.

– Nasıl yani?

– Mutluluk varabileceğimiz bir son durak değildir. Kendimizi mutlu hissettiğimiz ilk anda bunun hiç bitmesini istemeyiz ama bitecek. Aynı yoğunlukta ve kesintisiz bir şekilde mutluluğu hissetmek imkansızdır. Duygularımızın yoğunluğu geçtiğinde tekrar aynı şekilde mutlu hissetmek için uğraşacağız ama bu çoğu zaman mümkün olmayacak. Bu durumda yeni arayışlara gireceğiz, böylece yeniden başlayacak mutlu olma mücadelesi. İmkanlarımız varsa belki birkaç defa daha yakalayacağız mutluluk kuşunu. Bu da bir yere kadar tabii. Sonrası bir çaresizlik, imkansızlık ve kabulleniş hali olacak. İşte bu noktada bir teslimiyet duygusu gelişecek ve "normal" insan olacağız. Mutlu olma ihtimali mucizelere kalmış "normal bir insan".

– Amma yaptın ha! Sana kalsa hiç kimsenin mutlu olma ihtimali yok yani.

– Hiç kimsenin yok demedim. Mutluluğu yaşamda ulaşılması gereken bir hedef olarak görenlerin durumu vahim dedim sadece.

– Ne yani, insanlar mutsuz olmak için mi uğraşsınlar? Elbette herkes mutlu olmak ister ve onun için uğraşır, normal olan bu değil mi?

– Şöyle anlatayım o zaman: Bence mutluluk atmosferde sınırsızca ve özgürce dolaşan radyo frekansları gibidir. Belli bir yerde değildir, her yerdedir. Onu yakalamak için peşinden koşmana gerek yoktur, yapman gereken tek şey doğru frekansı bulmaktır. Seni mutlu edecek sesi dünyanın her yerinde bu şekilde duyabilirsin, peşinden koşmana gerek yok yani.

Bu esnada yaşlı, sakallı, hırpani kılıklı bir adam yalpalayarak içeri girdi. Zeliha gözlerini adama dikti. Adam da rahatsız edecek şekilde iyice bir süzdü Zeliha'yı. Adamın halinden akşamdan kalma olduğu belliydi.

Zeliha rahatsızlığını adama açıkça belli edecek şekilde başını çevirdi. O ana kadar dışarıdan izleyen Sema bu yaşlı adamın daha önceki hayallerden birinde Zeliha'nın sahilde adres sorduğu adam olduğunu fark etti. Bedirhan ikidir aynı adamı hayaline dahil ediyordu ve ikisinde de adamdan rahatsız oluyordu. Sema, Bedirhan'ın zihninde Zeliha'yla bağlantılı sarhoş bir adam figürünün ne anlama gelebileceğini düşünürken aniden kafasında bir şimşek çaktı ve araştırma ekibine seansı bitirmeleri yönünde işaret verdi. Tabii ya, eğer tahmin ettiği şeyse Zeliha'nın neden Bedirhan'ın hayalinde takılıp kaldığını çözebilecekti. Hemen cep telefonunu isteyip özel bir görüşme yapacağını belirtti. Sema saatine baktı, Türkiye'de saat öğlen bir sularında olmalıydı. Zeliha'yla konuşmak için uygun bir zamandı. Hemen Zeliha'yı aradı, iki kez çaldıktan sonra Zeliha açtı telefonu.

– Merhaba Sema Abla.

– Merhaba Zeliha; canım, seninle çok acele bir şey konuşmam lazım. Detayları anlatacak zaman yok ama Bedirhan Abinin sağlığı için hayati derecede önemli bir şey.

– Ne ki abla?

– Senin çocukluğunda yaşadığın şeyle ilgili.

– Çocukluğumda mı? Zeliha, Sema'nın neyi kastettiğini anlamış, donup kalmıştı.

– Evet Zeliha, çok önemli olmasa seni arayıp bu konuyu açmazdım, biliyorsun.

Zeliha kısa bir tereddütten sonra,

– Tamam abla, konuşalım, dedi.

18

Sema ve Bedirhan onu tanıdıklarında Zeliha henüz on sekiz yaşındaydı. Deniz'in doğumunun üzerinden on beş ay geçmişti ve Sema artık işine, doktorluğa geri dönmek istiyordu. Gündüz saatlerinde işteyken Deniz'e bakabilecek güvenilir bir bakıcı bulmaları için bütün arkadaşlarına haber bırakmışlardı. Bir kadın dayanışma derneğine gönüllü destek sunan psikolog arkadaşları Şeyma önermişti Zeliha'yı. Gencecik yaşına rağmen Zeliha'nın Deniz'e çok iyi bakıcı abla olacağını düşündüğünü söylemişti. Nitekim Zeliha iki kardeşini kendisi büyütmüştü. Trajik bir yaşam öyküsü vardı Zeliha'nın, yüreği yaralıydı. Üç yıl kadar önce Mardin'den kaçıp İstanbul'a gelmiş ve neyse ki kadın dayanışma derneğine ulaşmayı başarmıştı. Kalacak yeri yoktu, çaresizdi, ağır bir travma yaşıyordu. Dernekteki kadınlar kucak açtılar Zeliha'ya, psikolog da yaralarını sarmasına yardım etti. Kısa sürede toparladı kendini Zeliha, güçlendi; sonrasında artık daha fazla yük olmak istemediğini söyledi kadın arkadaşlarına. Çalışmak istiyordu, kendi ayakları üzerinde durmak, kendisi gibi yüreği paramparça edilmiş çocuklara, kadınlara yardım etmek istiyordu. Sema ve Bedirhan'ın Deniz'e bakıcı aradıklarını duyunca Zeliha'yı önerdi psikolog arkadaşları. Şeyma önce Zeliha'yla konuştu, Sema'yı ve Bedirhan'ı anlattı; ikisinin de çok iyi insanlar olduğunu, onlara güvenebileceğini söyledi. Zeliha çok sevindi bu habere, çocuk bakmak onun için işten öte bir keyifti. Zaten üç yıldır görmediği kardeşleri burnunda tütüyordu. Onları öylece bırakıp gelmek hiçbir zaman içine sinmemişti, mecbur kalmıştı. Zeliha'nın babası bir un fabrikasında hamallık yapıyor, annesi de evlere temizliğe gidiyordu. Zeliha biraz büyüyünce peş peşe doğan kardeşlerine böyle zamanlarda annelik etmişti. Daha çocukluğun ne olduğunu anlamadan olgunlaşmış, anaç yapısı nedeniyle kardeşlerinin bütün sorumluluğunu üstlenmişti.

Babası sabah işe gidiyor, akşam yorgun argın eve dönüyordu. En çok Zeliha'ya, ilk göz ağrısına üzülüyordu. Daha çocuk yaşta evin bütün sorumluluğunun ona yüklenmesine... Eşine de kızamıyordu çünkü aldığı üç kuruş maaşla beş nüfusu geçindirmesi imkânsızdı. Çalıştığı fabrika her geçen yıl daha da büyüyor, üretim daha da artıyor ama onun maaşı yerinde sayıyordu. İşi bıraksa belki aylarca işsiz kalacağını bildiğinden çaresizce katlanıyordu bu işkenceye. Babasının bu umutsuz ezilmişliğini gören Zeliha ev işlerine inadına daha bir moralle sarılıyor, daha bir severek bakıyordu kardeşlerine. Annesi ev temizliğine gitmediği zamanlarda kızına nefes aldırmak istiyor, iş yapmaması için yalvarıyordu. Zeliha yorulmadan, bıkmadan, usanmadan yardım ediyordu annesine. "Büyümüş de küçülmüş gibi," derdi annesi Zeliha'ya. Öpmeye, koklamaya doyamazdı kızını. Bütün mihnetine, zulmüne rağmen hayata küsmüyordu Zeliha. Kıpır kıpır, neşeli, hayat doluydu. Ona kalsa ömrünün sonuna kadar böyle yaşayabilirdi. Henüz on dört yaşında olmasına rağmen annesinin yoldaşı, arkadaşı gibiydi. Babası ve annesi eve geldiklerinde yorgunluklarını Zeliha'nın bitmek tükenmek bilmeyen neşesi ve enerjisiyle atıyorlardı. O güne kadar hiçbir şey, ne yoksulluk ne açlık, Zeliha'nın gözlerindeki ışıltıyı yok edememişti. O güne kadar, o lanetli güne...

Küçük bir gecekonduydu Zelihaların evi. Mahalledeki diğer tüm evler gibi rüzgârda yıkılacak gibi dururdu. Evlerinin küçük bir bahçesi vardı; sebze eker, tavuk beslerlerdi, bahçedeki sebzeleri de Zeliha sulardı. O gün akşama doğru yine sebzeleri sulamak için bahçeye çıktı. Annesi ve babası işten dönmemişti henüz; kardeşleri televizyonun önüne kurulmuş, çizgi film izliyorlardı. Bahçe hortumunu bir gün önce yan komşu almış, geri vermemişti. Yan komşuları Fatima Abla da temizliğe giderdi. İki küçük çocuğunu evde bırakırdı böyle zamanlarda. Sözde kocası bakardı çocuklara. Çalışmazdı kocası, arada günübirlik işlere girer çıkardı. Ayyaşın tekiydi, gündüzleri bile içerdi. Mahallede kimse sevmezdi adamı. Zeliha da sevmezdi. Saçı sakalı uzamış, üstü başı dağınık, leş gibi kokan bu adamdan korkar, çekinirdi Zeliha.

Bahçeleri, üst üste dizili iki sıra briketle ayrılmıştı birbirinden. Zeliha hortumun komşu evin kapısında, yerde olduğunu gördü, almak için yan bahçeye gitti. Evin kapısı açıktı. Zeliha eğilip hortumu toplarken içeriden bir çocuk ağlaması işitti. Hortumu kucağına alıp geri dönmek üzereyken çocuk daha bir şiddetle ağlamaya başladı. Belli ki canı yanıyordu. Komşularının küçük bebeği Sultan'ın sesiydi bu. Zeliha dayanamadı, içeri seslendi:

– Hey! Sultan ağlıyor, duymuyor musun?

Adamın evde olduğunu tahmin ediyordu. Çocuğun sesinden başka ses gelmedi içerden. Birkaç defa daha bağırdı, yine cevap alamayınca hortumu yere bırakıp içeri girdi. Sultan halının üstünde sırtüstü debeleniyor, ağlayıp sızlıyordu. Yerden aldığı bebeği kucağında sakinleştirmeye çalıştı. Tam bu esnada o leş gibi koku geldi Zeliha'nın burnuna, adamın kokusu. Çok yakından geliyordu, döndü, adam arkasındaydı. İrkildi Zeliha, kucağında bebekle geri geri gitti. Adamın gözlerine kan dolmuştu sanki. Zeliha bebeği yere bıraktı, odadan kaçarcasına çıkmak istedi. Adam Zeliha'nın kolunu sıkıca tuttu. Ayakları yerden kesildi. Korkudan dili damağı kurudu, bağırmak istedi ama yapamadı bir türlü.

Kendine geldiğinde evde, kardeşlerinin yanında oturuyor, televizyona bakıyordu. Hiçbir şey duymuyor, hiçbir şey anlamıyordu. Zeliha'nın çocuk aklı da, çocuk bedeni de ağır bir yara almıştı. Bunu bir türlü anlamlandıramıyor, böyle bir şeyin yaşanmadığına inandırmaya çalışıyordu kendini. Yan komşudan eve nasıl geldiğini bile hatırlamıyordu. Ağlamamış, ağlayamamıştı; donup kalmıştı gözyaşları ince kirpiklerinde.

Anne babası eve geldiklerinde Zeliha'nın durgunluğunu fark etmişlerdi. Anlatamamıştı Zeliha; yaşanmamıştı ki hiçbir şey. Yaşanmamış bir şey nasıl anlatılırdı? Zeliha içine kapandı, başka bir insan oldu o günden sonra. Neşesi, coşkusu yerini derin bir kedere, suskunluğa bıraktı. Çözemedi dilini annesi babası. Zeliha o günden sonra konuşmadı, ağzını açmaya korktu. Konuşursa her şeyi anlatacağından korktu, utandı. Her geçen gün yüreğinde büyüdü korkusu, adamın isterse onu öldürebileceğine, onunsa hiçbir şey yapamayacağına inandırdı kendini. Adam sonraları gündüz de onların evine gelmeye başladı. Zeliha ölü taklidi yaptı her seferinde, kendisini öldürmesin diye. Bir yıl boyunca birkaç defa sürdü bu kâbus, ta ki Zeliha bir otobüse atlayıp İstanbul'a gidene kadar.

Derneğin psikologu Şeyma, Sema ve Bedirhan'a Zeliha'nın çocukken yaşadığı ağır travmayı detayına girmeden anlattı, konunun hassasiyeti üzerinde durdu. Zeliha'nın tedavi sonucunda toparlandığını, yine de çok dikkatli olunması gerektiğini, Zeliha'nın ruhunun halen cam bir vazo gibi kırılgan olduğunu söyledi. Zeliha'nın izniyle kendilerine onun hakkında kısaca bilgi verdiğini belirtip, onlardan da bu konuda destek beklediğini ekledi. Sema ve Bedirhan bu trajik öykü karşısında donup kaldılar, öfkelendiler ama Zeliha'yı o günden sonra Deniz'in bakıcısı gibi değil kızları gibi gördüler. Zeliha da Deniz'i bir anne şefkatiyle büyüttü. Mazlum doğduktan sonra Zeliha artık aileden biri gibi olmuştu. Üç yıl önce Zeliha Mardin'e, ailesini görmeye gitmiş, bir süre yanlarında kalmış, sonra çalışmak üzere tekrar İstanbul'a dönmüştü. Ailesine olan biteni anlatmamayı, gizli tutmayı tercih etmişti.

Sema Zürih'ten arayıp Zeliha'ya yıllar sonra bu konuyu sorunca Zeliha bir an tereddüt geçirdi. Ancak mesele Bedirhan Abisinin hayatı olunca ikircimli havasından hemen kurtuldu.

– Bak Zeliha, dedi telefonun diğer ucundan Sema. Yaşadığın travmanın ağırlığının hep farkında olduk. Bunu atlatabilmen için elimizden geldiğince yardımcı olmaya çalıştık.

– Doğru abla, kadın derneğindeki arkadaşlar ve sizler olmasaydınız ben asla toparlanamazdım. Bu yüzden hepinize ne kadar teşekkür...

– Hayır Zeliha hayır, teşekkür et diye söylemedim bunu. Sadece bu yardımların gerçekten de travmayı atlatmana etkisi oldu mu yani sen gerçekte nasıl atlattın bunu, senin için sakıncası yoksa, bilmek istiyorum. Çünkü Bedirhan Abin sana yapılandan belli ki çok etkilenmiş ve kafasına takmış bunu. Sen belki yıllar içerisinde bununla baş etmek için değişik yöntemler denedin ama Bedirhan'ın da bunu kafasında çözebilmesi gerekiyor. İşte senin bu noktada bir önerin olabilir mi diye sormak istedim.

Zeliha bir müddet sessiz kaldı, sonra:

– Abla, benim kimseye anlatmadığım bir şey var bu konuda. Ölene kadar benim sırrım olarak kalacaktı ama işinize yarayacaksa anlatırım tabii.

– Zeliha, lütfen seni zorladığımı düşünme, senin açından kötü olacağına dair en küçük bir kaygın varsa anlatmak zorunda değilsin.

– Kötü olacağından falan değil abla, sadece sırdı, o yüzden.

– Peki o zaman, bu sırrın ikimiz arasında kalacağından emin olabilirsin.

– Ondan eminim zaten, içim rahat o konuda abla. Sana şöyle anlatayım: Kadın derneğindeki tüm arkadaşların ve psikolog Şeyma Ablanın bana çok yardımları oldu. Sizin yanınızda çalışmaya başlayınca kendimi çok daha güçlü hissettim. Ama yine de yüreğimde inceden kanayan bir yara hep vardı. Bir şeylerin eksik kaldığını hissediyordum. Dernekteki arkadaşlar böylesi suçlarda "cezasızlığın" travmadaki etkisini bana anlatmışlardı. Şikayetçi olmam için beni cesaretlendirmeye çalışmışlardı. Fakat ben bir daha o adamla yüz yüze gelmeyi göze alamamıştım. Utancımdan aileme tekrar dönmeyi de kabullenememiştim. Zaten şikayetçi olsam bile bu yargı düzeninde kim ne yapacak ki. Yaptığı yanına kar kalırdı muhtemelen.

Sizin yanınızda çalışmaya başladığımın ikinci yılıydı. Hatırlarsan bir hafta izin almıştım, hastayım falan demiştim.

Sema biraz düşündükten sonra,

– Evet, hatırlar gibiyim Zeliha, dedi.

– İşte o zaman ben gizlice Mardin'e gittim abla. Gittim o adamı buldum. Evdeydi, her zamanki gibi sarhoştu. Sessizce girdim evine. Çocuklar evde değildi. Beni karşısında görünce tanıyamadı önce. Sonra beni hatırladı tabii. Gözlerinde o kanı gördüm tekrar. Çok sakindim. Ayağa kalktı, kelimeleri yuvarlayarak, "Beni unutmayacağını biliyordum kız," dedi o ayyaş haliyle. "Seni tek bir gün, tek bir saniye bile unutamadım," dedim gülerek. "İyi o zaman, gel yanıma," dedi. Gittim yanına oturdum. Beni öpmeye çalıştı, "İstersen önce soyunalım," dedim. Heyecanla soyunmaya başladı tabii. Zevkten hırlıyordu, benim soyunmadığımın farkında bile değildi. Karşımda çıplak bir şekilde duruyorken çantamdan bıçağımı çıkardım. Bıçağı görünce bunun gözleri fal taşı gibi açıldı tabii.

Sema korkuyla inledi telefonda:

– Aman Allahım, öldürdün mü yoksa Zeliha?

– Yok abla, öldürmek diye bir ceza mı olur? Aynısını başkasına yapamasın diye bıçakladım orasından.

Sema çığlık atmamak için zor tuttu kendini.

– İnanmıyorum Zeliha, sonra ne oldu?

– Beni şikâyet etmeyeceğini biliyordum, öyle de oldu. İşte ben biraz da böyle hafiflettim bu travmayı abla. Artık bu senin işine yarar mı, bilmiyorum.

19

Sema, Zeliha'nın anlattıklarına hem şaşırmış hem de içten içe sevinmişti. Yöntemi çok tasvip etmese de bir pisliğin layığını bulmuş olmasına pek de itirazı yoktu.

Yeni bir seansla hemen Bedirhan'ın zihin dünyasına geri dönmek istiyordu, ancak Zeliha'nın anlattıklarını birebir uygulamayı hayal dünyasında bile olsa doğru bulmuyordu. Hem Bedirhan'ın zihninin telkinlere çok fazla olumlu cevap vermediği ortadaydı. Bedirhan'ı doğrudan yönlendirmek henüz mümkün görünmüyordu. Ancak dolaylı metotlarla kısmi yönlendirmeler yapmayı başarabilmişti. Aynı yöntemle Zeliha meselesini de zihninde çözmesini sağlamak zorundaydı. Bu şekilde belki giderek Bedirhan'ın bilincini açık hale getirebilecekti. Tabii o aşamaya gelinceye kadar Mutlu, Celal, Deniz ve galiba bir de hayalindeki Sema'ya dair bütün çelişki ve çatışmaları sırasıyla çözmesi gerekebilirdi. Gerçi Bedirhan'ın beyni herhangi bir aşamada tümden olumlu bir tepki vererek açık bilinç durumuna geçebilir, ya da ekip üç gün boyunca devam edecek seansların sonunda hüsrana da uğrayabilirdi.

Yeni bir seansa geçmeden önce araştırma ekibiyle kısa bir değerlendirme yaptılar. Bu seansta Bedirhan'ı son hayaline geri döndürmeyi deneyeceklerdi. Böylece kısa süreli hafıza merkezinin faal olup olmadığını anlamak da mümkün olacaktı. Bunun için beyne biyoelektriksel uyarılar gönderecek ve etkisini ölçmeye çalışacaklardı. Kısa sureli hafıza merkezinin faal olduğunu tespit edebilirlerse kalıcı hafıza bölgesine dışardan uyarı göndermeye başlayabileceklerdi. Bedirhan'ın hayal dünyasında yarattığı karakterler ve olaylarda bir karışıklık olsa da hafızasını tümden kaybetmediğini anlayabiliyorlardı.

Seans için tüm hazırlıklar tamamlandığında vınlama sesi giderek arttı. Zeliha gözlerini açtığında masada oturuyor, önündeki tabaktan börek yiyordu. Bedirhan'ın kısa süreli hafızasında bir sorun olmadığı da bu şekilde anlaşılmış oldu.

Zeliha'nın karşısında oturan kör adam nazikçe,

– Rahatsız etmiyorum umarım, dedi.

– Yok canım, dükkan sizin, diye karşılık verdi Zeliha.

Adam gülümsedi,

– Mutlu olmak herkesin hakkı tabii, diye kaldığı yerden devam etti. İnsanların birçoğu hayatın amacının mutluluk olduğuna inanır, sanırım Dalai Lama'nın da hayata bakış açısı böyleydi.

– Valla "Dalay"ı "Malay"ı bilmem ama ben de mutlu olmayı hak ettiğime inanıyorum. Senin durumun biraz zor tabii.

– Nasıl yani?

– Ya yanlış anlama ama ne bileyim işte körsün, bir kafede kasiyersin, hayat böyle zor olsa gerek.

– Haklısın, kolay olmuyor elbette. Ama ben halimden memnunum.

– Gerçekten mi?

– Evet, gerçekten. Ben hayatın amacının mutluluk olduğuna inanmayanlardanım galiba.

– Neymiş peki senin hayatının amacı?

– Dünyadaki varlığıma kendimce bir değer katmaya çalışıyorum. Hayatımın anlamını kendim yaratmaya çabalıyorum. "Yaşamak için bir sebebiniz varsa her şeyle baş edebilirsiniz," demiş Nietzsche. "Anlamlı bir hayat zorluklar içinde geçse de son derece tatmin edici olabilir," diyor ayrıca. Bu daha çok kafama yatıyor benim.

– Nişe mi diyor?

– Hı hı, Nitçe...

– Peki sen, hiçbir şey görmeden nasıl yaratıyorsun böyle şeyleri kafanda? Zorlanmıyor musun?

– Tam tersine, daha kolay oluyor. Mesela, sen birinde görüp hayran kaldığın kırmızı bir paltoyu alabilmek için kendini heder ederken, ben kırmızının ne olduğunu bile bilmiyorum. Lüks bir spor arabam olsun diye uğraşmıyorum, villam olsun da penceresinden boğazı seyredeyim gibi bir derdim yok. İnsanların ulaşamayıp da mutsuz oldukları milyonlarca şeyin benim için hiçbir değeri yok.

– Ha ha! Valla bak böyle düşününce kör olmak gerçekten avantajlıymış.

– İsteyen herkes bu tür şeylere karşı kör olabilir, ille de gözlerinin kapanması gerekmez. Asıl mesele gözlerini kapatsan bile görmekten kaçamayacağın şeyler karşısında ne yapacağındır.

– Neler yani?

– Yoksullar, acı çeken insanlar, savaşlar, zulümler ve haksızlıklar mesela. Bunları görmek için bir çift göze ihtiyaç yoktur. Önemli olan bunları da görerek yaşamına değer katmayı başarmaktır. Belki o zaman gerçekten mutlu olmayı bile başarabilirsin.

Bu esnada kafeden içeri sakallı, sarhoş bir adam girdi. Zeliha gözlerini dikip adama baktı, yüzü gerildi. Seansın bu aşamasında Sema devreye girdi ve küçük bir çocuğun başından geçen taciz hikayesini, sonunun nasıl bittiğini anlattı hızlıca. Sakallı adam tezgâhtan aldığı bir parça böreği ayaküstü yavaşça yiyip kafenin arka kısmındaki lavaboya gitti. Zeliha da az önce duyduklarının etkisiyle ayağa kalktı ve hiçbir şey söylemeden tezgâhın üzerindeki börek bıçağını alıp lavaboya yürüdü. Birkaç dakika sonra döndüğünde kanlı bıçağı elinde tutuyor, şaşkınlıkla Mutlu'ya bakıyordu. Mutlu Zeliha'ya doğru yürüyüp karşısında durdu. Yumuşak bir sesle,

– Şimdi kendini daha mı iyi hissediyorsun Zeliha? diye sordu. Elindeki bıçağı yere bıraktı Zeliha, kanlı elini havaya kaldırıp korkuyla inceledi, ürkmüştü.

– Zeliha mı? Ben… ben Zeliha değilim ki. Benim adım Sema.

Dr. Sema seansın sonlandırılması için ekibi uyardı, sonra bir anda her şey karardı.

20

Ekibin tamamı ve tabii ki Sema küçük de olsa bir aşama kat etmiş olmaktan dolayı sevinçliydiler. Bundan sonraki süreçte tahminleri doğru çıkarsa Bedirhan'ın daha fazla şey hatırlaması gerekiyordu. Belki de hızlıca sonuç alıp bilinci tümden açık hale getirmeyi başaracaklardı. Ekibin seans sırasında yaptığı tespitlere göre Bedirhan'ın beyni serotonin salımını artırmıştı. Yeterli miktarda olmasa bile kısa süreli bu faaliyetin beynin diğer bölgelerine nöronlar aracılığıyla sinyal gönderilmesinde kısmi bir etki yaratmış olması gerekirdi. Bu durumda bir sonraki seansta doğrudan kalıcı hafıza bölgesine dışarıdan biyo-elektriksel sinyaller göndererek deneme yapmaya karar verdiler. Ancak bugünlük bu kadarı yeterliydi. Hastanın ve Sema'nın dinlenmesi gerekiyordu. Bu yüzden ikisini de bakım ünitesine alıp ertesi sabaha kadar ara verdiler.

Sema odasında yalnız kaldığında bir yorgunluk çöktü üstüne, telefonu alıp çocuklarıyla, anne ve babasıyla konuştu. Tedavinin iyiye doğru gittiğini anlatınca Sema'nın sevinci hepsine bulaştı. Evdekilerle tek tek konuştuktan sona Celal'i aradı. Gelişmelere dair kısaca bilgi verdikten sonra önemli bir şey konuşmak istediğini söyledi. Sema fazla detaya girmeden Celal'in Bedirhan'a verdiği sözün gereğini bugünlerde yapmasının önemini anlattı. Celal oldukça sıkıntılıydı, telefonda bile gerginliği hissedilebiliyordu.

– Tamam Sema, söz verdiğimi biliyorum ama bugün yarın gerçekten çok zor görünüyor. Siz oraya gittikten sonra tahmin ettiğim gibi dekan olarak atandığıma dair yazı geldi. Bu beni iyice zora soktu. O kadar acele yaptılar ki ben bile ne olduğunu anlayamadım. Aslında yarın dekanlık olarak bizim düzenlediğimiz önemli bir uluslararası konferans var. Konferansın açılışına Başbakan da katılıyor. Açılış konuşmasını rektör yapacak, ondan hemen sonra ilk sunumu dekan sıfatıyla ben yapacağım. Kafam allak bullak Sema. Uzun süredir bıraktığım ilaçlarımı bugün yine almaya başladım. Çok zor durumdayım, ne olur anla beni. Galiba beni "iyi örnek" olarak kamuoyunun huzuruna çıkarıp bir de böyle mesaj vermek istiyorlar. Yani batmışken, en dibe sürüklenmiş oldum böylece. Ama yarını atlatayım, illaki bir çaresini bulacağım. Sırf Bedirhan için yapacağım bunu, kendim için çok geç kaldım zaten. Bu saatten sonra neyi ne kadar toparlayabilirim ki?

Celal'in sesi sonlara doğru iyice çatallaşmıştı. Sema bu durumda onu daha fazla zorlayamayacağının farkındaydı ancak söz konusu Bedirhan'ın hayatı olduğundan şansını bir kez daha denemek istedi.

– Durumunu anlıyorum Celal, fakat bu hayat memat meselesi. İki günün sonunda tedaviden sonuç alamazsak belki bir daha hiç şansımız olmayacak. Bundan sonrası artık bitkisel hayat ve... Neyse işte, sen mutlaka bir yolunu bulmalısın. Gerçek hayatta senin yapacağın herhangi bir şeyi ben görürsem ve beynim bunu algılarsa, Bedirhan'a rahatlıkla aktarabilirim. Benim beynimde kendimce kurduğum bir hayali Bedirhan'a aktarmam mümkün görünmüyor. Beynim sadece bir gerçeklik algısı üzerine kurgu yapıyorsa Bedirhan'a aktarabiliyorum. Bu yüzden senden, verdiğin söz her neyse, somut bir şey yapmanı bekliyorum Celal.

Celal, telefonu kapattıktan sonra derin bir of çekti. Bir gün bununla yüzleşmesi gerektiğini çok iyi biliyordu. Ancak bu kadar zor olacağını tahmin etmemişti. Dekanlıktaki makam odasında ayakta duruyor, kendini oraya iliştirilmiş bir fazlalık gibi hissediyordu. Pencereden uzun uzun kampüsü seyretti. Çimlere yayılmış, banklarda oturan, bir yerlere koşturan, basketbol oynayan öğrencilere baktı. Kendi öğrenciliğini hatırladı. Gözleri doldu. Hesapta böyle olmak yoktu. Hayatının bundan sonrasını bu şekilde sürdüremeyeceğinden emindi. Ama ne yapabilirdi, ve nasıl?

Sema Celal'le konuştuktan sonra sevincinin yerini tedirginlik aldı. Hayalde Celal çelişkisini çözemezse Bedirhan'ın beyninin ne tepki vereceğini kestiremiyordu. Mutlu'yu bir şekilde babasıyla tanıştırmalı ve Mutlu karışıklığını çözmeliydi fakat gel gör ki hayalin içinde Mutlu'nun babası yoktu. Bunları düşünürken yoğun bakım ünitesindeki odasından içeriye Linda girdi. Sema'nın yanına geldi, elini ellerinin arasına aldı.

– Nasıl oldun Sema? Umarım gerçekten beklediğin gibi ilerleyebiliyoruzdur.

– Kendimi daha iyi hissediyorum, umutlarım giderek artıyor fakat hiçbir şeyin garantisi yok, biliyorsun. Bütün çabalarımız sonuçsuz da kalabilir. Şimdilik elimizden gelenin en iyisini yapmak dışında bir seçeneğimiz yok. Nihayetinde deneysel bir yöntem üzerinden ilerliyoruz, belli bir yol haritamız bile yok.

Linda bir an suskun kaldı, sonra Sema'nın yüzüne eğilerek fısıldadı: "Aslında pek öyle sayılmaz, sana anlatmadığımız başka şeyler var," dedi. Sema da aynı şekilde fısıltıyla "Nasıl yani, ne var anlatmadığınız?" diye sordu. Linda geri dönüp odanın kapısını kapattı, koltuğu iyice yatağa yanaştırıp oturdu.

– Bu araştırmaya dair seninle paylaşmadığımız şeyler var Sema, aslında sana yanlış bilgi vermedik, eksik bilgi vermek zorunda kaldık.

– Ne gibi eksikliklerden bahsediyorsun?

– Bu cihazın hasta insanlar üzerinde ilk defa sizinle birlikte denediğimizi söylemiştik.

– Evet, öyle değil mi?

– Hasta insanlar olarak ilk deneme sizsiniz, doğru, ama üzerinde denenen ilk insanlar siz değilsiniz. Çok sayıda sağlıklı beyin üzerinde denemeler yaptık bugüne kadar.

– Ciddi misin sen?

– Evet Sema, hem de çok sayıda başarılı deneme yaptık. Sağlıklı iki beyin arasında iletişim kurmayı ve çoklu bilinç ortamı yaratmayı başardık. Uygun bir hasta bulamadığımız için hasta üzerinde deneme yapamamamıştık. Bu yönüyle siz ilksiniz. Yani cihazın asıl geliştirilme amacına uygun ilk denemeyi sizinle yapıyoruz.

– Peki sağlıklı beyinler üzerinde ne tür sonuçlar elde ettiniz?

– İşte bu kısmı inanılmaz Sema. Tamamen açık bir bilince başka bir beyin aracılığıyla girmeyi başardık. O kişinin zihnini okumayı, düşüncelerinin akışını izlemeyi, hayallerini, rüyalarını görmeyi başardık. Üstelik bunları görmekle kalmadık, yönlendirmeyi ve değiştirmeyi de başardık.

– Aman Allahım, gerçekten yaptınız mı bunu?

– Yaptık Sema, hepsini başardık. Hıristiyan inancına bağlı bir denek, seansların sonunda, doğduğundan beri Müslüman olduğuna inanıyordu mesela. Bir İsveçliyi Çinli olduğuna ikna ettik. Ve daha birçok şey. Elbette sonra tamamını ilk hallerine geri döndürdük. Yani bir bilgisayara ya da akıllı telefona program yükler gibi istediğimiz her şeyi kolaylıkla yapabileceğimizi gördük.

Sema'nın ağzı açık kaldı adeta, sevinçle,

– Bu muhteşem bir şey Linda, dedi. Hastalar üzerinde uygulanacak bir yol haritanız var öyleyse!

– Var tabii ki, olmaz mı? Zaten ilk andan beri elimizdeki verilerden yola çıkarak ilerliyoruz. İşin teknik kısmını biz yapıyoruz, yönlendirme kısmını sen yapıyorsun. Öncekilerde yönlendirme kısmını da cihaza bağlanan ekipten biri yapıyordu. Ama Bedirhan'ın bilincine senin dışında kimse müdahale etmiyor; biz sadece senin yolunu açıyoruz. Yolda nasıl ve nereye yürüyeceğine sen karar veriyorsun. Bundan fazlasına hakkımız yok.

Linda düşünceli bir şekilde Sema'ya baktı bir müddet. Sema bütün bu duyduklarını sindirmeye çalışıyordu.

– Bu büyük bir buluş Linda, tarihe geçeceksiniz sanırım.

– Evet, gerçekten çok büyük bir buluş. Zaten sorun da burada. Böylesine büyük bir buluşun insanlık tarihini, dünyamızı, insanlığın geleceğini değiştirme hatta yok etme potansiyelini düşündükçe kaygılanıyoruz Sema. Araştırma ekibi olarak ilk yola çıktığımızda bu kadarını başaracağımıza asla ihtimal vermiyorduk. Kapalı bilince sirayet edip onu telkin ve uyarılarla uyandırmayı başarsaydık yetecekti bize. Ama araştırmada ilerledikçe çok daha fazlasını yapabileceğimizi gördük. Denemelerimiz başarılı oldukça sevincimizin yerini korku ve kaygı almaya başladı. Bugüne kadar insanlığın ilerlemesi adına yapılan bazı buluşlar bir şekilde insanlığın daha fazla acı çekmesine ve felaketine yol açtı. Bilimsel ilerlemelerin çoğu başlangıçtaki amaç doğrultusunda kullanılmadı. Fizik, kimya, biyoloji, tıp ve astronomideki yeni buluşlar kısa sürede en acımasız savaş teknolojilerinin parçası haline geldi. İletişim ve bilişim teknolojisi bir yandan hayatlarımızı kolaylaştırdı, ama öte taraftan birçok devlet tek bir tuşla dünyayı yok edecek bombaları harekete geçirebilme kapasitesini elde etti. Ve maalesef bu düğmelerin bulunduğu masalarda birbirinden manyak devlet başkanları oturuyor şimdilerde.

– Peki ne yapmayı düşünüyorsunuz bundan sonra?

– İşin zor kısmı burası işte. Şimdilik araştırmanın sonuçlarından ekip dışında kimsenin haberi yok. Bunu açıklamayı henüz düşünmüyoruz. Özellikle finansmanımızı sağlayan şirket yetkilileri böyle bir sonucu öğrenirlerse sevinçten çıldırabilirler.

– Nasıl bir tedbir almayı düşünüyorsunuz? diye sordu Sema.

– Halen tartışıyoruz kendi aramızda. Tam olarak bir çözüm bulabilmiş değiliz. Biz bu araştırmanın gerçek sonuçlarını açıklamaktan kaçınsak bile yakın zamanda birileri başka yerde buna benzer bir şeyler icat edecektir mutlaka. Bilimdeki ilerlemeyi önlemek mümkün değil. Yine de göz göre göre insanlığın kaosa sürüklenmesini, kıyametin bilim insanlarının eliyle gerçekleşmesini izleyerek geçiremeyiz zamanımızı. Bunun bir yolunu mutlaka bulmak zorundayız. Ne yapacağımızı halen bilemiyoruz aslında. Sana bunları anlattım çünkü hem arkadaşım hem de ilk hasta denek olarak nasıl bir teknolojiye hizmet ettiğinizi bilmek hakkındır diye düşündüm. Belki bu konuda senin de önerilerin olabilir. Ama bunu mutlaka bir sır olarak saklamalısın Sema.

– Anlıyorum elbette, çok hassas bir durum. Ben de bunu düşüneceğim.

Linda, Sema'yı yalnız bırakıp odadan ayrıldı. Sema bunca karmaşanın ve telaşın içinde bir de insanlığın geleceğine dair bir sorunun parçası haline geldiğini düşünerek uyudu.

Telefon çaldığında zorlukla gözlerini açtı. Neredeyse öğlen olmuştu. Bugün seans öğlen başlayacaktı. O nedenle kimse onu uyandırmamıştı; o da deliksiz bir uyku çekerek dinlenmişti. Telefonu eline aldı: Arayan Zeliha'ydı. Çocuklar geldi aklına. Kötü bir şey mi olmuştu yoksa? Tedirginlikle açtı telefonu. Zeliha heyecanla,

– Abla, rahatsız ediyorum ama, Celal Abiden haberin var mı?

– Yok, ne oldu ki?

– İnanamayacaksın. Dur şimdi sana bütün olanların haber ve video linklerini gönderiyorum. İzlesen daha iyi olur sanırım. Celal Abi sabah aradı, tuhaf tuhaf konuştu, sonra da bugün kendisiyle ilgili çıkacak haberleri sana göndermemi istedi.

21

Yoğun bakım ünitesinin penceresiz odasını tavandan aydınlatan sarı loş ışık, odanın atmosferine fazladan kasvet katıyordu. Sema uykusunu almış ve dinlenmişti ama yine de vücudunda büyük bir ağırlık, başında hafif bir ağrı hissediyordu. İki gündür beslenmesi damardan sağlanıyor, bilincini etkilemeyecek oranda ağrı kesiciler veriliyordu. Ağzında ağır bir pas tadı vardı. Dün yaşanan olumlu gelişmenin yarattığı sevincin etkisi geçmişti; sebebini tam olarak bilmediği ince bir sızı göğsünü sıkıştırıyordu. Bütün bu olanlar, bu mücadele ne içindi? Sevdiği adamın hayatla arasındaki incecik bağ kopmasın diye, bütün umutlarını bağladığı o pamuk ipliği... Ya koparsa? Son iki aydır aklına geldikçe kovmaya çalıştığı bu düşünce şimdi bu yoğun bakım odasında Sema'nın yalnızlığına eşlik ediyordu. Ne kadar yok saysa da göğsünü sıkıştıranın bu olduğunu biliyordu. Ama şimdi böyle şeyler düşünmenin zamanı değildi. Umudunu sarsacak her şeye yüreğinin kapıları kapalı olmalıydı. Yeni bir gün başlıyordu; bugün her şey güzel olacaktı, olmalıydı. Kafasını toparlayıp kötü düşünceleri zihninden atmaya çalıştı. Zeliha'nın Celal'le ilgili gönderdiği şeylere bakması ve seansa hazırlanması gerekiyordu. Yatağın yan tarafındaki kumanda düğmesine basarak sırt bölgesini biraz dikleştirdi. Bu şekilde telefonundan video ve haberleri daha rahat izleyebilirdi.

Zeliha dört ayrı link göndermişti, bunlardan ilki bir video bağlantısı, diğer üçü yazılı haber linkiydi. Önce video linkine dokundu.

Görüntüde ilk olarak, rektörün hemen yanında cübbesiyle duran Celal'in, Başbakanı üniversitenin kongre ve kültür merkezinin girişinde karşıladığı, tokalaştığı görülüyordu. Celal'le birlikte çok sayıda akademisyen cübbeleriyle boncuk gibi yan yana dizilmiş, Başbakanın kendi ellerini de sıkması için heyecanla bekliyordu. Gazeteci ordusunun oluşturduğu kalabalık, kendilerine ayrılmış ve kırmızı bir şeritle çevrilmiş yerden görüntü almaya çalışıyor, flaşlar birbiri ardına patlıyordu. Başbakan ağır ve kendinden emin hareketlerle akademisyenlerin tek tek elini sıkıyor, her birinin cübbesinin önünü kapatıp eğilmesinin verdiği keyifle ilerliyordu.

Daha sonra konferans salonuna geçiliyor ve tıka basa dolu salonda herkes ayakta alkışlayarak karşılıyordu Başbakanı. Başbakan önce salondakileri eliyle selamlıyor, sonra ön sırada sabırsızlıkla yerinde kıpırdayan protokol üyelerinin elini sıkıyordu. Tamamı koyu renk takım elbise giymiş erkeklerden oluşan protokol üyelerinin her biri yüz ifadesini Başbakanın yüz ifadesine göre ayarlayıp, başını eğerek tokalaşıyordu. Hepsi ceketlerinin düğmesini iliklemiş, bazılarının göbeği düğmeyi koparırcasına sıkıştırmış, alttan sarkmıştı. Korumalar Başbakanın etrafında telaşla koşturuyor, gözleriyle sürekli salonu tarıyorlardı. Salonda izleyici sıralarında çok sayıda akademisyen, cübbeleriyle ayakta, Başbakanın selamlama faslını bitirmesini bekliyordu. Bazı konukların kulağında çeviri için kulaklık vardı. Yabancı oldukları anlaşılan bu kişiler de ortama uymuş, ayakta bekliyorlardı.

Nihayet Başbakan yerine oturunca salondakiler ve protokol de oturdu. Başbakanın yanında rektör, onun yanında Celal oturuyordu. Başbakan arada bir dönüp rektöre bir şeyler söylüyor, rektör de kulağını yanaştırıp başını sallayarak onu dinliyordu. Protokol üyelerinin bir gözü sürekli Başbakanın üzerindeydi. Hepsi yüz ifadelerini Başbakana göre ayarlamak için belli ki büyük bir gayret gösteriyordu. Sanki Başbakan gülerken kendileri somurtur ya da Başbakan somurturken kendileri gülerse bu hiç de iyi olmazmış gibi tedirgindiler.

Kameralar yerlerini aldıktan sonra, paçalarından yağcılık ve yapaylık akan genç bir sunucu Başbakana konferansı "şereflendirdikleri" için teşekkürlerini "arz ediyor", konferans hakkında kısaca bilgi verdikten sonra açılış konuşmasını yapması için rektörü kürsüye davet ediyordu. Rektör ayağa kalkıp Başbakanı eğilerek selamladıktan sonra hızlı adımlarla kürsüye doğru koşturuyordu. Rektörün açılış konuşması Başbakana övgüler düzen ve konferansın önemini vurgulayan kısa bir konuşmaydı. Arkasından sunucu ilk sunumu yapmak üzere dekan Celal Karakuş'u kürsüye davet ediyordu. Celal kürsüye yürürken salondan tek tük alkış sesleri duyuluyor, protokolden kimse alkışlamıyordu. Celal kürsüye varmak üzereyken Başbakan isteksizce hafiften alkışlıyor, protokoldekiler de hemen arkasından alkışlamaya başlıyordu. Protokolün bazı üyeleri alkışın dozunu kaçırdıklarını fark edip tedirginlikle etrafına bakıyor, ellerini bacaklarının arasına sıkıştırıp adeta suç aletlerini gizlemeye çalışıyorlardı. Salondakiler de Başbakanın kısa alkışlarına eşlik ettikten sonra bir sessizlik oluyordu. Bu arada izleyicilerden bazıları sanki konuşmayı yapacak olan kendileriymiş gibi öksürerek boğazını temizliyordu. Başbakan iki elini parmak uçları birbirine temas edecek şekilde birleştirmiş, pür dikkat Celal'i dinlemeye hazırlanmıştı. Protokoldekiler de aynı şekilde ellerini birleştirip, dikkatli ve ciddi bir ifadeyle Celal'e bakıyorlardı.

Celal önce başını kaldırıp salondakilere baktı, sonra Başbakanın gözlerinin içine. Ceketinin iç cebinden çıkardığı katlanmış kağıdı açarak kürsüde önüne koydu. Salondan çıt çıkmıyordu. Celal kendinden emin bir ses tonuyla Başbakanı, konukları ve salondakileri selamladı. Selamlamada Başbakana dair kısmın zayıf kaldığı, yeterince övgü içermediği hem Başbakanın hem de protokolün gözünden kaçmadı. Başbakan yerinde şöyle bir kıpırdadı, ardından protokol de aynı şekilde yapmaya çalıştı. Kimisi kıpırdanmayı ayarlayamadı, fazladan hareket etmiş olmanın verdiği telaşla ayaklarını sandalyenin altına sokarak durumu kurtarmaya çalıştı. Celal'in ses tonu özgüven doluydu.

"Bugün burada aramızda bulunan siz değerli konuklarımıza, sevgili meslektaşlarımıza minnet borçluyum. Özellikle sayın Başbakanımızın huzurlarında bu konuşmayı yapıyor olmaktan büyük onur duyduğumu belirtmem gerekir."

Protokoldekiler bu son cümle üzerine sırıttılar, ancak Başbakanın gülümsemediğini fark ettiler. Birçoğu dudağını ısırarak hızla ciddiyete geri döndü. Celal önündeki kağıda çok fazla bakmadan konuşmasını sürdürdü.

"İnsanın hayatında bazı dönüm noktaları vardır ki o anda yaptığınız bir tek hata yaşamınızın geri kalanını anlamsız, önemsiz hale getirir. Benim de yakın geçmişte böylesi vahim bir hatam oldu ama ne mutlu bana ki sayın Başbakanımız bugün bana bu hatayı az da olsa düzeltme fırsatı bahşetti. Kendilerine bundan dolayı gerçekten çok müteşekkirim."

Salondakiler ve protokol Celal'in geçmiş yıllarda bir barış bildirisini imzaladığını ve sonra imzasını geri çektiğini biliyorlardı. Şimdi o imzadan duyduğu pişmanlığı ve Başbakanın kendisine sunduğu altın fırsatı bir kez daha minnetle dile getirmesinden dolayı herkes rahatladı. Nihayetinde Başbakan en çok da muhaliflerin kendisine biat etmesinden haz duyardı. Zaten o da yerinde daha dik oturarak, iki elini koltuğunun kenarlarına koyup memnuniyetini belli eden bir tavırla gülümsüyordu. Protokolden bazıları da aynısını yapmaya çalışsa da kimse tam başarılı olamadı. Celal konuşmasını sürdürdü.

"İnsanların binlerce yıllık zorlu mücadeleler ve ağır bedellerle biriktirdiği onur, şeref, haysiyet gibi manevi duygular ile eşitsizliğe, zulme, sömürüye, ayrımcılığa, savaşa karşı olmak gibi değerler bugün artık anlamlı, değerli bir yaşamın en önemli referanslarıdır. Bu referansları yok sayan, görmezden gelen her hayat kanımca boş yere yaşanmış, fuzuli bir zaman kaybından başka bir şey değildir."

Başbakanın yüz ifadesinin gerildiği ve konuşmaya daha fazla odaklanmak için öne doğru eğildiği görülüyordu. Tabii protokolün de.

"Ben hayatımın anlamını bütün ezilenlerin adalet, eşitlik ve özgürlük mücadelesi üzerine inşa etmeye çalışmıştım. Haklıdan, mazlumdan, ezilenden, sömürülenden, yok sayılandan yana olmaya çabalamıştım. Dili, kültürü, kimliği yok sayılan, katliamlarla ortadan kaldırılmak istenen halkım yani Kürt halkı dahil bütün halkların, bireylerin eşit, özgür yarınlara dair mücadelesini kendi hayatımın anlamının harcı yapmaya gayret etmiştim. Beni var eden, onurlu ve değerli kılan buydu. Evet zordu ama beni mutlu eden de bu zorlu mücadeleydi. Ve ben bir hatayla bütün bu değerleri, anlamı tuzla buz ettim. Uyduruk bir konforu, savaşa karşı olmak gibi erdemli bir tutuma tercih ettim."

Başbakan sağına soluna öfkeyle bakmaya, tedirgin bir şekilde ne olduğunu anlamaya çalışıyordu. Protokoldekiler de Başbakanın yüz ifadesini fark eder etmez ne olup bittiğini anlamak istercesine birbirlerine bakıyorlardı. Başbakan bir korumasını yanına çağırıp kulağına bir şeyler fısıldıyordu. Celal aynı kararlılıkla devam ediyordu konuşmasına:

"Arkadaşlarıma, öğrencilerime ve halkıma bundan dolayı samimi bir özür borçluyum. İmzamı geri çekmem tam bir korkaklık, ilkesizlikti. Eğer mücadele arkadaşlarım ve halkım kabul ederse o imzayı tekrar ve daha inançlı bir şekilde bugün burada yeniden atıyorum. Ve diyorum ki: SAVAŞA HAYIR, KAHROLSUN FAŞİZM, YAŞASIN BARIŞ VE ÖZGÜRLÜK MÜCADELESİ."

Celal'in son cümleleri slogan gibi ağzından çıkar çıkmaz sivil polis olduğu anlaşılan kişiler üstüne atlıyor, onu yaka paça sürükleyerek dışarı götürmeye çalışıyorlardı. Korumalar Başbakanın etrafını sarıyor, onu sloganlardan korumaya çalışırcasına şemsiyelerini açarak başka bir kapıdan hızla dışarı çıkarıyorlardı. Salon karışmıştı, protokol tam bir bozgun havası içerisindeydi. Kimi, polislerin arasında sürüklenen Celal'e tepki gösteriyor, küfür ediyor; kimi Başbakanın arkasından gitmeye çalışıyor, bazıları da kafası kesilmiş tavuk gibi çırpınıyor, ne yapacağını bilemez bir halde sağa sola koşturuyordu.

Sonrasında görüntüler Celal'in elleri önden kelepçeli, cübbesiyle polis aracına bindirildiğini gösteriyordu. Salonun dışında konferansı protesto etmek için toplanmış öğrenciler ne olduğunu anlamaya çalışıyor, özel güvenlik görevlileri ve çevik kuvvet polisleri kalabalığı copla dağıtmaya uğraşıyordu. Konferansın gerçekleştiği kongre ve kültür merkezinin önünde tam bir karmaşa yaşanırken Celal polis otosunun arka koltuğunda gülümseyerek oturuyordu.

Celal'i çeken kamera zoom yaptığında Celal'in, elindeki küçük bir kumanda cihazını kongre ve kültür merkezi binasına doğru tutarak düğmeye bastığı görülüyordu. Sonrasında kamera binaya dönüyor, bir pankartın çatıdan hızla açılarak aşağıya sarkışını gösteriyordu. Pankartta büyük harflerle "SAVAŞA HAYIR" yazıyordu, altında da Dekan Celal Karakuş imzası vardı. Pankartı gören öğrenciler Celal'i götüren polis aracının önünü keserek durdurmaya çalışıyorlar ancak tepelerine inen coplar ve atılan gazlar nedeniyle engel olamıyorlardı. Celal öğrencilerin alkışları ve sloganları eşliğinde hızla kampüsten çıkarılıyordu. Özel olarak çekildiği anlaşılan video görüntüleri burada sona eriyordu.

Sema neredeyse soluksuz izlediği bu görüntüler karşısında bir hayli keyiflenmişti. İzlediklerini idrak etmeye çalışırcasına uzun uzun ekrana baktı. Sonra alttaki haber linklerine tıklayarak konuya dair haberleri hızlıca okudu. Hepsi de Celal'in konuşmasını ve pankartı farklı bakış açılarıyla haberleştirmişti. Kimi Celal'e hakaretler yağdırıyor, ondan vatan haini, terörist diye söz ediyor, kimi Celal'i "barış eylemi yapan dekan" diye tanımlıyordu. Kesin olan bir şey varsa o da Celal'in Bedirhan'a verdiği sözü yerine getirdiğiydi.

Hemşire ve hastabakıcılar yoğun bakım odasına girdiğinde Sema halen izlediklerinin etkisindeydi. Seans zamanı gelmişti ve Bedirhan'a anlatacakları vardı. Hızla düşüncelerini bir düzene koydu ve gülümsedi.

22

Seans odasına götürüldüğünde Bedirhan'ın önceden getirilmiş olduğunu gördü; göğsünde ve kafasında elektrotlarla cihaza girmeye hazır halde bekletiliyordu. Sema yattığı yerden gördüğü kadarıyla kocasının yüz ifadesinde bir değişiklik yoktu. Doktorların verdiği bilgiye göre genel sağlık durumu da aynıydı. Araştırma ekibi bugünkü seanslarda hafızanın canlanması konusunda umutlu olduklarını belirttiler. Seans esnasında kalıcı hafıza bölgesini sürekli dışarıdan uyarmaya çalışacaklardı. Sema Bedirhan'ın zihninde çelişkileri çözmeye yardım ederken ekip de biyoelektriksel sinyallerle Bedirhan'ı daha fazla şey hatırlamaya zorlayacaktı.

Sema seans başlamadan önce Linda'yla tekrar konuşmak istiyordu. Bu nedenle, diğer doktorlar odayı terk ederken Linda'dan kalmasını rica etti. Linda yatağın başına gelerek Sema'nın elini tuttu. Sema,

– Celal'e dair bugün yaşanan gelişmelerden haberin yoktur muhtemelen, dedi.

– Yok, yeni bir gelişme mi?

– Evet, Türkiye basınından takip edebilirsin, hatta uluslararası basının da gündemine düşmüştür şimdiye kadar. Zaten Türkiye'de böyle bir haberi duyuracak basın kuruluşu kalmadı sayılır. En azından sosyal medyadan takip edersin. Ama şu kadarını söyleyeyim ki Celal Bedirhan'a verdiği sözü tuttu. Ben bu seansta müdahale etmeyi başarırsam bunu Bedirhan'a aktaracağım. Bu durumda Celal hayale dahil olacak. Ancak biliyorsun ki çözülmesi gereken asıl mesele Mutlu konusudur. Celal ve Mutlu bir şekilde gerçek hayatta tanışmak zorunda kalacaklar. Sen bunun sonuçlarına gerçekten hazır mısın? Son bir defa sormak istedim.

Linda Sema'nın elini bırakmadan,

– Hiç bu kadar emin olmamıştım Sema. Bunun için çok fazla geciktim. Biliyorum, bunun hepimizin hayatlarına etkisi olacaktır. Ama ben Bedirhan için buna değdiğine yürekten inanıyorum. O hepimiz için çok fazla fedakârlık ve iyilik yaptı; hatalarımızı telafi etme işini hep ona yükledik, şimdi sıra bizde artık. Olacak her şeye hazırlıklıyım, eşime ve oğluma bunu izah edebileceğimi sanıyorum. Fakat asıl Mutlu'ya nasıl izah edeceğim? İşte en çok zorlanacağım nokta burası. Bunu da göze alıyorum. İçin rahat olsun, elinden geleni yap ve bizi değil Bedirhan'ı düşün sadece.

– Peki anlaştık o halde, seanstan sonra konuşalım tekrar.

– Tamam, hadi bakalım kolay gelsin.

Seans için tüm hazırlıklar bitirildiğinde oda karardı, vınlama sesi duyuldu.

Gözlerini açtığında elinde ders kitabı, bir bankta oturuyordu. İğde ağacının altındaydı, üniversitenin kampüsüydü burası. Bedirhan halen kendini Sema olarak hayal ediyordu, Sema'nın üniversite yıllarıydı bu. Üzerindeki beyaz önlüğe ve yaşına bakılırsa asistanlık dönemiydi. O yıllarda Bedirhan'la bu ağacın altındaki bankta sık sık otururlardı. Kampüsün sakin bir köşesiydi.

Sema ders kitabına dalmış, bankta ileri geri yaylanarak sesli şekilde bir şeyleri ezberlemeye çalışıyordu. Sol tarafından ritmik şekilde gelen tık, tık, tık sesiyle dikkati dağıldı. Kitaptan başını kaldırıp baktığında sesin bir bastondan geldiğini anladı. Kendisine doğru yaklaşmakta olan siyah gözlüklü, kör bir adamın bastonundan. Adam tam geçerken durdu ve Sema'ya dönerek,

– Affedersiniz, kongre merkezini arıyorum, dedi.

– Buraya biraz uzak maalesef. Tarif edeyim ama gidebilecek misiniz acaba?

– Bulmaya çalışırım.

Sema kongre merkezine doğru gidebilecek birilerini bulmak için etrafına baktı, kimse yoktu. Adama daha dikkatli bakınca bir anda başının döndüğünü, gözlerinin karardığını hissetti. Birkaç saniye sonra kendine geldi; karşısındaki adam çok tanıdık biriydi sanki. Sema tereddütle sordu:

– Ben sizi tanıyor gibiyim.

Adam gülümsedi, gülümsemesi daha da tanıdık geldi Sema'ya. Adam oldukça içten,

– Belki tanışıyoruzdur, dedi, sizin de sesiniz hiç yabancı gelmedi bana.

– Benim adım Sema, tıpta asistanım.

Adam hatırlamaya çalışıyormuş gibi çenesini tuttu, sonra:

– Kesinlikle tanışmıştık ama dur bakalım neredeydi? Bu arada benim de adım…

Adam adını söylemeden önce Sema'nın hatırlamasını umdu, belki de "Bedirhan" diyecek diye umdu ama kadından ses çıkmadı. Bunun üzerine "Benim adım Mutlu," dedi, "Avukat Mutlu Açıkgöz."

– İlginç, isminiz bana hiç yabancı gelmedi ama ben de tam hatırlayamadım şimdi. Neyse, çok memnun oldum, size kongre merkezine kadar eşlik etmek isterdim ama…

– Ama?

Sema sınava daha birkaç saat olduğunu düşünerek on dakika kaybetmekten bir şey olmaz diye geçirdi içinden.

– Aslında önemli bir işim yok, ben size eşlik edeyim, daha iyi.

Adam kolunu dirsekten kıvırarak,

– Memnun olurum, eğer zahmet olmazsa tabii, dedi.

Sema kitabını koltuğunun altına aldı, diğer eliyle adamın koluna girdi.

– Hayır hayır, hem ben de biraz yürümüş olurum. Bakarsınız nerde tanıştığımızı da hatırlarız.

İkisi kol kola yürümeye başladılar, adam tek hareketle sustalı bastonunu katlayıp ceketinin iç cebine koydu. Sema adamı incitmemeye özen göstererek,

– Doğuştan mı görmüyorsunuz, yoksa sonradan mı? diye sordu.

– Doğuştan körüm ben.

– Hayat zor olmalı sizin için.

– Zor olmayan kaç hayat var ki. Benim de kendime göre yaşadığım zorluklar oluyor tabii. Mesela tek başına kongre merkezini bulamamak gibi, dedi gülerek.

– Orada bir işiniz mi var?

– Uluslararası bir konferans varmış. Yetişebilirsem dinlemek istiyorum.

– Anladım, ben derslerden ve yoğun klinik nöbetlerinden pek fırsat bulup takip edemiyorum böyle şeyleri.

– Tahmin edebiliyorum.

– Acaba arkadaş ortamında falan mı karşılaştık sizinle? diye sordu kadın.

– Olabilir, ben de hatırlamaya çalışıyorum. Eğer avukatlık bir işiniz nedeniyle tanışmadıysak tabii.

– Yok benim avukatlık işim olmadı hiç.

– Benim de pek doktorluk işim olmadı.

– Aman olmasın daha iyi.

Gülüştüler.

– Hangi dalda uzmanlık yapıyorsunuz? dedi adam.

Sema bir an düşündü, hangi dalda uzmanlık yaptığını hatırlamıyordu, "Çok ilginç" diye geçirdi içinden.

– Ben… Şey…

– İnsan bazen donup kalabiliyor işte, çok normal, beyin cerrahisi olabilir mi?

– Evet, diye sevinçle bağırdı Sema. Beyin cerrahisi tabii ki. Ama siz nerden biliyorsunuz?

– İlk aklıma gelen o oldu, tesadüf işte.

Adam durdu, yüzünü Sema'ya çevirdi,

– Sema, sana da bazen sanki hafızanı kaybetmişsin de her şeyi yeniden hatırlamaya çalışıyormuşsun gibi oluyor mu?

Sema adamın bu samimiyetini nedense hiç yadırgamadı, bu adamda kesinlikle tanıdık gelen bir şeyler vardı. Sorusu ona tuhaf gelmemişti. Kendisi de sanki uzun süredir bunu düşünüyordu. Fakat şimdi düşününce birçok şey hayal meyal hafızasında canlanıyordu. Annesi, babası, arkadaşları bile yüzlerini tam hatırlayamadığı birer silik fotoğraf gibi canlandı zihninde. Bu çok tuhaftı. Yorgunluktan mıydı acaba?

– Şimdi sen söyleyince tam olarak öyle hissettim. Çok tuhaf doğrusu, fazla çalışmaktan olsa gerek. Gece nöbetleri beni çok yordu galiba. Sana da oluyor mu?

– Sık sık değil ama yorgun olunca insanın beyni donuyor bazen.

– Ben ilk defa yaşıyorum böyle bir şeyi. Aman Allahım, bana ne oldu böyle, o kadar az şey hatırlıyorum ki, kendimi çok tuhaf hissettim şimdi. Kalkmış üstüne bir de seni hatırlamaya çalışıyorum. Kafam gitmiş durumda şu anda. Beyin insana böyle sürprizler yapabiliyor işte.

– Çok normal bence, yoğunluk, koşturmaca içerisinde herkes geçici hafıza kaybı yaşayabilir. Ya da küçük bir trafik kazası, bir travma...

– Ben biraz kötü hissetmeye başladım, galiba başım dönüyor, şurda bir bank var, oturabilir miyiz? Zaten kongre merkezi de hemen bu yolun sonunda.

– Oturalım tabii, sizi yordum galiba?

– Hayır ondan değil, ilk defa bu kadar farklı hissediyorum. Kafam çok karışık, bir sürü düşünce dolanıyor zihnimde ve hepsi karmakarışık gerçekten. Biraz soluklansam iyi olacak.

Birlikte banka oturdular. Bir müddet konuşmadılar. Kadın bu tuhaflığı anlamaya, kafasını toparlamaya çalışıyordu. Ama hiçbir şeyi yerli yerine oturtamıyordu. Bir sürü isim, yüz, olay zihninde hızla dönüp duruyor, gel gör ki hiçbiri kendisine tanıdık gelmiyordu. Bunun psikolojik bir bozukluğun işareti olduğundan şüphe yoktu. En kısa zamanda bir psikoloğa görünmeliydi. Bir psikolog arkadaşı vardı ya... Neydi adı? Bir türlü hatırlayamadı. Durum gerçekten vahimdi demek ki.

– Celal olabilir mi? dedi adam.

– Ne dedin sen?

– Psikolog arkadaşın diyorum, adı Celal olabilir mi?

– Celal mi?

– Evet, Celal.

Kadın biraz düşündükten sonra,

– Hayır, benim öyle bir arkadaşım yok, dedi. Sen nerden çıkardın Celal'i?

– Benim öyle bir psikolog arkadaşım var da, belki ortak arkadaşımızdır diye düşündüm.

Kadın:

– Öyle mi? Yok benim öyle bir tanıdığım, dedi öfkeyle.

Sonra şaşkınlık içinde,

– İyi de, ben sana psikolog arkadaşımı falan sormadım ki! dedi.

Bu esnada kalabalık bir öğrenci grubu uzaktan sloganlar atarak kongre merkezine doğru yürüyordu. Sesler giderek artıyor, yaklaşıyordu.

– Gösteri mi var? diye sordu adam,

– Sanırım öyle. Öğrenciler kongre merkezine yürüyor galiba. İstersen dönelim, bayağı da polis birikmiş orada.

– Yok, bence biraz daha yaklaşıp güvenli bir yerden izleyelim. Yani sen izle, ben dinleyeyim.

– Senin için riskli olmasın? Polis müdahalesi falan olabilir.

– Kenarda oturup bakarız, çok merak etmişimdir hep, senin için bir sakıncası yoksa sonuna kadar beklemek istiyorum. Sanırım konferansı protesto ediyorlar.

– Niye ki?

– Başbakan katılacak konferansa; onu, bir de dekanı protesto ediyorlar. Sanırım vakti zamanında bir barış bildirisini imzalayıp sonra da imzasını geri çekmiş. Buna karşılık da dekan olarak atanmış. Öğrenciler bu yüzden çok kızgın.

– Allah allah, ben niye duymadım? Bizim Sosyal Bilimler Fakültesi Dekanı... neydi adı ya?

– İşte şu Celal dediğim arkadaşım var ya, dekan o.

– Senin arkadaşın mı?

– Evet, o yüzden izleyelim buradan.

– Peki, izleyelim o zaman.

Birlikte kongre merkezinin köşesine kadar gelip olanları izlemeye başladılar. Protestocu öğrenci kalabalığı giderek artıyor, sesleri daha gür çıkıyordu. Hep bir ağızdan "İşbirlikçi dekan istemiyoruz", "Kahrolsun faşizm" diye slogan atıyorlardı. Tam bu esnada kongre binasının kapısında bir hareketlenme oldu, polisler oraya doğru koşmaya başladılar. Başbakan koruma ordusu eşliğinde binadan çıkarıldı, makam aracına bindirilip oradan hızla uzaklaştırıldı. Sema olağandışı bir şeyler olduğunun farkındaydı, ama ne olduğunu bir türlü anlayamıyordu. Hemen arkasından, polislerin arasında yerde sürüklenen, cübbeli ve elleri önden kelepçeli birini gördü. Adamı görür görmez öfkelense de bunun nedenini anlayamadı. Öğrencilerin protesto ettiği dekan bu muydu yoksa? Evet buydu muhtemelen, diye düşündü çünkü öğrenciler şimdi onun konulduğu polis aracına doğru yönelmişlerdi. Adamı polis otosunun penceresinden dışarı gülümseyerek bakarken gördü, ardından büyük bir gürültüyle kongre binasının çatısından aşağı bir şey süzülerek açıldı. Kadın dönüp baktığında gözlerine inanamadı, bu devasa bir pankarttı ve üstünde "SAVAŞA HAYIR", alt köşesinde de Dekan Celal Karakuş yazıyordu. Sonra polis otosunun hareket ettiğini gördü, içindeki adamla göz göze geldi ve gözleri doldu.

– Ama... Ama... Bu... Bu dekan bizim Celal... Nasıl olur?

– Sana Celal'in ortak arkadaşımız olabileceğini söylemiştim, demek yanılmamışım.

Sema yanındaki adama dikkatle gözlerini dikmiş, ağzı açık bir şekilde bakıyordu. Az önce yanında duran kişinin kör bir avukat olduğundan emindi. Ama şimdi, şimdi…

– Bedirhan, ne zaman geldin buraya? dedi şaşkınlıkla.

– Ben hep buradaydım, sen fark etmemişsin sanırım.

– Öyle mi? O zaman bir şeyler yapmamız lazım.

– Ne için?

– Celal için.

– Elimizden ne gelir ki?

– Şey… en azından bir avukat bulmamız gerekmez mi?

– Doğru söylüyorsun, kim olabilir Sema?

– Mutlu'yu gönderebiliriz bence, evet arayalım hemen, Emniyet Müdürlüğüne, Celal'i görmeye gitsin.

– Mutlu kim ki?

– Mutlu... Mutlu, bir avukat işte; arayalım, gitsin.

– Celal'i tanıyor mu peki? diye sordu adam.

– Yok tanımıyor ama tanışmalılar Bedirhan, evet evet birbirini tanımalılar. Senin bilmediğin çok şey var Bedo, sonra anlatırım. Mutlu nerde acaba?

– Peki, Mutlu'yu bulalım gönderelim o zaman.

– Gönderelim, çabuk Bedirhan.

23

Seansa ara verdiklerinde Sema Linda'yı çağırttı. Linda geldiğinde ona "Şimdi sıra sende Linda," dedi. Yirmi beş yıldır bu anı bekleyen Linda kalp atışlarının hızlandığını hissetti. Kızıyla tanışmanın bin türlüsünü hayal etmişti ama aralarından hiçbiri şu ana benzemiyordu. Sema telefonu eline aldı ve Mutlu'yu aradı. Birkaç çalıştan sonra Mutlu'nun yumuşak sesi duyuldu. Sema,

– Merhaba Mutlu, dedi umarım müsaitsindir? Ben Sema.

– Ah, merhaba Sema Hanım. Sesinizi duymak güzel, gelişmeleri kafedeki arkadaşlardan sürekli öğreniyorum, arayıp da sizi rahatsız etmek istemedim. Bedirhan Amca… yani Bedirhan Hoca nasıl, bir gelişme var mı?

– Az da olsa mesafe kat ettik ama sonucu şimdiden kestirmek çok zor. Doğrusu bu biraz da senin yardımına bağlı.

– Benim yardımıma mı?

– Evet, Mutlu. Senin yardımına.

– Elbette ki seve seve, ama ben ne yapabilirim ki?

– Şimdi beni dikkatle dinlemeni istiyorum. Sanırım Bedirhan'ın kaza yaptığı gün sana söylemeyi planladığı şeyi biliyorum.

– Gerçekten mi? Bunu nasıl öğrendiniz?

– İşin ilginç yanı da bu kısmı zaten, Bedirhan'ın sana açıklayacağı kişiden, Linda'dan öğrendim.

– Linda mı? O da kim?

– İstersen telefonu kendisine vereyim, bizzat ondan öğren. Ancak şu kadarını söylemeliyim ki, duyacağın şeyler bir yandan senin hayatını değiştirecek, diğer yandan Bedirhan'ın hayatını kurtaracak kadar önemli olacak. Linda'yla konuştuktan sonra senden bir de isteğim var. Sanırım Celal'le ilgili gelişmeleri duymuşsundur.

– Of ya, evet! İnanılmazdı, herkesi şaşırttı doğrusu, kimse beklemiyordu böyle bir şey.

– Evet, hepimizi şoke etti. Şimdi sen Linda'yla konuş, sonrasında benim Celal'e dair bir şeyler söylemem lazım.

– Tamam, bekliyorum Sema Hanım.

Telefonun öbür ucundaki Mutlu'nun nefes alışverişlerinden heyecanı fark edilebiliyordu. Telefonu eline alan Linda'nın ise titreyen parmaklarından yaşadığı gerilim açıkça görülebiliyordu. Linda baş başa konuşmak istediğini söyleyip telefonla birlikte seans odasından çıktı. Sema hareketsiz yatan Bedirhan'a baktı. Vücudunun üst kısmı çıplaktı ve elektrotlarla kaplıydı. Bacakları beline kadar örtüyle kapatılmıştı. İki ay içerisinde neredeyse on kilo zayıflamış, iyice süzülmüştü Bedirhan. Teni soluktu, yüzündeki yumuşamış ifade olmasa bir ölüden farkı yoktu. Yatağa bağlı olmasından kaynaklı vücudunda oluşabilecek bazı yaraları önlemek için tıbbi tedbirler alıyorlardı. Sema bir an onun gözlerini açıp sedyede doğrulacağını düşündü; buna inanmak, bunu beklemek bile güzeldi Sema için. Umut, mutluluktan daha güçlü, daha kalıcı, daha üretici bir duyguydu ne de olsa. Belki de birazdan uyanacaktı Bedirhan, birlikte eve döneceklerdi. Bunu düşünmek bile heyecanlandırdı Sema'yı. Ama şimdi yapılacak işler vardı, ona odaklanmak gerekiyordu.

Linda'nın Mutlu'yla konuşması neredeyse kırk dakika sürdü. Döndüğünde gözleri ağlamaktan kızarmasına rağmen yüzündeki ifadeden rahatladığı anlaşılabiliyordu. Görüşmeleri çok iyi geçmiş, Mutlu başta büyük bir şaşkınlık yaşasa da sessizce her şeyi dinlemiş ve sonunda, "Bütün bunları düşünmem için biraz zamana ihtiyacım var, seni mutlaka arayacağım, şimdilik ne diyeceğimi bilemiyorum ama her şeye rağmen içimde tarifi zor, buruk bir sevinç var," demişti. Linda bunları Sema'ya anlatırken aynı heyecanı ve coşkuyu tekrar yaşıyor, ıslak gözlerinin içi gülüyordu. Sema da Linda'dan yayılan kıpır kıpır enerjiyle kendini daha iyi hissetti. Telefonu alıp Mutlu'yu tekrar aradı. Mutlu hemen cevap verdi:

– Merhaba Sema Hanım.

– Merhaba tekrar. Evet, senin için tarihi ve zor bir gün olmalı, ne diyeceğimi bilemiyorum. Senin adına sevinmeli miyim acaba?

Mutlu emin olmak istercesine:

– Bütün bunlar gerçek mi Sema Hanım? diye sordu.

– Sanırım gerçek Mutlu, konuştuğun kişi senin annendi.

Mutlu heyecanlı ve titrek sesle:

– Dediğiniz gibi çok zor bir durum Sema Hanım. Karmakarışık duygular içindeyim. İnanılır gibi değil. Bir anda ben ben olmaktan çıktım, aniden başka biri oluverdim. Yirmi beş yıldır kanıksadığım hayat bir anda tuzla buz oldu. Bir yanım deli gibi sevinçle dolu, bir yanım tedirgin ve kaygılı. Bunu sindirmek ve alışmak kolay olmayacak doğrusu. Çok şaşkınım. Ne diyeceğimi, ne yapacağımı bilemiyorum. Hiç böyle hayal etmemiştim. Sizinle açık konuşmam gerekirse ben günün birinde Bedirhan Amcanın babam olduğunu açıklayacağını, anneminse ölmüş olabileceğini düşünmüştüm hep, kendimi buna hazırlamıştım. Bedirhan Amcadan gördüğüm baba şefkati beni böyle düşünmeye itmişti belki de. Ama şimdi, aman Allahım, son iki yıldır Bedirhan Amcayla birlikte en çok kızdığımız, sinir olduğumuz adamın babam olduğunu öğreniyorum. İdrak etmek çok zor, annem ve babam ha... Bunlar henüz bana çok yabancı kavramlar.

– Bu çok normal Mutlu, bunları konuşacak, tartışacak çok zamanın olacak önünde. Ruh halinin darmadağın olmasını anlayabiliyorum ama çok acilen yapmanı istediğim bir şey var. Bedirhan'ın tedavisi için ne kadar hızlı olursan o kadar iyi olur.

– Elbette, ben hazırım.

– Şimdi gözaltı merkezine gitmeni, Celal'le her şeyi konuşmanı, avukatlığını üstlenmeni ve sonrasında konuya dair basına bir açıklama yapmanı istiyorum. Senden haber bekliyorum.

Mutlu tereddüt göstermeden:

– Birkaç saat içerisinde hepsini yapmış olacağımdan emin olun Sema Hanım. Sizi arayacağım, dedi.

– Tamam, bekliyorum Mutlu, kolay gelsin; güçlü ve moralli olmanı diliyorum.

– İhtiyacım olacak, eminim.

Emniyet Müdürlüğündeki küçük, havasız avukat odasında beklerken, heyecandan ayaklarını sallıyor, parmaklarıyla masaya vurarak çıkardığı düzensiz tıkırtıları dinliyordu Mutlu. Kapı açıldığında heyecanını gizlemeye çalışarak ayağa kalktı ve sesinin titrememesini umarak,

– Celal Bey? diye sordu.

Celal görür görmez hatırlamıştı Mutlu'yu, doğrusu onu beklemiyordu ama bir yandan da Bedirhan'ın avukatını görmekten mutluluk duydu. Mutlu'nun uzattığı eli sıktı, masanın karşı tarafındaki sandalyeye oturdu.

Celal'i getiren polis dışarı çıkınca başbaşa kaldılar.

– Sizi gördüğüme sevindim, dedi Celal.

– Geçmiş olsun mu, kutluyorum mu demem gerekir?

– İkincisini tercih ederim.

Sesinden rahatlamış ve sevinçli olduğu belliydi Celal'in.

– Peki, öyle olsun.

Mutlu kendini çaresiz ve sıkışmış hissediyordu. Avukatlığını üstlenip hukuki destek sunacağı bu adam, yani müvekkili, gerçekte babasıydı ve bunu birazdan ona açıklamak zorundaydı. Olmayan babası, yirmi beş yıldır kayıp olan babası, kendisini ve annesini en zor zamanda terk edip ortada bırakmış babası, yetimhanede kimsesiz büyümesine neden olan babası, sorumsuz vicdansız babası, imzasını geri çekmiş babası, bugün yaptığı konuşmayla gündemi sarsmış babası, Celal baba, baba Celal... Derin bir nefes aldı.

– Hukuki konuları konuşmadan önce daha önemli bir meseleyi halletmemiz gerek, dedi.

Celal ilk gördüğü andan itibaren kendisine çok tanıdık gelen bu yüze daha dikkatle baktı. Şimdi gerilmişti bu tanıdık yüz; dudakları titriyordu, masanın üstündeki elleri de. Bir tuhaflık olduğunu anladı Celal.

– Bir sorun mu var? Yoksa Bedirhan'la mı ilgili?

– Hayır Bedirhan Amca iyi, daha iyi olacak, biraz da bu görüşmenin ve tanışmanın yardımıyla tabii.

– Anlayamadım.

– Anlatmaya çalışacağım, dedi kadın.

Avukat görüş odasında geçen bir saatin sonunda Celal elleri masanın üstünde birleşmiş, başı önünde, ağlamaktan gözleri kızarmış bir şekilde susuyordu. Yirmi beş yıl önce üstünü örttüğü bir mezardan, suçlarını gömdüğü bir çukurdan Linda ve kızı Mutlu çıkmıştı. İşlediği ve gizlediği adice bir cinayet nihayet ortaya çıkan katil gibi hissediyordu kendini. Böylesini beklemiyordu ama hak ettiğini düşündü; her türlü suçlamayı, hakareti, küfrü hak etmişti. Ancak Mutlu, hiçbirini yapmamıştı, belki yapsa rahatlayacaktı. Alelade bir şeyi anlatır gibi serinkanlılıkla anlatmıştı bütün hikâyeyi. Belli ki şimdi burada, avukat odasında dökmek istemiyordu duygularını. Sonraya bırakıyordu bunları. Onun için şimdi önemli olan ne kendisiydi, ne de çiçeği burnunda babası. Bedirhan'ı düşünüyordu sadece. Yıllarca kendisine kol kanat germiş Bedirhan Amcasını. Celal bunları düşündükçe kendini daha kötü hissediyordu. Karşısında kızı duruyordu; normalde ona sarılması, öpmesi, koklaması, ondan af dilemesi gerekiyordu ama kızına sarılarak üstündeki kiri ona da bulaştırmaktan korkuyordu. Onu hak edecek ne yapmıştı ki? Kızı haklıydı, şimdi Bedirhan'ın zamanıydı, onun için bir şeyler yapmanın zamanı... Ayağa kalktı, ayaklarını sürüyerek kapıya kadar gitti. Camın arkasından izleyen polis gelip kapıyı açmadan önce son bir defa bütün gücünü topladı, yapış yapış olmuş ağzını güçlükle aralayarak ve ağlamaklı bir sesle,

– Bir fırsatım olursa... Küçük bir fırsatım... Kendimi affettirmek için...

Cümlesini tamamlayamadı Celal, açılan kapıdan polislerin arasında hücresine geri döndü.

Emniyet Müdürlüğünün dışı basın mensuplarıyla doluydu. Mutlu'nun geldiğini görünce hepsi hareketlendi.

Mutlu kendisini dışarıda bekleyen birkaç avukat arkadaşıyla birlikte yanlarına gelince bütün mikrofonlar kendisine uzandı. Ciddi ve kararlı bir ses tonuyla kısa konuştu.

– Müvekkilim gayet moralli ve kararlı. Yaptığı şeyin suç olduğunu düşünmüyor, ki son derece haklı. Söylediği her şeyin arkasında, sadece bunu geç yaptığından dolayı üzgün olduğunu belirtiyor. İşten atılan bütün akademisyen arkadaşlarına ve özellikle Bedirhan Hocaya çok selam söyledi. Biz avukatları olarak gerekli itirazları yaptık. Müvekkilimizin derhal serbest bırakılmasını bekliyoruz, burdan serbest bırakılmasa bile birkaç saat içerisinde savcılığa çıkarılmasını umuyoruz. Müvekkilimizi adliyeden alacağımızdan kuşkumuz yok. Son olarak... Sergilediği bu davranıştan dolayı babamla yani Prof. Celal Karakuş'la gurur duyduğumu da belirtmek istiyorum.

Mutlu'nun adliye önünde yaptığı açıklamayı Sema ve Linda sosyal medya üzerinden canlı olarak izlemişlerdi. İkisin de gözlerinin içi parlıyordu. Linda kızının böylesine güçlü olmasından dolayı hissettiği gururu saklamaya gerek duymadı. Bunun için en çok da Bedirhan'a minnet besliyordu. İçinden bir ses her şeyin iyi olacağını söylüyordu. Mutlu'nun gazetecilere yaptığı açıklama bittikten sonra yanındaki avukat arkadaşlarının şaşkınlığı ve Mutlu'nun yüzündeki mutluluk Linda için harikaydı. Açıklama sonrasında Mutlu Sema'yı aramış, detayları da anlatmıştı. Her şey yolunda gibi görünüyordu. Şimdi sıra bütün bu olanları Bedirhan'a anlatmaktaydı. Bu kısmı artık zor olmayacaktı. Bedirhan'ın hafızası her seferinde daha fazla güçleniyor, bu da işlerini biraz daha kolaylaştırıyordu. Linda dışarı çıktı, seans için hazırlıkların başlamasını istedi. Birkaç dakika sonra ışıklar kapandı, vınlama sesi duyuldu.

Sema gözlerini açtığında Emniyet Müdürlüğünün önündeydi; gazetecilerin hemen arkasında, Mutlu'nun açıklamasını dinliyordu. Yanında Bedirhan da vardı. Açıklamayı dinlerken Bedirhan'ın elini sıkıyor, heyecanını gizlemeye çalışıyordu. Mutlu'nun konuşması bittiğinde Sema gözleri yaşlı, Bedirhan'ın boynuna sarıldı.

– İşte sana söylemek istediğim şey buydu aşkım: Mutlu, Celal'in kızı!

Şimdi hayalde Sema ve Bedirhan otuzlu yaşların ortalarındaydı. Bu da iyiye işaretti, Bedirhan daha fazla şey hatırlayacaktı demek ki. Mutlu'nun açıklamasından sonra kendisiyle ayaküstü biraz sohbet edip Celal'le ilgili bilgi aldılar. Sema Bedirhan'la Mutlu'yu alelacele tanıştırdı ve her şeyi evde anlatacağını söyledi. Mutlu'yu da en kısa zamanda eve yemeğe bekliyorlardı. Emniyet Müdürlüğünün önünden ayrılıp Mutlu'yla ayrı yönlere doğru yürüdüler. Hava kararmak üzereydi, eve gitmeye karar verdiler. Sema seansın sonlandırılmasını istedi.

24

Seansa ara verdiklerinde Sema artık çok daha umutlu, daha heyecanlıydı. Yeni bir seansa başlamak için sabırsızlanıyordu. Ancak ekip biraz dinlenmelerinde ısrarcıydı. Bugün de ilerleme kat etmişlerdi, fazla risk almak istemiyorlardı. Bugünlük bir seans daha yapıp sonuç alamazlarsa yarın, yani son gün artık ellerindeki bütün imkanları kullanıp tedaviye son vereceklerdi.

Dinlenmeyle geçen üç saatin sonunda oda yeniden kararıp vınlama sesi duyulduğunda gözlerini kendi evlerinde açtılar. Seansta sedyede uzanan Sema, hayali daha fazla yönlendiriyordu artık. Bedirhan'ın kaza yaptığı ameliyat gününü yaşıyorlardı şimdi. Sema'nın amacı Deniz'den kaynaklanan karmaşayı çözmekti.

Sabahın erken bir vaktiydi, çocuklar okula gitmek için hazırlanırken onlar da mutfaktan aldıkları kahvaltılıkları salondaki masaya yerleştiriyorlardı. Kadın çok sessizdi, tedirgin olduğu her halinden anlaşılıyordu. Çocukların kendi aralarındaki şakalaşmaları salondan duyuluyordu. Adam kadındaki kaygılı hali fark ettiğinden onu rahatlatmaya çalıştı.

– Çok heyecanlı görünüyorsun Sema. Biraz rahatla doktor hanım, ameliyatta bana lazım olabilirsin, dedi gülerek.

Sema tedirginliğinin fark edilmiş olmasından duyduğu telaşla,

– Yok canım, ben gayet rahatım. Hem ameliyatın başarılı geçeceğinden kuşkum yok. Sadece...

– Evet?

– Çocuklar bugün okula gitmese mi acaba? Zeliha'yı ararız, hemen gelsin, biz birlikte hastaneye gideriz, olmaz mı?

Kadındaki tedirginliğin nedenini anlayınca adam:

– Olur tabii ki, bir bahane uydururuz artık.

– Tamam, öyle yapalım, içimde tuhaf bir his var çünkü.

Sema çocukların yanına gidip bugün okula gitmeyeceklerini söyledi. Çocuklar başta biraz itiraz etseler de çaresiz kabul etmek zorunda kaldılar. Kahvaltılarını yapıp öğlene kadar evde birlikte vakit geçirdiler. Sema ile Bedirhan öğlen çocukları Zeliha'ya bırakıp hastaneye gittiler. Böylece trafik kazasını yaşanmamış gibi geçiştirmiş oldular. Sonuçta Deniz hayattaydı ve Bedirhan bunun farkındaydı artık. Yol boyunca ameliyat dışında birçok konuda keyifle sohbet ettiler. Kadın daha rahat görünüyordu ancak hastaneye varınca yeniden tedirginlik başladı. Hastanede Sema'nın odasında bir müddet daha sohbet edip gerilimlerini atmaya, ameliyat öncesi iyice rahatlamaya çalıştılar. Adam artık zamanın iyice daraldığını düşünerek kadına gerçekleri açıklamaya başlamanın iyi olacağına karar vermişti. Çok kolay olmayacaktı, yine de bir yerden başlaması gerekiyordu. Hayaldeki kadının yani Bedirhan'ın göreceği şeyler karşısında yeni bir şok yaşamaması için dua ediyordu. Kendinden emin bir ses tonuyla söze girdi adam:

– Sema, canım, bir tanem. Sana bazı önemli gelişmelere dair bilgi vermem gerekecek. Ama göreceğin, duyacağın her ne olursa olsun bana güvenmeni, kendini asla bırakmamanı istiyorum. Anlatmak kolay olmayacak. Ben yine de deneyeceğim. Yeter ki sen göreceklerin karşısında aşırı tepki gösterme ve beni dinlemekten vazgeçme.

– Ne diyorsun Bedirhan? Hiçbir şey anlamadım. Bu nasıl garip bir konuşma öyle? Birazdan seni ameliyata alacağız ve hâlâ sana dair benden gizlediğin şeyler mi var?

– Hayır hayır, bana dair değil, sana dair şeyler.

– Benimle mi ilgili?

– Kalk, beraber yoğun bakım odasına gidelim istersen. Belki orada göreceklerinle birlikte daha iyi anlatabilirim. Senden tek istediğim paniklememen ve beni dinlemen. Bu konuda elinden geleni yapacağına söz vermeni istiyorum.

– Hiçbir şey anlamıyorum dediklerinden.

– Söz veriyor musun?

– Tamam söz ... de neler oluyor Bedirhan?

– Gel anlatayım.

Birlikte kalkıp yoğun bakım odasına kadar yürüdüler. Bedirhan Sema'nın elini tuttu, kapıyı açmadan önce,

– Hazır mısın Sema? dedi,

– Peki tamam, ama umarım beni kızdıracak bir şey değildir.

Yoğun bakım odasından içeri girdiklerinde kadın çığlık atarak olduğu yerde durdu. İki eliyle ağzını kapatarak sesini bastırmaya çalışırken bir Bedirhan'a, bir yataktaki hastaya baktı. Bedirhan,

– Sakin ol lütfen, söz vermiştin bana, dedi.

– Ama... Ama bu... Aman Allahım, aman Allahım, şaka mı bu Bedirhan? Nedir bu? Nasıl olur?

– Ne olduğunu biliyorsun Sema, sadece hatırlamak istemiyorsun.

– Hatırlamak mı?

– Evet hatırlamak.

– Neyi Bedirhan? Neyi hatırlamam gerekiyor? Sen… Sen… Bu yataktaki adam kim? Neden sana bu kadar benziyor? Hangisi sensin Bedirhan? Yataktaki sen misin?

– Hayır Sema, yataktaki sensin.

– Ben mi?

– Evet sensin, gel şöyle oturalım, sakın kendini bırakma. Bana güven lütfen. Sana her şeyi anlatacağım. Sadece hafızanı zorlamaya çalış, bak göreceksin her şey düzelecek.

– Anlamıyorum Bedirhan, hiçbir şey anlamıyorum.

İkisi yoğun bakım odasının girişindeki banka oturdular. Adam ilk kaza anından itibaren yaşanan her şeyi kadına anlattı. Kadın bazen gülerek, bazen anlatılanlara inanmadığını belli edip alay ederek dinledi. Ancak adam büyük bir ciddiyetle ve sabırla anlatmaya devam etti. Son iki aydır yaşananları bütün detaylarıyla dinleyen kadın yarı alayla,

– Yani diyorsun ki, dedi, biz şimdi benim zihnimde ve bir hayalin içindeyiz. Sen bensin, ben de senim üstelik. Bu yaşananların hiçbiri gerçek değil, öyle mi?

– Biliyorum, inanması çok zor, beynin şu anda yaşanan her şeyi gerçeklik olarak kabul ediyor. Dış dünyaya dair algılarımız beyin tarafından aynen bu şekilde bir zihinsel faaliyetle işlendiğinden, senin beynin gerçek ve hayali birbirinden ayıramıyor. Rüya görürken bunun rüya olduğunu kesinlikle bilmeyiz, ta ki uyanana kadar. Seninki bir rüya değil, hayal kuruyorsun ama bitkisel hayatta ve koma dediğimiz uyku halinde olduğun için bunun bir hayal olduğunu idrak edemiyorsun. Bunun için gözlerini açman ve bilinç durumunu yeniden açık hale getirmen lazım. Bu, ikimizin ortak hayali; ben sana yardım etmek için burdayım. Şimdi sen de kendini zorlayıp buna inanarak işe başlayabilirsin. Aslında sen şu anda burdaki yatakta yatmıyorsun, iki ay boyunca yattın bu yoğun bakımda ve gerçekte ikimiz birlikte Zürih'te bir klinikteyiz canım. Şimdi gözlerini kapa ve ben aç deyince aç. Haydi, şimdi dediğimi yap ve kapa gözlerini, bak hayalimizde seni nereye götüreceğim.

Kadın gözlerini isteksizce ve inanmaya inanmaya kapadı. Bedirhan aç dediğinde de açtı. Bir an gözlerine inanamadı. Elleriyle gözlerini ovuşturdu. Gördükleri gerçek olamazdı. Tam karşısında kendisi ve Bedirhan yan yana iki sedyede uzanmış, kafaları da büyükçe bir yuvarlak cihazın içindeydi. İkisinin de vücutlarının üst tarafına ve kafataslarına elektrotlar bağlıydı. Kafalarında şeffaf bir kask vardı. Adam,

– İşte canım, ikimiz şu anda burdayız, şurada yatan Bedirhan sensin, diğeri de benim. Bu kısımları senin hatırlamanı beklemiyoruz ama burdan geriye giderek her şeyi hatırlayabilmen gerekiyor.

Kadın titrek bir sesle,

– Şu anda yaşadıklarımız da mı hayal yani? diye sordu.

– Evet, hepsi hem de. İkimizin ortak hayali, ama büyük bir kısmı bana ait. Giderek senin hayallerine daha fazla dahil olabiliyorum neyse ki. Aslında sen burayı hiç görmedin.

– Peki, bir an dediklerinin doğru olduğuna inandım diyelim, nasıl çıkacağım ben buradan?

– Gözünü açarak canım; etrafında olup biteni görmen, duyman veya bir şekilde algılaman lazım. Kendini bu hayal dünyasından çıkmaya odaklaman, dış dünya ile fiziki bir temas kurmaya ikna etmen gerekiyor. Sana dışarıdan ilaç takviyesi de yapılacak, ben hep yanında olacağım, fakat zamanımız giderek daralıyor. Lütfen zihnini, hafızanı olabildiğince zorla bir tanem.

– Olanlara inanmak imkansız Bedirhan, aklım bunu kabullenemiyor. Dediklerini nasıl yapacağım bilemiyorum.

– Şimdi cihazı kapatıp birazdan yeni bir seansa geçeceğiz. Eğer şu anda burada konuştuklarımızı ve gördüklerimizi unutmamayı başarırsan, yeni seansta her şey çok farklı olacak, tabii bu biraz da sana bağlı. Hazır mısın?

– Nasıl hazır olunur böyle bir şeye, bilemiyorum ki?

– Göreceksin.

Sema seansın sonlandırılması için ekibe işaret verdi. Araştırma ekibinin tamamı heyecanla seans odasına doluştular. Bedirhan'ın beynindeki biyoelektriksel faaliyetlerin çok arttığını ve beyninin birçok bölgesinin etkileşim içerisine girdiğini tespit etmişlerdi. Ciddi bir mesafe kat edilmiş olması gerekiyordu; hatta bir an Bedirhan'ın gözlerini açmasını bile beklemişlerdi. Sema da seansta geldikleri aşamaya dair ekibe bilgi verdi. Bir sonraki seansta artık hiçbir travma ve çelişki kalmamış olacaktı. Bedirhan'ın Deniz'e dair travmasını da hiç yaşanmamış gibi atlatmayı başarmışlardı.

Şimdi artık hayalde Bedirhan'ın kendi bedenine dönmesi ve gerçeklik algısına yaklaşması gerekiyordu. Bu şekilde gözünü açıp, bilincini harekete geçirmesi de mümkün olacaktı.

Kısa bir dinlenme sonrası tekrar seansa başlamaya karar verdiler. Vınlama sesinden sonra ilkin Bedirhan gözlerini açtı. Etraf karanlıktı, sadece vınlama sesi duyuluyordu. Muhtemelen az önce gördüğü odada ve cihazın içindeydi. Sema'ya seslendi:

– Sema, hayatım, duyuyor musun beni?

– Duyuyorum Bedirhan, buradayım aşkım.

– Gözlerimi açtım Sema, dediğini yaptım, başardım sanırım.

– Ah aşkım, bir aşama daha kat ettik, iyiye gidiyoruz, gözlerini gerçekten açabileceğine inanıyorum. Bak en azından benim bedenimle değil kendi bedeninle hayal ediyorsun kendini, bu da çok önemliydi.

Seanslarda kendini sürekli Sema olarak hayal eden Bedirhan, kendini normal şekliyle hayal ediyordu artık.

– Tamam da ben gözlerimi de açtım, şu anda cihazın içindeyim.

– Açtın açtın da. Cihazdan hafifçe dışarı bakabilir misin?

Bedirhan cihazın boşluğundan dışarı bakmak için yattığı yerden gözlerini devirince gördüklerine inanamadı. Başka bir Sema ve başka bir Bedirhan dışarıda yan yana durmuş, onları izliyordu.

Bedirhan:

– Bu ne şimdi Sema? dedi büyük bir şaşkınlıkla.

– Halen hayalin içindeyiz Bedo. Gözlerini sadece hayalde açtın, gerçekte değil. Kendimizi izlerkenki halimizi hayal ediyorum şu anda, sen de onu görüyorsun doğal olarak.

25

Camın arkasından seans odasını izleyen ekip nefeslerini tutmuş, içerden gelecek bir hareketlenmeye odaklanmıştı. Önlerindeki bütün ekranlarda Bedirhan'ın beyninden gelen tüm sinyaller artmıştı. Nöronlar arası etkileşim ve yapay kaska uyarı akışında da sorun görünmüyordu. Ortalama sağlıklı bir beyinden elde edilebilecek bütün veriler ekranlara yansıyordu. Hastaya hafızasının tümden geri kazandırılması ve bedensel faaliyetlerinin aktif hale gelme olasılığı artık çok güçlüydü. Bir süre daha dikkatlice izlediler. Bedirhan'da en küçük bir hareket yoktu. Bu esnada Bedirhan ve Sema devam etmekte olan seansta iletişim halindeydiler.

– İyi de Sema, ben bundan daha farklı şekilde gözlerimi açamıyorum ki.

– Beynin halen dış dünyadaki gerçeklik ile hayaldeki gerçekliği birbirinden ayıramıyor. Ama yine de hafızanın tümden yerine gelmiş olması lazım. Hatırlıyor musun her şeyi?

– Evet hatırlıyorum, ama ya hatırladıklarım da hayalse?

– Test edelim o zaman. Biz seninle ilk nerede tanıştık peki?

– İlk… Viyana'da operadan çıkıyorduk, sen kolları tüllü siyah bir elbise giymiştin, başında da kenarları çiçekli bordo bir şapka vardı. Şaka şaka, panik yapma hemen. Üniversitenin yanındaki kafede tanıştık ilkin.

– Aferin şakacı. Peki Mutlu'ya, Celal'e, Linda'ya dair her şeyi hatırlıyor musun?

– Evet de, hangisi hayal hangisi gerçekti, ayırt edemiyorum şimdi.

– En son yaşananlar, hayalinde gördüklerin yani, neredeyse birebir gerçekten de yaşandı. Ben olanları sana aktardım sadece.

– Peki... Deniz... Deniz'e dair hissettiklerim vardı, ama hangisi gerçekti Sema?

– Senin asıl şok yaşadığın olay oydu zaten Bedirhan. Hayalde kaza günü yaşananları değiştirdik, yaşanmamış gibi yaptık ikimiz de. Deniz'in hiçbir şeyi yok, kazadan hafif sıyrıklarla çıktı. Ama sanırım sen hep onu kaybettiğimize inandın.

– Neye inandığımı hatırlamıyorum ama kaza sonrası kötü bir şey olduğunu seziyorum sanki.

– Hafızanı ve bilincini kilitleyenin o olduğunu biliyorduk. Bu nedenle hep o noktaya odaklandık. Ama hafızan yerine gelmesine rağmen bilincinin açılmamış olması ciddi bir sorun. Şimdi seansı sonlandırıp ekiple bu konuya yoğunlaşmamız gerekiyor. Döndüğümde senden şunu öğrenmek istiyorum: "Cihaz kapalıyken hayal kurmaya ve düşünmeye devam ediyor musun ve cihaz açıldığında ben hayale nereden dahil oluyorum?" Bunları anlamaya çalışalım. Şimdi gidiyorum, görüşürüz birazdan.

– Yani şimdi sen gidip ekiple görüşüyorsun ve ben burada öylece yatıyorum, sonra da geri gelip benim beynime bağlanıyorsun, öyle mi? İnanması çok güç doğrusu.

– Aynen öyle oluyor, fazla uzağa gitmiyorum, merak etme. Yattığım yerden konuşuyorum ekiple.

– Hadi bakalım, bekliyorum, hoş beklemesem nereye gideceğim sanki.

– Canıım, kıyamam sana. Az kaldı, birlikte çıkıp gideceğiz buradan. Bu arada geçen doğum günümde bana ne hediye aldığını hatırlayabiliyor musun?

– Of yaa! Her fırsatta yüzüme vur artık, tamam doğum gününü unutmuştum ama telafi edeceğim bir şekilde.

– Yok yanlış anlama, sadece hafıza testi yaptım, hadi görüşürüz.

Sema gelinen aşamayı ekiple uzun uzadıya tartıştı. Bugün bir seans daha yapacaklardı, onlar dışarıdan ilaçlar ve sinyallerle yardımcı olacaktı. Eşzamanlı olarak Bedirhan'ın vücuduna dışardan fiziksel temas gerçekleştirilecek ve bunu algılayıp algılamadığı da ölçülecekti. Zamanları giderek daralıyordu. Yarın seansların son günüydü, sonuç alamasalar bile işlemlere son vermek zorundaydılar. Sonrasında ikinci bir defa aynı işlemi tekrarlamaları da çok riskliydi. Bu nedenle son seanslarını iyi değerlendirmek zorundaydılar. Sema Bedirhan'ı seans sırasında olabildiğince konuşturacak ve konuşma aralarında sürekli bunun bir hayal olduğunu hatırlatıp ondan beynini zorlamasını, düşüncesini bedensel hareketlere odaklamasını isteyecekti. Bedirhan tek parmağını bile oynatmayı başardığında gerçeklik algısı hemen düzelebilecekti. Ayrıca düşünsel aktivitenin cihaza bağlı değilken de devam edip etmediğini bilmek istiyorlardı. Çünkü Bedirhan'ın kafatasına yapışık olan elektrotlardan alınan sinyallere göre cihaz kapalıyken de beyin aktif görünüyordu. Tüm hazırlıkları bitirip odayı kararttılar, önce hafif bir vınlama, sonrasında...

– Geldim canım.

– Evet görüyorum, halen yatıyoruz burada. Cihazın kenarından görebiliyorum seni, ya sen?

– Aynı şekilde tabii ki, bu bizim ortak hayalimiz. Peki, cihaz kapalıyken düşünebiliyor muydun?

– Evet, sanki karanlık ve sessiz bir odada uzanmış düşünüyordum. Dışarıdan hiçbir ses duymadım ama ilk senin sesin geldi ve bağlandığını anladım, o anda sanki birden odanın ışıkları yandı ve seni gördüm. Her şey çok normal gibi geldi bana. Arada fazla bir zaman yokmuş gibi, aniden gittin ve geldin. Ben senin ekiple konuşmaya gittiğini biliyordum, seni bekliyordum. Bu arada normal düşünsel faaliyetlerim sürdü. Çocukları, arkadaşları falan düşündüm, yani her şey çok gerçek gibi geliyor bana.

– Tamam, anlıyorum. Bu arada vücuduna dışarıdan fiziksel temas sağlanacak, bunu hissedersen bana söylersin hemen.

– Normalde hissetmem mi gerekiyor?

– Bütün veriler hissetmen gerektiğini gösteriyor. Sorunun ne olduğunu çözemiyoruz maalesef. Sen de elini, ayağını, parmağını falan oynatmaya odaklan bu arada.

– Oynatabiliyorum ki zaten.

Bedirhan bir elini havaya kaldırdı.

– Hatta burdan kalkabilirim bile.

Başını cihazdan çıkarıp üstündeki elektrotları çekti, yataktan aşağı indi.

– Gerçekte yaptım mı ben bunu şimdi Sema?

– Hayır maalesef, hepsini hayalde yapıyorsun şu anda.

– İyi de ben niye ayırt edemiyorum. Belki de ben gerçekte yapıyorum da sen hayal görüyorsun Sema.

– Bir de buna mı inandırmam gerekiyor seni? Şimdi dünyanın herhangi bir yerinde olmayı hayal et, bakalım ne olacak.

– İstediğim herhangi bir yer olur mu yani?

– Dene de gör.

– Hımm…

Bir saniye sonra ikisi de mayolarıyla denizin içindeydiler.

– Nasıl? Su güzel, değil mi Bedo?

– İnanamıyorum, nasıl geldik buraya?

– Sen bunu hayal etmedin mi?

– Evet, tam olarak buydu. Bu kadar basit mi yani? İstediğim her şeyi hayal edebiliyor muyum?

Sema hafifçe sinirli bir şekilde:

– Neyi hayal ettiğine dikkat et de. Çünkü cihaza bağlıyken ben de seninle birlikte geliyorum. Unutma bu bizim ortak hayalimiz, dedi.

Bedirhan hınzırca bir gülümsemeyle:

– Tek başıma bir iki yere uğrayıp gelsem olmaz mı? diye sordu.

– Bedoo! Burda seni tedavi etmeye çalışıyoruz. Bırakıp giderim valla!

– Espri yaptım canım ya. Hem sensiz nereye giderim.

– Bu arada dondum, çıkar bizi bu denizden.

Bedirhan hava atar gibi:

– İstediğin bir yer var mı? Söylemen yeter.

– Fark etmez benim için, dedi Sema.

İki saniye sonra:

– Bula bula burayı mı buldun Bedirhan?

– Niye ya? Sen hep Venedik'te gondol gezisi yapmak istemiyor muydun?

– Etrafına bak bakalım, Venedik mi burası? Tayland ya da Senegal gibi bir yerdeyiz.

– Hadi ya. Gondolu tutturmuşum en azından.

– Ah Bedo ah! Hadi ayağını falan oynat.

– Al işte, oynatabiliyorum.

– Öyle değil, sedyede oynat.

– Yapıyorum işte, başka nasıl olabilir ki?

– Daha sakin bir yere götür bizi, rahatça konuşabileceğimiz bir yer olsun.

Bir saniye sonra Mir Kafe'de.

– Oktay bize iki çay getir gözüm.

– Bedirhan, zamanımız çok azaldı, sen de hiç yardımcı olmuyorsun. Yarın en fazla birkaç seans daha, sonra tedavi sonlanacak, bir daha ne zaman yeni bir fırsat çıkacağını bilemiyorum. Dışarıdan hiçbir fiziksel temas olmadı bu arada, değil mi?

– Yok, hiçbir şey hissetmedim. Yaptılar mı ki?

– Ben de bilemiyorum, bağlantıdayken dış dünyayla benim de görsel ve işitsel bağım kesiliyor. Ama yapmış olmaları gerekiyor. Hadi sedyede parmağını oynat, ne olursun be Bedo.

– Yapabildiğim bu işte, sen de görüyorsun, oynatıyorum ve bunu gerçeklik olarak algılıyorum, farkı nasıl anlayacağımı da hiç bilemiyorum.

– Zorla kendini, ne bileyim işte, dış dünyayı algılamaya çalış, bunun bir hayal olduğuna ikna et kendini, uykudan uyanır gibi uyanmaya çalış.

– Yapabilsem ne diye yapmayayım ki? Dediğin her şeyi beynim algılıyor ve hemen yapıyor ama bunu hayal dünyasında yaptığı için gerçekte yapmayı ihmal ediyor sanırım. Beynime "bunu yapma" deyince de bu defa hayalde bile yapmıyor. Burda sıkıştım kaldım resmen.

– Yok yok, bulacağız bir yolunu.

– Dur bu defa iyice konsantre olayım. Yapabildim mi?

– Maalesef olmadı; olsaydı, bağlantımızı keserlerdi hemen.

26

İkinci günün sonunda bir hayli ilerlemelerine rağmen sonuç alınamaması Sema'nın canını sıkmış, ancak önlerinde bir gün daha olması nedeniyle umudunu kaybetmemişti. Geceyi geçirmek üzere yoğun bakıma alındıklarında Sema iyiden iyiye yorulduğunu hissediyordu. Yine de bir türlü uyku tutmamıştı. Linda odaya girdiğinde halen uyanıktı. Linda usulca sokuldu, Sema'nın elini tuttu.

– Umudunu kaybetmemelisin Sema, dedi. Eminim yarın sonuç alacağız. Sen nasıl hissediyorsun kendini?

– Bilemiyorum Linda, ne düşüneceğimi bilemiyorum. Bu artık son fırsatımız, bundan sonra Bedirhan uzun süre bitkisel hayatta kalabilir ve biliyorsun böyle hastaların çok uzun yaşama şansları yok. Bir müddet sonra beyin ölümü de gerçekleşecek. Eğer yarın bilinci açılmazsa bu her şeyin sonu olacak. İki gündür zihnimizde de olsa birlikteyiz Linda. Onu orada öylece bırakma, ölüme terk etme düşüncesi bile kahrediyor beni!

– Böyle şeyler düşünmenin zamanı değil şimdi. Her şey bitmiş gibi konuşma. Çok önemli bir aşamaya geldik, biliyorsun; bu kadarını bile yapamayabilirdik. Bedirhan'ın zihinsel faaliyetleri tümden çökebilirdi. Ama senin iki aydır İstanbul'da sürdürdüğün özenli tedavi adeta mucize yarattı. Bedirhan'ın beyni halen canlıysa bu senin sayende Sema. Buraya kadar gelmişken pes edecek değilsin, yarın önemli bir gün olacak. Şimdi biraz uyumaya çalış. Senin için yapabileceğim bir şey var mı?

– Ah hayır, teşekkür ediyorum. Ha, unutmadan sorayım. Mutlu ve Celal'den haber alabildin mi?

– Evet. Mutlu beni aradı, Celal'i mahkemeden serbest bırakmışlar, sanırım kamuoyu desteği ve tepkisi artınca tutuklamayı göze alamamışlar. Aradığında Celal de yanındaydı ama konuşmaya henüz hazır olmadığımı söyledim. Er geç yüzleşmek zorunda olduğumu biliyorum ama henüz değil, telefonda hiç değil. En kısa zamanda İstanbul'a gitmeliyim Sema. Her şey o kadar ani oldu ki, bir kez daha Mutlu'nun hayatının altüst olmasına müsaade etmeyeceğim. Gidip yüz yüze ikisiyle de konuşup her şeyi yoluna koymaya çalışacağım. Öncesinde Londra'ya gidip eşimle ve oğlumla konuşmam gerekecek. Her şey o kadar üst üste geldi ki kafam allak bullak şu anda. Şimdi benim için en acil olanı Bedirhan tabii ki. Merak etme, son ana kadar hep yanınızda olacağım.

– Biliyorum Linda, biliyorum.

Bu esnada İstanbul'da Celal ve Mutlu basın ordusunun yığıldığı adliye kapısından birlikte çıkıp kısa bir açıklama yapmışlar, ardından gidip bir restoranda oturmuşlardı. Boğaza bakan restoranda cam kenarındaki bir masada başbaşaydılar. Oturur oturmaz Celal, Boğaz'ın eşsiz manzarasına bakıp iç çekmişti. Bu manzarayı kızının görememesi iyice canını sıkıyordu. Bir müddet hiç konuşmadan oturdular. Mutlu, Celal'in yaşadığı gerilimi hissedebiliyordu. Celal de yirmi beş yıl sonra haberdar olduğu kızının tıpatıp Linda'ya benzeyen yüzünü inceliyor, gözlerinde biriken yaşları eliyle sessizce siliyordu. Kızının ince uzun kaslı yüzü, kemerli burnu, kısa kesilmiş saçları annesini öylesine andırıyordu ki Celal bir an öğrenciliğini, Linda'yla geçirdikleri günleri hatırladı, yüreği iyice daraldı. Böyle bir hatayı nasıl yapabilmişti? Nasıl bu kadar ahlaksızca, vicdansızca davranabilmişti? Bir tek geçerli mazeret, haklı bir tek neden bulamıyordu. O yüzden konuşmaya nereden başlayacağına, ne söyleyeceğine bir türlü karar veremiyordu. Sessizliği Mutlu bozdu:

– Sanırım konuşmaya bir yerlerden başlamamız gerekiyor.

– Evet... Tabii ki... Şey... Ben... Kolay olmayacak benim için.

– Benim için de pek kolay değildi geçen yirmi beş yıl.

Mutlu'nun sesindeki öfkeyle karışık sitem Celal'i iyice germişti.

– Tahmin edebiliyorum. Söyleyeceğim ve yapacağım hiçbir şey olanları telafi etmeyecek. Ben büyük bir suç işledim ve cezasını senle Linda çektiniz bunca zaman. Üçümüz de hiçbir şey olmamış gibi davranamayız artık. Benimle görüşmek istemezseniz bunu saygıyla karşılamak dışında seçeneğim yok. Ama en azından bundan sonrasında hatamı biraz da olsa telafi edebilmem için bana şans tanırsan... Çünkü senin varlığından hiçbir zaman haberim olmadı.

Mutlu araya girip sinirlice:

– Sana baba dememi beklemiyorsundur sanırım, dedi.

– Hayır hayır, buna hakkım yok, bunu senden istemeye yüzüm yok. Ben sadece biraz zamana ihtiyacımız olduğuna inanıyorum. Her şey çok ani ve sarsıcı oldu. Önce Bedirhan'ın hastalığı, kaza geçirmesi, benim bugünkü maceram, şimdi de sen ve Linda. Takdir edersin ki bu sabah uyandığımdaki yaşamım şu anda yok artık, başka bir Celal'im ben. Kim olduğunu, ne olduğunu, ne olacağını bilemeyen bir Celal. Benim şu anda üstüne titrediğim kişi sensin, her ne olacaksam artık sana zarar verecek bir şey olmayacak. Buna da sen karar vereceksin Mutlu. Sen nasıl istersen öyle olacak. Ben artık sadece senin için yaşayacağım. Eğer zamanla kendimi affettirmeyi başarırsam belki her şey farklı olabilir diye düşünüyorum.

– Bu benim için çok zor olacak, dedi Mutlu. Sakinleşmişti az da olsa. Sonra devam etti:

– Bu şekilde olabileceğini asla hayal etmemiştim. Beni terk eden bir anne ve benden haberi bile olmayan bir baba... Ne düşüneceğimi bilemiyorum. Yıllarca hayalimde kurduğum anne baba profili bu değildi. Benim kendim için uydurup ikna olduğum daha naif hikayelerim vardı. Annem ve babam bir yerlerde ölmüş olmalıydılar, cennetten beni hep izliyor olmalıydılar, beni her zaman düşünen ve özleyen annem ve babam. Hatta Bedirhan Amcanın babam olduğuna bile inandırmıştım kendimi.

– Evet, işin bir de Bedirhan kısmı var. İyileşsin, ona da hesap vermeyi göze alıyorum artık. Aman Allahım, demek bunca yıl benden gizlemeyi başardı ha?

– Bedirhan Amca verdiği sözün arkasında durdu sadece. Bana babasızlığı yaşatmamak için de elinden geleni yaptı.

– Tabii ki o konuda hiçbir söz söylemeye hakkım yok. Bedirhan'ı suçlayacak değilim, ona sadece minnet borcum var, her zaman olduğu gibi.

– En fazla da benim. Vay be! Demek ben şimdi eski bir İrlandalı devrimcinin torunu, eski bir Kürt devrimci ile İrlandalı bir kadının kızıyım ha? İlginç bir bileşim olmuş.

– Benim eski devrimci olduğum doğru ama deden eski devrimci değildi. O halen devrimci ve sonsuza kadar öyle kalacak biri. Halkının kahramanı olarak hep var olmaya devam edecek. Benim için durum tam olarak öyle değil.

– Evet, bir açıdan haklısın ama bu son yaşananlar belki senin devrimci damarını yeniden kabartır, kim bilir?

– Belki de.

– Ben seninle ne yapacağımıza dair bir karar vermeden önce annemle tanışıp, yüz yüze konuşmak istiyorum. Ondan sonra seninle bazı şeyleri netleştirebiliriz ancak. Biliyorsun benim annem var artık ve eminim onun da kalbinde kocaman bir yara var.

– Benim açtığım kocaman bir yara hem de. Şimdi Linda'yla nasıl yüzleşeceğim, bilemiyorum doğrusu.

Celal ve Mutlu uzun uzun geçmiş yıllardan konuştular. Mutlu, ilk çocukluk yıllarından başlayarak yetimhane hayatını, engelliler için özel eğitim veren okullarda geçirdiği yılları, bir süre önce ölmüş olan ve kendisine beş yıl boyunca bakıcı ailelik yapan yaşlı çifti, meslek hayatını, şu anda yaptığı işleri, kadın hakları ve insan hakları için sürdürdüğü mücadeleyi, yeni taşındığı eve eşya alınmasından yerleştirilmesine kadar Bedirhan'ın ettiği yardımlara varıncaya dek birçok şeyi anlattı. Celal çoğu zaman hüzünlenerek, gözleri dolarak, bazen gurur duyarak dinledi kızının inanılmaz yaşam hikayesini. Kızı böylesi bir yaşam mücadelesi verirken kendisinin ondan haberi bile yoktu. Neyse ki Bedirhan vardı hep. Bu bile içini rahatlatmaya yetmiyordu ama. Gece geç saate kadar oturdular, konuştular.

Celal onu eve bıraktığında yeniden görüşmek için sözleştiler. Bütün olanlara rağmen gecenin sonunda ikisinin de içinde derin bir coşku, kıpır kıpır bir heyecan vardı. İkisi de sadece biraz daha zamana ihtiyaçları olduğunu hissediyordu.

Celal eve vardığında günün yorgunluğuna ve ağırlığına rağmen kendini kuş gibi hafiflemiş hissediyordu. İmzasını çektiği günden bu yana yaşadığı zindan hayatı son bulmakla kalmamış, aynı gün bir kızı olduğunu öğrenmiş ve yirmi beş yıl önce ortada bıraktığı o kız bugün onu adliyeden çekip almıştı. Omuzlarındaki yükün arttığını hissediyordu, artık bütün yükleri taşımaya, bütün bedelleri ödemeye hazırdı. Bir de işsizdi artık, ama hayatına kattığı yeni anlamla mutluydu.

27

Sema sabah uyandığında nerede olduğunu hatırlamak için bir süre düşündü. Hatırlar hatırlamaz hemşireyi çağırıp Bedirhan'ı sordu. Hiçbir değişiklik yoktu, durumu halen stabildi. Sema moralini bozmamaya çalıştı. Seanstan önce evi arayıp çocuklarla konuştu, sonra anne ve babasıyla, Bedirhan'ın annesiyle. Hepsi de Bedirhan'ı bekliyordu haklı olarak, onların el ele uçaktan inmeleri için dua ediyorlardı.

Seanstan önce araştırma ekibiyle bir araya geldiler. Ellerindeki sonuçlar onları kaygılandırmıştı. Bugün en fazla bir veya iki seans yapmayı önerdiler. Sonrasında hızlıca ameliyata geçilecek ve şeffaf kasklar çıkarılacaktı. Daha fazla beklemek mümkün değildi, yapay korteks bu aşamadan sonra her an hayati risk oluşturabilirdi. Seans sırasında verilecek ilaçlar, dışsal uyarıcı ve müdahaleler belirlendikten sonra Bedirhan'ı zihinsel faaliyetin içinde tutmak ve gerçek dünyaya dair tepki vermeye zorlamak üzere Sema ile ortak bir strateji oluşturdular. Seans için tüm hazırlıklar tamamlandı ve vınlama sesi duyuldu.

– Günaydın Bedo.

– Günaydın canım.

– Nasılsın aşkım, gece neler yaptın bakalım?

– Sakin bir geceydi, çok yavaş ve hiç fark etmeden derin bir uykuya daldım. Rüya gördüğümü hatırlamıyorum ama sabah uyandığımda her şeyin farkındaydım. Zaman çok hızlı akıyor sanki benim için. Yine dışardan hiçbir ses falan duymuyorum ancak benimle bağlantıyı kuracağınızı biliyor ve bekliyordum. Ayrıca bugün son gün olacağını da hatırlıyorum.

– Bunu şimdilik düşünmeyelim bence. Sen sürekli kendini dış dünyaya odaklamaya, tüm dikkatini fiziksel hareketlerine yoğunlaştırmaya çalış. Beyninin verdiği talimatlar sinir hücreleri tarafından kaslara iletilmiyor, bu nedenle hareket edemiyorsun. Eğer beynin bu talimatları doğru şekilde vermeyi başarırsa, yani sen beynine hükmetmeyi becerebilirsen, bir saniyede bitkisel hayattan çıkmış olacaksın Bedirhan. Beyninde fiziksel hiçbir sorun görünmüyor şu anda. O nedenle iş sana düşüyor. Bir yolunu bulmalı ve dış dünyaya açmalısın kendini.

– Kaç seans daha yapabileceğiz Sema?

– Bundan sonra en fazla bir tane daha. Her anımız çok değerli o yüzden. Biz sohbet ederken sen arada mutlaka refleks olarak vücudunu hareket etmeye zorla ve gözlerini açmaya çalış. Özellikle de tam sohbete daldığımız anda sana aniden hatırlatacağım; sen de hiçbir şey düşünmeden hemen hareket etmeye çalış lütfen.

– Tamam anladım, yapacağım, başaracağım Sema. Burdan birlikte eve gideceğiz, merak etme.

– Elbette başaracaksın, sana inanıyorum, senin ne kadar dirençli olduğunu biliyorum, asla vazgeçmeyeceğiz Bedo.

– Bu sabah uyandığımda düşündüm de Sema. Bizim üzerimizde denedikleri teknoloji insan hayatında birçok değişikliğe yol açacak. Biz sadece kendimize odaklanmış durumdayız ama bizim dışımızda da bir hayat devam ediyor ve muhtemelen bundan sonra insanlık tarihi başka bir yere doğru akacak. Buna benzer birçok bilimsel buluş yapılıyor şu anda. Büyük kapitalist devletler bütçelerinin önemli bir kısmını bu tür AR-GE çalışmalarına ayırıyorlar artık.

– Şu anda bunları düşünmesi gereken en son kişi sensin, farkındasın değil mi?

– Ben hiç uyanmayabilirim Sema ama sizin hayatınız devam edecek. İnsanlığı nasıl bir geleceğin beklediği son anıma kadar beni ilgilendiriyor elbette. Ben belki birkaç saat daha burada olacağım, sonra hayat benimle birlikte durmayacak, gürül gürül akmaya devam edecek. Sen de her şeye hazırlıklı olmalısın. Çocuklarımızın nasıl bir dünyada yaşayacaklarına dair öngörülerimiz olmazsa her şey için çok geç kalınacak. Velev ki bu teknoloji başarısız olsa bile başka buluşlar ve bilimsel ilerlemeler muhakkak ki olacak. Teknolojide yaşanan akıl almaz sıçramalar sadece sağlıkta, ulaşımda, eğitimde insanların yaşamını kolaylaştırmakla sınırlı kalmıyor, kalmayacak Sema. Silah ve savaş teknolojisini, siyaseti, hukuku, sanatı, edebiyatı, tarımı, turizmi, kültürü yani her şeyi etkileyecek. Ve bunların hepsi de insanlığın yararına olmayacak. Sanayi devriminden bu yana kat edilen bilimsel ilerlemenin tamamının daha fazlası bazen sadece bir ayda kat ediliyor artık. Sermayenin sınırsız gücü bilimi destekliyor, bilim yaptığı icatlarla dönüp dolaşıp sermayenin hizmetine giriyor. Kapitalist sistemde her yeni bilimsel hamle insan hayatını kolaylaştırırken, insanlığı binlerce yılda oluşturduğu değerlerinden uzaklaştırıyor. İnsanlığın çektiği acılar nispeten hafifliyor ama bununla birlikte insanlığın mutluluğunu da azaltıyor. Giderek daha mutsuz toplumların, daha mutsuz bireylerin ortaya çıkmasına yol açıyor Sema.

– Tamam, kahrolsun kapitalizm Bedo! Sen ayağını falan oynatıyor musun arada?

– Oynatıyorum canım. İnsanların zaten kısıtlı olan özgür düşünebilme ihtimalleri giderek ortadan kalkıyor. Teknoloji bize doğanın bir parçası olduğumuzu hepten unutturuyor. Davranışlarımıza yön veren nedenleri düşünmekten uzaklaştıkça özgürlükten de uzaklaşıyoruz. Özgürce karar alabildiğini zanneden, kendini doğanın biricik hükümdarı gibi gören pespaye birer yaratığa dönüşüyoruz. Bir papatya ya da bir bakteri kadar bile özgür olmadığımızın farkında değiliz. İletişim teknolojisi sayesinde medya ve sosyal medya bütün yaşamın en başat belirleyicisi haline geliyor. Akıllı telefon ve sosyal medya kullanmayan insanlar bile etrafındaki kullanıcıların dolaylı etkileşimine istemeden de olsa dahil oluyorlar. Yeme içme zevklerimizden giyimimize, eğitim anlayışımızdan çocuğumuzun yetiştirilme biçimine, evimize alacağımız eşyalardan siyasal tercihlerimize, öfkelerimize, sevinçlerimize kadar her şeyimizi bu yeni teknoloji tanrısı belirliyor. Zihin ve zeka birbirinden ayrılıyor artık Sema. Zekası olan ama zihni olmayan robotlar, telefonlar, bilgisayarlarımız var. Biz insanlar da kendi zekamızın yerine bu yapay zekayı ikame etme konusunda çok hevesli davranıyor, bilinci devre dışı bırakıyoruz.

– Zihin ve bilinç meselesi bilimsel açıdan henüz tam anlamıyla çözülebilmiş değil, Bedirhan. Bilincin, beynin neresinde ve tam olarak nasıl oluştuğunu bile çözebilmiş değiliz. Belki bu çözüldüğü zaman bilinci ve zihni olan makineler de üretilebilecek, durum o zaman daha vahim olacak tabii. Ama sen bunları dert etme şimdi, bunlar az sonra olacak şeyler değil, sen parmağını oynat, gözünü aç, bir şeyler yap Bedo.

– Yapıyorum, yapıyorum, merak etme canım, boş durmuyorum hiç. Fakat mesele insan hayatının kolaylaştırılmasının çok ötesinde ciddi bir soruna işaret ediyor. Eğer bütün insanlar teknoloji sayesinde zihin üzerinden birbirine bağlanabilecek imkânı yakalarlarsa giderek yeryüzünde her şey tekleşecek. Etnik kimlikler, inançlar, yaşam tarzı farklılıkları ortadan kalkacak. Edebiyat, sanat, mesela dans ve müzik diye bir şey olmayacak. Aşk, sevgi, dayanışma, vefa gibi duygulara yer olmayacak belki yeni insanın yaşamında. Şiir olacak mı mesela? Milyonlarca insanın uğruna öldüğü öldürdüğü ulus, vatan, sınır, bayrak ne olacak acaba? İnsanlığın bunlardan kurtulması özgürlüğün ve eşitliğin mi kapılarını açacak, yoksa yıkılması daha zor yeni kişisel zindanların mı? Ya çalışanlar, emekçiler ne olacak? Hiç şüphesiz yine ezilen sınıf olacaklar. Çalışanların yerini robotlar almayacak Sema, çalışanların kendisi bizzat robot olacak bu *Cesur Yeni Dünya*'da.* Çünkü her halükârda en ucuz maliyet gene insan ve emek unsuru olacak. Ortaya çıkacak milyonlarca işsiz ne olacak? Bunca insan teknolojinin ve sermayenin muazzam büyüme hızı karşısında kendilerini nasıl koruyacaklar? Kültürler, medeniyetler, insanlığın binlerce yıllık ortak hafızası yeryüzünde birkaç kişinin insafına kalmış olacak. Peki biz ne yapacağız? Ezilenler, direnenler, ötekiler ne yapacak Sema? Sendikalarımız, siyasal yapılarımız bile şah damarı kesilmiş hastaya bir parça tentürdiyotlu pamukla pansuman yapmaya çalışıyor. Oysa her yerde harıl harıl geleceğin örgütlenme, direniş ve savunma modellerini tartışmalıyız. Kapitalizm sessizce, sinsice son büyük saldırısına hazırlanırken, biz oturup kapitalizmin kendi tarihsel süreci içerisinde çürüyüp çözülmesini bekleyemeyiz.

---

* Aldous Huxley'in ünlü distopik romanı.

Bildiğimiz anlamdaki insan türü kendi sonunu hazırlayıp yeni bir türe geçiş yaparken biz sadece izleyecek miyiz? Teknolojik gelişmelerin önü alınamayacağına göre bütün bu ihtimalleri gözeten ve daha özgür bir yaşama evriltmeyi hedefleyen mücadeleyi nasıl verebiliriz? Spinoza "Zihin ve beden ayrı şeyler değildir, tek ve bütündür," diyordu. Şimdi zihni bedenden ayırıyorlar, böylece modern felsefe çöküyor Sema.

– Tamam ama bununla birlikte insanlar iletişim, bilişim imkanlarını yeni mücadele yöntemleri yaratmak için de kullanabilirler. Ayrıca robotların üretimde kullanılması kapitalizmi büyütmüyor, krizini derinleştiriyor. Çünkü üretimde artı değer yaratacak tek şey emektir. Artı değer yoksa kâr da yoktur. Kâr yoksa kapitalizm de yoktur. Ancak ben şimdilik bu teknolojinin seni kurtarma ihtimaliyle ilgileniyorum, sen de buna odaklan lütfen ve aç gözünü Bedo. Burada, bir laboratuarda, tedavinin ortasında seninle bunları tartıştığımıza inanamıyorum.

– Söylediklerinde haklısın. Deniyorum Sema, ama sanırım olmuyor, olmayacak artık, bu yüzden son sözlerim aklında kalsın istiyorum. Bu bizim son temasımız olabilir, başkaca da söylemek istediklerim var aslında, ancak zamanımız yeter mi, bilmiyorum. Sana veda etmeyeceğim aşkım, bir sona tekabül etmeyen hiçbir gidişe veda gerekmez bence.

– Sus sus, tek kelime daha duymak istemiyorum. Bu seansta başaramamış olabiliriz ama şimdi ara verip daha iyi bir hazırlıkla geri döneceğim. Sadece gerçek hayata odaklan Bedo, lütfen, lütfen.

– Peki bekleyeceğim, umarım dönebilirsin. Seni seviyorum Sema, hep sevdim.

– Ben de Bedo; hep sevdim, çok sevdim. Geleceğim, bekle.

28

Seansa ara vermek zorunda kaldıklarında Sema ne yapacağını bilemez halde paniklemişti. Araştırma ekibiyle yaptıkları değerlendirmede serinkanlılığını korumaya çalışsa da içinde esen fırtına, sesine yansıyordu. Birazdan başlayacakları seans Bedirhan'la kuracakları son temas olabilirdi. Haftalardır Bedirhan'la birlikte ölüp ölüp dirilmesine rağmen, onu sonsuza kadar kaybetme ihtimaline kendini alıştırmamıştı. Ancak verdikleri bu amansız mücadelenin sonuna geldikleri gerçeği de önünde duruyordu. Ekibin önerdiği yöntemlerin ve ilaçların hiçbiri yeni bir şey ifade etmiyordu. Üç gündür denemedikleri yol kalmamıştı. Belli ki kaybetmişlerdi; bunca teknolojik, tıbbi ve psikolojik müdahaleye rağmen her şey birazdan bitecekti. Bundan sonrası Bedirhan'ın beyin ölümünü beklemekle geçirilecek ıstıraplı günlerden başka bir şey olmayacaktı. Üstelik Bedirhan'ın beyninin orada bir yerlerde canlı, dipdiri çalışıyor olduğunu bilerek geçirilecek günler. Sema kolunun kanadının kırıldığını, yapacak yeni bir şey olmadığını çaresizlik içerisinde kabul etmek dışında bir seçeneğinin kalmadığını anladı. Yattığı yerde gözlerinden akan yaşlar çenesinin altından süzülüp boğazını ıslatıyordu. Güçlükle nefes alıyor, yutkunuyor, kuruyup birbirine yapışmış dudaklarını aralamaya zorlayarak hırıltı şeklinde birkaç kelime ancak konuşabiliyordu. Yeni seansa başlamadan önce kalan son gücüyle kendini toparlamaya çalıştı. Bedirhan'a ne söyleyeceğine dair kafasında hiçbir şey kuramıyordu. "Bitti artık, seni burda bırakacak ve yaşamaya devam edeceğiz" mi diyecekti? Hayır, bittiğini kabul etmeyecekti, asla.

Seans odasının her zamanki sessizliğini vınlama sesi bozdu. Gözlerini açtıklarında yine yan yana sedyelerde uzanıyorlardı.

– Döndün mü Sema? diye sordu Bedirhan.

Sesinde ne bir çaresizlik, ne de korku vardı. Tam tersine, coşkulu ve moralliydi. Bedirhan'ın hayatında teslim olmak, yenilmek gibi kavramların olmadığını bilecek kadar tanıyordu kocasını. Ölümü bile coşkuyla karşılayacak kadar gözü karaydı. Kendisi de bu coşkuya ortak olmanın, her şeyi moralle karşılamanın Bedirhan'ın hak ettiği saygının gereği olduğunu idrak etti o an. Aynı coşku ve neşeyle karşılık verdi:

– Döndüm aşkım, beklemiyor muydun yoksa?

– Sen dediğini yapan, yaptığını da söyleyen güçlü bir kadın oldun hep; geleceğinden kuşkum yoktu tabii ki. Sanırım tedavinin sonuna geldik. Böyle bir durumda duygusallaşmamak mümkün değil, biliyorum. Ameliyat olacağım gün ölümü konuşmuştuk seninle hatırladın mı?

– Evet hatırlıyorum bir tanem, ama ben seninle şimdi ölümü konuşmayacağım. Şunu bilmeni istiyorum ki bu seansın sonunda durum düzelmemiş olursa asla ama asla vazgeçmeyeceğim. Sen orada öylece yatarken seni ölüme terk etmeyeceğim, sonuna kadar mücadele edeceğim.

– Ben seni ölümüme falan alıştırmaya çalışmayacağım. Bunun nafile bir çaba olduğunu biliyorum, empati yapınca bunu anlayabiliyorum. Sohbet edelim istiyorum seninle, vedalaşmayalım, bir nokta koymayalım cümlemizin sonuna, nerede bitecekse orası yarım kaldığımız yer olsun.

– Evet, veda olmasın bugün, haklısın. Nasıl olsa bin yıl da yaşasak, bin yıl da sevsek birbirimizi yarım kalacağız seninle. Ben seni sevmeye, seninle yaşamaya doyamayacağım hiçbir zaman. Ama şunu bil ki seninle yoldaşlık, seninle birlikte yaşam, seninle aynı aşkın içinde yanmak benim için onurdur Bedo. Gabar'ın asi çocuğu Bedo!

– Ben de seninle onurlandım. Seninle yol yürümek, yoldaş olmak büyük keyifti. Yanmanın da güzel olabileceğini senin aşkınla öğrendim. Sana, yarım kalmış bir mutluluk arayışını miras bırakıp ışıl ışıl gülümseyen gözlerinden yıldızları emanet olarak alıyorum Sema. Torosların *simbil* kokulu kızı Sema.

– Tamam veda yok, veda yok. Bunlar içimizden geldiği için söylediğimiz şeyler, dedi Sema, gülerek. Sonra sohbeti normal seyrine çekmeye çalıştı:

– Bir şey soracağım Bedirhan. Son tedavi süresince kurduğun hayal dünyasında beni merkeze koyup mutlu olmaya odaklanalım, diyordun. Niye böyle yaptığını hatırlıyor musun?

– Evet, hepsini hatırlıyorum ama neden o şekilde odaklanıp kilitlendiğimi bilemiyorum. Zaten gerçek hayatımızda da bir şeyler hep tersmiş, yanlışmış gibime geliyor. Bir insanın mutluluğunu istemek başka, onu mutlu etmek başka bir şey. Özünde iyi bir insan olduğunu düşünüp insanların mutluluğunu istiyor olabilirsin, bu seni tam anlamıyla iyi bir insan yapmaya yetmez, sadece zararsız biri yapar. Ama insanların mutluluğu için bir şeyler yapma imkanın varken yapmıyorsan, bu seni kesinlikle kötü bir insan yapar. Bana kalırsa iyi insan olmanın temel kriteri, başkalarının mutluluğuna açılan kapının anahtarını rehin gibi elinde tutmamaktır. Ya hiç kimseye mutluluk vaat etmeyeceksin ya da bu şekilde ele geçirdiğin anahtarı rehin olarak kullanmayacaksın. Bu hiç adil ve dürüstçe değil Sema, bunu şimdi daha iyi anlıyorum. Biz birbirimizi sevmekle birbirimize mutluluk vaat etmiş olduk ama yeri geldi bu vaadimizi çelik bir kasaya kitleyip anahtarını da elimizde salladık, üstelik "senin mutluluğun benim elimde artık, istersem mutlu olursun, istersem mutsuz" der gibi. Oysa bunu yapmak bile başlı başına, giderilmesi zor bir mutsuzluk sebebidir. Bir insanın mutluluk arayışını kendine bağlayıp onu da kasaya kilitleyerek tüm özgürlüğünü elinden almış olursun bir bakıma. Özgürlüğü olmayanın mutluluğu da olmaz Sema. Senin mutluluğun bana değil, sana bağlı olmalı, onun yeri benim çelik kasam değil, senin yüreğin olmalı. Onu nasıl kullanacağını da, yaşamının anlamına nasıl dahil edeceğine de karar verecek olan sensin.

– Bu şekilde koca bir yaşamın anlamını mutluluğa indirgemiş olmuyor musun? Eğer mutluluksa yaşamın biricik anlamı ve amacı, bunun için oldukça güçlü ilaçlar var artık. Huxley'in "soma"sı* gibi tüm insanlara her gün mutluluk hapları içirerek mutlu bir dünya yaratabilir, mutlu mutlu ortalıkta dolaşabiliriz. Şayet takıldığın nokta buysa çözümü çok basit yani.

---

* Soma: Adı Huxley'in *Cesur Yeni Dünya*'sında geçen, insana mutluluk veren hap.

– Bunu kastetmediğimi anladın tabii ki. Eğer sen mutluluğu "anlık haz alma hali" olarak tanımlarsan dediğin çok doğru bir yöntem elbette Sema. Bazen içtiğin kahveden, yediğin yemekten, sevdiğin şarkıyı dinlemekten, bazen bir sevişmeden, özlediğin bir arkadaşını görmekten, bir çocuğun gülen gözlerinden, batan güneşi izlemekten bazen, bir şiirin dizesinden, bir kadeh şaraptan ya da bir anne sıcaklığından da alırsın o hazzı. Bazen ibadet edip yakarmak tanrıya, bazen bir tapınakta inzivaya çekilmek verir o hazzı. Yeryüzünde sana bu hazzı yaşatacak binlerce şey bulabilirsin. Ama sen mutluluğu haz almak olarak düşünürsen, bir müddet sonra haz peşinde koşan bir zavallıya dönüşürsün. Zavallı diyorum, çünkü insan vücudu hazzı depolayamadığından, sürekli olarak bu duyguyu tekrarlama ihtiyacı duyacak, haz almak yaşamının anlamına dönüşecek. Haz almadığın her an –ki bu da yaşamının büyük bir kısmına tekabül edecek– hayat sana boş ve anlamsız gelecek. Daha fazla haz dolu bir yaşam sürmek için çiğneyemeyeceğin ilke, ihlal etmeyeceğin kural kalmayacak. Zaten insanlık, haz arayışındaki bu kontrolden çıkma halini önlemek, frenlemek için toplumsal yaşamı dinle, ideolojiyle, felsefeyle veya hukukla düzenlemek zorunda kalmadı mı? Beynimizin haz arama isteği sınırsızdır. Biz bu isteği inançlarımız, ilkelerimiz ya da kurallarımızla sınırlamaya çalışıyoruz sadece. Yani bizim dışavuran davranışlarımız din, ideoloji veya hukuk süzgecinden geçirdiğimiz düşünsel faaliyetlerimizin bir sonucu değil mi nihayetinde? Tabii ki benim kastettiğim şey haz alma isteğimizin özgür bırakılması değil, hayatın anlamını arama isteğinin özgür bırakılmasıdır Sema. Bu şekilde mutluluğu hayata anlam katma, hayatı değerli kılma mücadelesinin bizzat kendisi olarak hissetmeyi başarabilmektir. Bu anlam mücadelesi içinde haz aldığın şeylerin ve anların varlığı da bütünün içinde kıymetli parçalara dönüşmüş olur böylece. Hayat, mutlu olmak için değil, anlamlı olsun diye yaşanır, sen anlamın peşinden koşarken mutlusundur. Anlam senin için kocaman bir yaş pastaysa, haz da bu yaş pastanın üstüne serpiştirilmiş çikolata parçacıkları gibidir Sema.

Yani biz birbirimizi sevmekle mutlu olmayı vadettik derken anlamlı bir yaşam vadettik demek istiyorum. Anlamlı yaşamın tapusu da anahtarı da başkasının, hele hele sevdiğin insanın elinde olamaz. Düşünsene; ben seni seviyorum, o yüzden özgürlüğünü, mutluluğunu, yaşamının anlamını çelik kasama kitliyorum. Bu nasıl bir sevmek halidir böyle?

– Evet, katılıyorum sana Bedo. İnsanlar birbirinin yaşamına anlam katabilirler ama ne anlamın tekelini elinde tutabilirler ne de başkasının adına ve onun yerine bir anlam inşa edebilirler. Her bünye kendinde yaratabilir ancak kendi anlamını. Anlam dediğimiz şey başka bedenlerde büyütülüp kendi bedenimize nakledebileceğimiz bir şey değildir. Yeryüzünde kaç tane beden varsa o kadar anlam vardır aslında.

Her yaşamın anlamı özgündür, kendine göredir. Hiçbir anlam yüzde yüz başka bir insanın yaşamının anlamıyla örtüşmez. Birbirine yakın olabilirler ama aynı olamazlar. Zaten yaşamının anlamı birbirine yakın olanlar da bir araya gelip topluluk oluşturmuyorlar mı? Ulus, kabile, kavim, aşiretten tut da örgüt, tarikat, cemaate kadar, aileden sevgililiğe kadar bütün yakınlaşmalar ortak anlam arayışlarının bir sonucu değil mi? Bu toplulukların hepsinde de hayatın anlamını va'zeden öncüler vardır. Bazen bir peygamberdir bu, bazen devlet başkanı, aşiret reisi, ya da tarikat şeyhi; baba veya kocadır bazılarında. Hayatın anlamını bulmada kolaylaştırıcı, yol gösterici bir rol üstlenmek isterler hepsi de. İlginçtir ki hepsi de erkektir Bedirhan.

Bu noktada gözden kaçmaması gereken çok önemli bir husus var bence. Senin de dikkat çekmek istediğin buydu belki de. Bu tür öncülerin bazısı kolaylaştırcı olmanın, rehber olmanın ötesine geçip kendi hayatının anlamını, "tamamlanmış örnek anlam" olarak görüp herkese dayatırlar. Böylelerine göre kendisi hayatın anlamını büyük uğraşlar sonunda zaten bulmuştur, kerameti kendinden menkuldur, geri kalanlara düşen de bunu olduğu gibi benimseyip kendi yaşamlarının anlamı olarak kabul etmektir. Çoğu insan bunu kocasının, şeyhinin, reisinin sunduğu bir lütuf gibi görür. Yaşamın anlamını yıllarca aramaktansa, emekle inşa etmek için mücadele etmeyi göze almaktansa, "hazırdaki anlamı" olduğu gibi benimsemek daha kolay gelir. Özgür düşüncenin, özgür ruhun ortadan kalktığı kritik anlardan biridir burası. Bazen de tam tersine öncünün ne amacı budur ne de niyeti. Aslında kendisi bin bir emekle muazzam bir özgürlük ruhunun rehberliğini yapar ama biz yine de ısrarla ve ona rağmen kolay olanı seçerek, onu tabulaştırarak yola devam etmeyi tercih ederiz.

Sevgide de aşkta da böyledir bu. Kendi anlam arayışını bağnaz bir öncü gibi sevdiğine dayatan kişi onu ancak köleliğe yaklaştırır, özgürlüğe değil. Evet özgürlüğü olmayanın "anlamı" da olmaz, "anlamı" olmayanın mutluluğu da olmaz Bedo. İnciyi seveceksen bir gerdanda sallanan kolyede değil, denizin en dibindeki istiridyenin içinde seveceksin.

Ayrıca sevmek, ortak anlam yaratmak adına ilkesiz uzlaşmalarda buluşmak değildir. Hayatın anlamı ilkesiz uzlaşmalardan değil, amansız çatışmalardan ortaya çıkar.

Evet, bir şeyleri yanlış yaptık bazen Bedo, bir şeyler hep tersti. Mutluluğu birbirimize endeksledik belki, bu da mutsuzluğumuza sebep oldu çoğu zaman. Dalgalı sulardan kaçıp dingin bir liman aradık birbirimizde. Oysa mutluluk dinginlik hali değildir; kavganın, mücadelenin, çatışmanın içinde büyür en büyük anlam ve en büyük mutluluk. Böyle işte Bedo, böyle benim büyük aşkım.

– İşte o zaman gözlerden süzülen her bakış anlamlı olur Sema.

– Dudaktan dökülen her gülüş Bedo.

– Saçlarının kokusu o zaman bir başkadır işte.

– Teninin, terinin kokusu.

– Sevmelere doyulmaz ki o zaman.

– Doyulmasın Bedo, ille de sevişmelere.

Bin yılın hasretiyle sarıldılar birbirine, bu bir veda değil dediler, ayrılık hiç değil. İkisi de kopamadı birbirinden uzun süre. Gitme vakti gelmeden Bedirhan son bir kez çocukları görmek istedi. Hayalini kurdular birlikte, çocuklara sarıldı Bedo; Mazlum'u, Deniz'i yüreğine nakşetti, kokularını ciğerlerine doldurup ayrıldı evden. Son saniyelerinde seans odasındaydılar yine; uzun uzun bakıştılar, konuşmadılar, "Görüşeceğiz, bekle beni Bedo," dedi fısıltıyla Sema. "Görüşemesek de kahretme kendini Sema, hayat hep yarımdır aslında," dedi Bedirhan. Gözleri kapandı ikisinin de, ışıkları yandı seans odasının.

Bütün ekip seans odasına doluştular, Linda Sema'nın elini avuçlarına alıp teselli etmeye uğraştı. Ama Sema'nın aylardır biriktirdiği gözyaşları bir anda boşalmaya başladı. Sema'nın yürek yakan çığlıkları kliniğin her köşesinde yankılandı.

Yanındaki sedyeye uzanmış sevdiği adamdan çıt yoktu artık. Gitmişti Bedo, bilinmezliğe, sonsuzluğa. Sema'yı sakinleştirmek için iğne yapmak zorunda kaldılar. Yapay kaskı çıkarmak için zaman geçirmeden ikisini de ameliyata almaları gerekiyordu. Hazır bekleyen ameliyathaneye doğru hızla götürülen sedyelerin arkasından bakan Linda da artık gözyaşlarına hakim olamadı. Ağlayarak odasına koştu. Bütün ekip üyeleri deneyin başarısızlığından çok Bedirhan için üzülüyordu. Hepsi kendini çaresiz ve işe yaramaz hissediyordu. Hayat kurtarsın diye geliştirdikleri bu cihaz önemli bir buluşa dönüşmüş, ama kurtarması gereken ilk hayatı kurtaramamıştı.

Bedirhan ve Sema ameliyata alınırken Linda Londra'ya kocası ve oğluyla konuşmaya gitti. Ameliyat sonrasında Bedirhan ve Sema iki gün daha Zürih'te klinikte kalmak zorundaydı. Ancak sonrasında İstanbul'a nakilleri mümkündü. Linda Londra'ya gidip dönmeyi, İstanbul'a onlarla birlikte gitmeyi planladığından zaman kaybetmek istemiyordu.

Sema gözünü açtığında yatağın etrafında sıralanmış doktor ve hemşireleri bulanık bir sisin içinden yavaş yavaş seçmeye başladı. Kendisine yine ameliyatın sonucuna dair bilgi verdiler. İkisinin de ameliyatı başarıyla tamamlanmıştı. Bedirhan'ın bilinç durumu halen kapalı, genel sağlık durumu stabildi. İki gün bu şekilde dinlenip İstanbul'a dönebileceklerdi.

Sema ancak bir gün sonra konuşabildiğinde evi aradı, kısaca bilgi verdi evdekilere, İstanbul'a geliş saatlerini bildirdi. Başkaca da kimseyle tek kelime konuşmadı iki gün boyunca. Yatağında sessizce ağlayıp tek başına tuttu yasını. Acıdan yüreği parçalansa da kendini avutmaya çalışmadı. Kalbinin en derinine işledi Bedo'nun acısını.

İkinci günün sonunda Linda geri döndü. Sema'ya anlattı kocası ve oğluyla konuşmalarını. İkisi de büyük bir şaşkınlık ama anlayışla karşılamışlardı onu. Tez zamanda onlar da Mutlu'yla tanışmak istiyorlardı. Linda bunun sözünü vermişti onlara.

Ambulans uçak havaalanında onları bekliyordu. Sema ve Bedirhan doktor refakatinde uçağa alındılar. Linda hemen başuçlarında bulunan koltuğa oturup yol boyunca Sema'nın elini tutup okşayarak onu teselli etmeye çalıştı. Yolculuğun nasıl geçtiğini anlamadılar bile. Sema bütün yolculuk boyunca gözlerini yanında uzanmış Bedirhan'dan alamadı. Tek bir hareket, tek bir kıpırdanma görebilmeyi umdu çaresizce. Uçak İstanbul'da havaalanına indiğinde saat gece yarısına yaklaşıyordu. Hafif yağmurla ıslanmış apronda sağa sola giden araçların tekerlerinden çıkan ses uçağın içinden duyuluyordu. Uçağın kapısı açıldığında serin ve nemli havayla birlikte toprak kokusu doldu içeriye. İstanbul'a gittikleri şekliyle dönmüşlerdi ama bir farkla: giderken umudu vardı Sema'nın, dönerken onu da Zürih'te bırakmıştı.

Uçaktan sedyeyle indirilip hızla ambulansa alındılar. Sema göremese de apronun kenarındaki tellerin hemen dışında küçük bir topluluk onları bekliyordu. Zeliha çocuklarla evde kalmıştı. Bedirhan'ın annesi Sakine Ana, Sema'nın anne babası, Celal ve Mutlu, kafe çalışanları ve Bedirhan'ın onlarca öğrencisi ile arkadaşı oradaydı.

Ambulans kendine ayrılan çıkışa yöneldiğinde kalabalık hareketlendi. Linda da ambulansa onların yanına oturmuştu. Kalabalık bir an ambulansın etrafını çevirdi. Ambulans hızla hastaneye yetişmek zorunda olduğundan sirenleri açıp yol istedi. Kalabalıktan büyük bir alkış ve zılgıt koptu. Ses havaalanının boş meydanında yankılanan büyük bir feryat gibiydi. Kalabalığın içinde ağlamayan yoktu. Kimse gözyaşına hakim olmak istemiyordu. Nihayet ambulans kalabalığın arasından kendine yol açıp hızlanmaya başladığında Bedirhan'ın anası koşarak ambulansın arkasına tutunmaya çalıştı. Oğlunun cenazesi gelmiş gibi, Bedo ölmüş gibi bağırdı, feryat etti arkasından. Kendi dilinde Kürtçe seslendi oğluna:

– Lawê min, biçûkê min, Bedo, ma tu bi ku de diçî berxikê min? Rabe kurê min rabe, rabe Bedo, mirin ji te re navê, mirin li te nayê. Bedo, dêya te bimire Bedo! Dêya te bimire berxê min!*

Ambulans son hızla yoluna devam ederken Sema ve Linda dışarıdan gelen çığlıklarla birlikte ağlıyorlardı. Sakine ana yaşlı bedeniyle daha fazla ambulansın peşinden koşamadı, ıslak caddede dizlerinin üstüne çöküp oğlunun arkasından bakakaldı, sesi boğazına düğümlendi. En son, güçlükle,

– Güle güle yavruum, güle güle Bedirxan'ım, Allah yardımcın olsun oğlum, diyebildi.

Sakine Ana'nın bu şekilde arkasından baktığı üçüncü ve son çocuğuydu Bedirhan.

---

* "Oğluuum, yavruuum, Bedo, nereye gidiyorsun benim kuzucuuum, kalk oğlum kalk, kalk Bedo, ölmek sana lazım değil, ölmek sana yakışmaz Bedo, anan öle Bedo, anan öle yavruuum".

BEŞİNCİ BÖLÜM

29

Bedirhan beş gün daha o halde hastanede kaldı. Beşinci gün gece yarısı beyin ölümü gerçekleşti. Sema da yatağını yoğun bakım ünitesine Bedirhan'ın yanına taşıtmıştı. Doktorların yapabildiği tek şey beklemekti, bir mucizeyi beklemek. Gerçekleşmedi o mucize. Sema beş gün boyunca yarı uyanık, yarı uykulu, bitkin bir halde gözlerini Bedirhan'a dikip tek bir hareket bekledi. Önce kalbi durdu Bedirhan'ın, cihazın alarm sesine Sema da uyandı hemen. Hemşireler, doktorlar odaya koştular. Kalp masajı, elektroşok, bir daha, bir daha... Bu defa dönmeye niyeti yoktu Bedirhan'ın, sonsuza gitmişti artık.

İki aydır binlerce defa aklından geçmişti bu ihtimal ama insan sevdiklerinin ölümüne alıştıramaz, hazırlayamaz kendini. Sema'nın göz pınarları kurumuştu ağlamaktan. Sesi kısılmış, hırıltıya dönüşmüştü. Bir haftadır yalnız kaldığı her an, her saniye sadece ağlamıştı. Bedirhan gözlerinin önünde nihai olarak gittiğinde ise baygın gibiydi. Neyin gerçek neyin hayal olduğunu birbirinden ayırt edemiyor; konuşulanların tek kelimesini anlamıyordu. Kulaklarındaki uğultuyla birlikte sürekli bir boşlukta düşüyormuş gibiydi. İki eliyle yatağın kenarına tutunmaya çabalıyor, nerde olduğunu anlamaya çalışırcasına korkuyla etrafına bakınıyordu. Sakinleştiricilerin etkisiyle uykuya daldı. Sabah güçlükle gözlerini açtığında hastanenin başka bir odasında tek başınaydı. Hemşire ve doktorlar hemen yanına geldiler. Sema'nın hatırlaması uzun sürmedi. Bedirhan yoktu artık. Dudaklarını kanatırcasına ısırdı, gözlerinden yaşlar akarken sessizce başını yastığa gömdü.

Haber çabuk duyuldu. Gün ağardığında hastanenin bahçesi giderek kalabalıklaşıyordu. Öğlen saatine kadar yüzlerce insan, yakalarında Bedirhan'ın fotoğrafı, yüzlerinde derin bir keder, beklediler bahçede. Cenazenin bir gün sonra Nusaybin'de defnedileceği söylendi. Bunun üzerine herkes cenaze töreni için hazırlık yapmak üzere dağıldı. Sendikadan arkadaşları cenaze organizasyonunu üstlendiler. Bedirhan'a yaraşır bir uğurlama olmalıydı. Kitlesel bir tören için sendika çağrı yaptı. Nusaybin'e Bedirhan'ı uğurlamaya davet edildi herkes.

Bedirhan'ın annesi ayakta durmakta zorlanmasına rağmen oğlunun misafirlerini karşılamak, hazırlık yapmak üzere önceden Nusaybin'e gitmek istediğini söyledi. Sema ve çocuklar ile Sema'nın annesi, babası, Mutlu ve Linda da cenazeye eşlik edip ertesi gün Nusaybin'e gideceklerdi. Ancak Celal de yalnız bırakmamak için Sakine Ana ile birlikte önden Nusaybin'e gitti. Akşamüzeri Nusaybin'e Sakine Ananın evine vardıklarında yüzlerce insan evin etrafına birikmişti. Sakine Ananın geldiği duyulunca kalabalık giderek arttı. İnsanlar evin etrafında gece yarısına kadar sessizce bekleyip taziyelerini sundular. İstanbul ve Nusaybin'de bütün aile geceyi uykusuz geçirdi. Sadece Deniz ve Mazlum yorgunluktan uyuyakaldılar. Onlar da babalarının ölümünü algılamaya, anlamaya çalışıyorlar, annelerinin ve herkesin kederli hallerinin etkisiyle sessizce bir kenarda oturuyorlardı. Sema arada bir çocuklarının yanına gidip sarılıyor, teselli vermekten çok onların kokusundan teselli almaya çabalıyordu. En son oldukları yerde uyuyakalınca yataklarına götürüp, öylece uyumalarını izlemişti Sema.

Sabahın ilk ışıklarıyla birlikte Nusaybin'de ve Sakine Ananın evinin bulunduğu sokakta tekrar bir hareketlenme başladı. Bedirhan'ın cenazesinin Mardin Havaalanına getirildiği, oradan Nusaybin'e doğru yola çıktığı söylendi. Sakine Ana önce oğlunun yoldaşlarını ağırlayacağı taziye çadırına gitti. Çok sayıda genç, cenaze töreni ve sonrasında taziye için görev almıştı. Plastik sandalyeler büyük çadırın içine ve etrafına yerleştirilmişti. Yemek ve çay için hazırlıklar tamamlanmıştı. Bu topraklarda zamansız ölüm o kadar çoktu ki herkes yüzlerce defa yapılmış taziyelerin hazırlığı konusunda deneyim kazanmıştı. Öyle ki Bedirhan'ın cenazesinin Nusaybin'e getirileceği duyulduğunda hemen başlayan hazırlıklar birkaç saatte bitirilmişti.

Cenaze uzun bir araç konvoyu eşliğinde camiye getirildiğinde kalabalık caminin etrafında birikmişti. Sema, çocuklar, Mutlu ve Linda, Sakine Anayla birlikte kalabalığın biraz dışında gölgelik bir yerde bekliyorlardı. Öğlen namazından sonra mezarlığa gidilecekti. Yaz sonu olmasına rağmen hava sıcak ve kuruydu. Suriye sınırındaki bu kasabada iki yıl önce yaşanan çatışmalar ve aylarca süren sokağa çıkma yasakları nedeniyle birçok mahalle yerle bir olmuş, yüzlerce ev yıkılmış, yıkılan evler dozerlerle süpürülüp büyük bir düzlüğe dönüştürülmüştü. Cenaze namazının kılınacağı cami de böylesi bir düzlüğün kenarındaydı. İki yıl öncesine kadar yerinde koca bir mahallenin olduğu bu düzlüğün etrafı da tel örgülerle çevrilmiş, giriş yasağı konulmuştu. Bu nedenle, mezarlığa gidebilmek için tel örgülerin kenarından bütün düzlüğü dolanıp geçmek gerekecekti. Polisler cenaze için yürüyüşe izin verilmeyeceğini, sadece ailesinin mezarlığa gidebileceğini belirtmiş, zaten yıllardır gergin olan kasabada atmosfer iyice gerilmişti. Sendika yöneticileri polis amirleri ile sürekli görüşüyor, sorunu çözmeye çalışıyordu. Ancak karar kesindi ve yürüyüşe izin verilmeyecekti. Muhalif bir akademisyenin doğduğu topraklara gömülmesi bile rejim açısından problemdi.

Bedirhan'ı Nusaybin halkı gençlik yıllarından beri iyi tanırdı. Sonrasında İstanbul'da yaşıyor olsa da memleketinden kopmamış, her yıl mutlaka birkaç haftasını Nusaybin'de geçirmişti. Son yıllarda Sema ve çocukları da Nusaybin'e getiriyor, yaz tatillerinin büyük bir kısmını Sakine Ana ile birlikte geçiriyorlardı. Sema ve çocuklar da Nusaybin'i çok seviyorlar, İstanbul'a dönerken gözleri arkada kalıyordu. Bedirhan kendi halkıyla yakından ilişki içerisinde hem sorunların çözümü için mücadeleye destek oluyor, hem de çocukluğunun geçtiği mahallelerde eski arkadaşlarıyla hasret gideriyordu.

İki yıl önce sokağa çıkma yasakları ve ardından çatışmalar başlayıncaya kadar da bu rutinlerini her yıl sürdürmüşlerdi. Kasabaya giriş çıkışlar yasaklanıp, sokağa çıkma yasakları başlayınca bir daha Nusaybin'e gelememişlerdi. Ancak o zamanlar Bedirhan ve sendikadan arkadaşları defalarca Nusaybin girişine kadar gelip burada sokağa çıkma yasaklarının kaldırılması için protesto eylemleri yapmışlar, İstanbul'da da yürüyüş ve mitinglerle kamuoyu oluşturmaya çalışmışlardı. Aylar sonra sokağa çıkma yasakları kaldırılıp çatışmalar sona erdiğinde geride yüzlerce ölü, yaralı, yarısı tümüyle yıkılmış bir kasaba kalmıştı. Bedirhan kısa bir süreliğine anasını ziyaret için Nusaybin'e gelmiş, ancak viraneye dönmüş bu çocukluk hatıralarının içinde daha fazla kalmak istememişti. Şimdi kendisi de bir tabut içerisinde, arkadaşlarının omuzlarında girmişti bu kederli kasabaya.

Nusaybin halkının tanıdığı Bedirhan'ı polisler de tanıyordu bu yüzden. Cenazede yürüyüşe izin verilmemesinin nedeni Bedirhan'ın muhalif kimliğiydi. Bu topraklarda muhalif olmak yaşarken de ölüyken de "tehlikeli" görülmenize yeterdi.

Cenaze namazı başladığında Celal bazı sendika yöneticileri ile birlikte Semaların yanına gelip onların önden mezarlığa gitmesini istedi. Cenaze için yürüyüşe halen izin çıkmamıştı ve olası bir gerginlikte çocukların orada olmasını istemiyordu Celal. Sema önden gitmeyi kabul etmedi ama çocukları, Mutlu'yu ve Linda'yı bir arabayla önden gönderdiler. Sakine Ana da yürüyüşe katılmakta ısrar etti, kimse onu bu kararından döndüremedi.

Bedirhan'ın tabutu camiden omuzlar üstünde çıkarıldığında kalabalık hareketlendi. Ara sokaklardan bir anda çıkan insanlarla birlikte sayı binleri buldu. Polisler panzerleri hızla yürüyüş güzergâhının önüne çektiler. Kasklarını takıp, plastik kalkanları ve coplarıyla kalabalığın önüne etten bir duvar ördüler. Sendika yöneticileri Bedirhan'ın etrafı karanfillerle süslü çerçeveli fotoğraflarını kucaklarında tutup en öne geçtiler. Sema, Sakine Ana ve Celal de kalabalığı yara yara öne kadar geldiler. Fotoğrafları tutanların da önüne geçip, yan yana durdular. Sakine Ananın bir koluna Sema, diğerine Celal girdi. Başka kadınlar da beyaz tülbentleri ile gelip onlarla kol kola girdiler. Kortejin en önünde kadınlardan oluşan kol kola girmiş onlarca kişi sıra halinde durdular. Kalabalık hep bir ağızdan slogan atmaya başladı. Sema ne ağlıyor ne de ölümün acısını hissediyordu o anda. Bedirhan'ın şimdi hemen arkada, en güvenli yerde, halkının omuzlarında olduğunu düşünmek bile onu rahatlatıyordu.

Yürüyüş başladığında polisler kalkanlarını tutarak kalabalığa doğru birkaç adım yaklaştı. Bu esnada polis amirlerinden biri gelip Sema'nın tam önünde durdu. Aileye izin vereceklerini ama kalabalığın mezarlığa alınmayacağını söyledi. Sema da "Bu insanlar Bedirhan'ın sevenleri, halkıdır, hepsinin cenazeye katılması benim için çok büyük bir onurdur, gelmek isteyen hiç kimseyi engellememeniz gerekir. Biz de aile olarak halkla birlikte mezarlığa kadar yürüyeceğiz. Tek başımıza gitmeyi kabul etmiyoruz. Barış için mücadele etmiş bir insanın cenazesine bu şekilde engel çıkarmanız doğru değil; barış size, bize, hepimize lazım. Bu yaptığınız, yasalara da, ahlaka da aykırıdır. Şimdi lütfen yolu açın cenazemizi kendi geleneğimize uygun olarak istediğimiz şekilde defnedelim," dedi. Sema'nın sakinliği ve ses tonundaki kararlılığı nedeniyle polis amiri daha fazla tartışmanın anlamsızlığını fark etmişti. "Bana bir dakika müsaade edin, üstlerime danışıp döneceğim," diyerek oradan uzaklaşıp az ilerde cep telefonuyla birileriyle konuşmaya başladı.

Birkaç dakika sonra yürüyüşe izin çıkmıştı. Polisler belli ki büyük bir kalabalığı engellemeyi göze alamamışlardı; kenara çekilip yolu açtılar. Bedirhan'ın tabutu omuzlarda, arkada binlerce kişi, sloganlarla mezarlığa kadar yürüdüler. Mezarlığa vardıklarında tabutu çukurun kenarına koyup dualar okudular. Arkadaşları, yoldaşları Bedirhan'ın beyaz kefene sarılı bedenini tabuttan çıkarmak üzereyken Sema ve Sakine Ana gelip son bir defa Bedirhan'ın yüzünü görmek istediklerini söylediler. İmam kefenin baş kısmını dikkatli bir şekilde açıp Bedirhan'ın soluk yüzünü gösterdi. Sema ve Sakine Ana her ne kadar ağlamamak için kendilerini tutsalar da Bedirhan'ın yüzüne bakar bakmaz acı bir feryat yükseldi mezarın başından. İkisi de böyle bir şeye asla alışılamayacağının farkındaydılar. Sanki Bedirhan'ın ölümünü henüz öğrenmişler gibi yürekleri dağlayan çığlıkları mezarlığın kasvetli sessizliğini bozdu. Celal de gözyaşlarını tutamadı, tabutun başında diz çöküp hıçkırıklarla ağladı. Kalabalıktan yer yer ağlama, feryat sesleri yükseldi. Bedirhan'ın akrabaları, kuzenleri, yakın arkadaşları ve binlerce yoldaşı gözyaşları içerisinde mezara koydular cansız bedeni. Celal, Bedirhan'ın kefene sarılı vücudunu kucaklayıp mezara indirdi. Mezarın içinde bekleyen üç kişi de dikkatlice alıp sonsuza kadar kalacağı yere bıraktılar Bedirhan'ı. Bedirhan'ın mezarının bitişiğindeki iki mezar da Sakine Ananın iki çocuğunun mezarıydı; Bedirhan'ın kız ve erkek kardeşlerinin. İkisi de doksanlı yıllarda daha çok gençken öldürülmüşlerdi. Biri dağda, diğeri faili gizlenen bir siyasi cinayette. Bu mezarların baş tarafında, hemen üstte de Bedirhan'ın dört yıl önce ölen babasının mezarı vardı. Mezarlığın bir bölümünde ise sokağa çıkma yasakları sırasında öldürülen ama kimlik tespiti yapılmadan defnedilen çok sayıda gencin mezarı vardı. Bu mezarlardaki mezar taşlarında isim yerine sadece birer numara yazılıydı. Bedirhan şimdi iki kardeşi, babası ve halkının onlarca isimsiz evladıyla birlikte ebediyete kadar burada yatacaktı.

Mezar topraklarla doldurulup, üstü iyice kapatılınca tekrar dualar okundu. Sakine Ana elinde küçük bir Kur'an-ı Kerim ile mezarın başına, toprağa oturup çocuklarına, kocasına ve bütün ölülere dualar okudu. Damarları ortaya çıkmış zayıf elleri titreye titreye avuçlarıyla toprak attı Bedirhan'ın üstüne. Mezara kapanıp sarıldı son bir defa oğluna. Akrabaları incitmeden kaldırdılar yavaşça. Ayakta duramıyordu artık. Kucağa alıp mezarlıktan çıkardılar. En son Sema, Deniz ve Mazlum'u da alıp mezarın başında durdu. İçinden hem dua edip hem de Bedo'ya verdiği sözleri tekrarladı. Çocuklar da iki yanından annelerinin bacağına sarılmış, babalarının mezarına bakıyorlardı.

İnsanlar, Sema'ya ve Bedirhan'ın diğer akrabalarına taziyelerini sunup evin önündeki çadıra doğru yürüdüler. Sema, Celal, Mutlu, Linda ve çocuklar Bedirhan'ın diğer akrabalarıyla birlikte en son çıktılar mezarlıktan. Sema mezarlıktan dışarıya adımını atmadan Bedo'nun uzaktaki mezarına baktı. Mezarlığın arka kısmında Suriye sınırının hemen ötesinde Kamışlo kasabası görünüyordu. Oradan da yer yer dumanlar yükseliyordu. Belli ki yine çatışmalar yaşanıyordu. Bedirhan'ın mezarı Nusaybin ile Kamışlo arasındaydı. Bir defasında Sema'ya "Yüreğimin diğer yarısı," demişti Bedo Kamışlo için. Ortadoğu'nun cetvelle çizilmiş sınırlarının parçaladığı yürekler...

Mutlu ve Linda defin sırasında kol kola durmuşlar, birbirlerine sarılıp ağlamışlardı. Şimdi de Mutlu'nun bir kolunda Linda diğerinde Sema, birlikte yürüyerek mezarlıktan taziye çadırına doğru gidiyorlardı. Üç kadının da önünde yeni bir hayat vardı. Hiçbir şeyin kolay olmayacağının farkındaydılar ama onları birbirine bağlayan şeyi, Bedirhan'ın anısının gücünü daha şimdiden yüreklerinde hissediyorlardı.

Gözyaşlarıyla yıkamaya gittim
hasret dolu busenin dağladığı yeri dudaklarımdan...
Gittim, yarım kalmak için bu şarkıda,
gittim, söylenmeyen şeylerle şerefimi kurtarmaya

Furûğ-i Ferruhzâd

Teşekkür

Cezaevinde kaleme alınmış üçüncü kitabımı da sizlere ulaştırabilmenin sevincini yaşıyorum. Aslında ilk öykü kitabım *Seher*'den sonra bu romanı yazmaya başladım. 2018 Cumhurbaşkanlığı seçimi sonrasıydı; cezaevindeyken cumhurbaşkanı adayı gösterilmiş ve koşullarıma rağmen çok yoğun bir kampanya sürecini geride bırakmıştım. Aylarca süren kampanya trafiği sonrasındaki ani sükûnet (ve elbette seçimlerin adaletsizce kaybedilmiş olması) nedeniyle kendimi bir boşlukta hissetmiş ve bu boşluğu yazarak doldurmaya yönelmiştim. İki ay boyunca durmaksızın her gün yazdım. Ortaya çıkan ilk taslağı postayla eşime gönderdim. Hücre arkadaşım Abdullah Zeydan taslağı beğenmişti, ancak dışardan gelen ilk eleştiriler cesaretimi tümden kırdı. Tekrar tekrar okudum, her okuduğumda biraz daha soğudum metinden. "Ben bir daha edebi metin yazmayacağım galiba" diyerek taslağı dava dosyaları yığınının en altına attım ve unutmaya çalıştım. Ancak "yazarken tıkanıp kalmak" haftalarca aklımdan çıkmadı, canımı çok fazla sıktı. Kendime olan güvenimi, inancımı yitireceğimi hissettim. Gerçekten de çok öfkelendim kendime. Odada, havalandırmada günlerce dolanıp durdum. Bu öfke günlerinin birinde kalemi alıp bir iki saat içinde "Gün Olur Devran Döner" öyküsünü yazdım. Öyküyü tamamladığımda nefesimin açıldığını hissettim. Hiç hesapta yokken yazmaya devam ettim ve iki ay içinde, bu romanı yazamamış olmanın yarattığı öfkenin sonucunda, *Devran* ortaya çıktı.

Devran basılı haliyle bana ulaştığında edebiyat serüvenimin son kitabı olduğundan emin bir şekilde hüzünle aldım elime. Zaten kapaktaki genç de aynı kederle bana bakıyordu. Bir daha tek satır edebi metin yazmayacağımdan kuşkum kalmamıştı. Yine de içim rahattı, hiç değilse iki öykü kitabı yazabilmiştim.

Ancak *Devran*'dan kısa bir süre sonra edebiyat kurdu içimde yeniden kıpırdanmaya başladı. Yeni bir cesaretle roman taslağını elime aldım. Düzeltmeler, çıkarmalar, eklemeler derken oldu galiba. Fakat tekrar okuyunca olmadığını anladım ve tümden vazgeçtim. Aynen bu şekilde üç defa daha başlayıp, üç defa daha kesin olarak vazgeçtim. Romanı neredeyse yeni baştan yazmama rağmen asla emin olamadım. Bir yanım "iyi oldu" derken bir yanım "hiç de değil" demeye devam etti. Şimdi okuyup bitirdiniz ama ben halen emin değilim; yazmak istediğim roman bu muydu? Bilemiyorum, içimde bir yerlerde takılıp kaldı sanki o roman. Bir gün onu da yazabilir miyim? Hiç umutlu değilim. Sanki edebi hayatımın son kitabı bu gibime geliyor.

Romanı yazdım diyorum ama doğrusu "yazdık"tır. Bu kitabı öncekiler gibi milyonlarca insanla beraber yazdık. Hepsine ismen yürekten tek tek teşekkür edebilseydim keşke. Lütfen öyle yapmışım gibi kabul edin ve saydığım isimlerle sınırlı olduğunu düşünmeyin.

İlk ve en büyük teşekkürü tutsaklığım süresince sınırsız sevgisini, desteğini, dayanışmasını esirgemeyen yüce gönüllü halkımıza iletmek boynumun borcudur. Halk dediğimiz bu somut, dinamik, canlı ve organik yapıyı o kadar hakiki bir şekilde yanımda, yüreğimde hissettim ki bu romanı gerçekten de onlarla birlikte yazdım. Aynı şekilde cezaevlerindeki on binlerce tutsağın inanılmaz güzellik ve incelikteki dayanışması, yoldaşlığı teşekkürlerin en büyüğünü hak ediyor. Yurtdışından her türlü yöntemle dayanışma gösteren tüm dostlarım da bu gruba dahiller, onlara çok şey borçluyum.

Sevdalım, yirmi beş yıllık hayat ve yol arkadaşım Başak; sana olan borcum çok birikti, biliyorum. Üç yılda dünyanın etrafını on üç defa dolanacak kadar yol katederek haftada bir saat bile olsa seni görebilmemi sağladın ya, aşk olsun sana. Romanın taslağı üzerinde en fazla düzeltmeyi sen yaptın, umarım yaptığını beğenmişsindir Eline, yüreğine, emeğine sağlık. Ayrıca bu kitaba kızlarım Delal ve Dılda da katkı sundular. Kitabın ismi, Dılda'nın önerisidir mesela. Üçünüze de binlerce kez teşekkür ediyorum, iyi ki varsınız ve hayatı çekilir kılıyorsunuz, aşkların en güzelleri.

Yoldaşım, hücre arkadaşım, moral kaynağım, dert ortağım ve her zamanki gibi ilk okumaları yaparak en büyük desteği sunan kardeşim Abdullah Zeydan'a minnet, şükran duyuyorum. Aslında yazar olarak ikimizin adı yer almalıydı romanda; farz edin ki öyledir. Bu arada o da habire bir şeyler yazıyor ama ne olduğunu henüz bilmiyorum. Umarım karşımıza iyi bir kitapla çıkar; bekliyoruz.

Türkiye'nin 22 ayrı şehrinde hakkımda açılmış 122 soruşturma ve dava, yüzlerce duruşma, on binlerce sayfa savunma, Anayasa Mahkemesi ve Avrupa İnsan Hakları Mahkemesi'nde devam eden onlarca dava, binlerce defa cezaevi ziyareti... bunların hepsini ve daha fazlasını gönüllü olarak yapan bir avukat ordusu var. Sayıları bin iki yüz civarında. Her birine tek tek, ayrı ayrı ama özellikle elli beş kişilik "Demirtaş Savunma Grubu"na özel olarak teşekkür ediyorum. Ben değil, kendileri yargılanıyormuş gibi özenle, içtenlikle, fedakarlıkla büyük bir hukuk mücadelesi yürütmeselerdi ben tek satır bile edebi metin yazamazdım. Hepinize minnettarım güzel dostlarım; daha şimdiden tarihe geçen bir hukuk mücadelesi yürütüyorsunuz.

Beni benden daha fazla düşünen ve uzun yıllardır yakın çalışma ekibimin beyni olarak koordinasyonda, planlamalarda, düşünce üretiminde harikalar yaratan danışmanım, can kardeşim Ferhat Kabaiş'e;

Ben dahil hiç kimseye iltimas geçmeden en acımasız eleştirileriyle, öneri ve fikirleriyle, emeğiyle her çalışmamıza damga vuran basın danışmanım, yoldaşım Zınar Karavil'e (roman son şeklini alırken de damganı vurduğunu biliyorsun sanırım);

Candan, yürekten, severek ve gönüllü olarak katkı sunan çalışma ekibimin diğer değerli üyeleri Şükrü, Şakir, Meki, Abdullah, Turgay, Beser, Özkan, Celal ve Edirne HDP İl Başkanı Beşir Belke'ye;

Buradaki çalışmalarıma, mücadeleme hayati destek sunan partim HDP'nin merkez ve tüm teşkilatlarına, milletvekili arkadaşlarıma;

Romandaki tıbbi konularda bana dışardan bilgi desteği sunan Dr. Şehmus Gökalp, Dr. Süleyman Akkaya ve Dr. Berçem Ayçiçek'e (kitaptaki tıbbi çelişkiler doktorlara değil bana aittir; kurguyu oturtabilmek için doktorların bazı tavsiyelerine uymadım, her zamanki gibi);

İlk taslaktan bu yana eleştiri ve önerileriyle beni cesaretlendiren ailemin kıymetli fertleri Aygül, Şehmus, Şadiye, Sertaç, Aynur, Fesih, Amber, Süleyman, Bahar, Harun ve Nurettin'e (Bahar'a ve Harun Ercan'a yazım, düzeltme, planlama ve uygulama için sundukları ciddi destekten dolayı ayrıca özel teşekkürler; kapak tasarımı için kardeşlerim Aynur ve Bahar'a ayrı bir teşekkür elbette. Her birinizin varlığı bile yeter, sadece yazarken değil, yaşarken nefes borum oldunuz, ayrı ayrı kıymetlimsiniz, teşekkür az kalacak ama idare edin);

Yazım sürecinde çok değerli eleştiri ve önerileriyle romana büyük katkı sunan edebiyat eleştirmenleri Ömer Türkeş'e, Semih Gümüş'e, isimleri bende saklı eleştirmen dostlarıma;

Dipnot emekçilerine, editörüm İbrahim Yıldız'a, Ümit Özger'e ve dostum Emirali'ye;

Hatıraları ve görüşleriyle katkı sunan Diyarbakır'ın değerli yazarı, arkadaşım Şehmus Diken'e; katkılarından dolayı Kürtçe edebiyatın değerli şairi, sevgili kardeşim Lal Laleş'e,

Candan teşekkür ederim.

Bunca desteğe rağmen ortaya çıkan eksiklerin tamamı bana, güzellikleri ise hepimize aittir. Her birinize yürek dolusu teşekkürle, selamla.